LAS MIRADAS
DE MEDUSA

Natalie Haynes

LAS MIRADAS
DE MEDUSA

Traducción del inglés de
Aurora Echevarría

narrativa
salamandra

Papel certificado por el Forest Stewardship Council®

MIXTO
Papel | Apoyando la
silvicultura responsable
FSC® C117695

FSC
www.fsc.org

Penguin
Random House
Grupo Editorial

Título original: *Stone Blind. A Medusa's Story*
Primera edición: septiembre de 2024

© 2022, Natalie Haynes
Publicado originalmente en 2022 por Mantle, un sello de Panmacmillan,
que forma parte de Macmillan Publishers International Limited
Edición española publicada por acuerdo con Casanovas & Lynch Literary Agency
© 2024, Penguin Random House Grupo Editorial, S.A.U.
Travessera de Gràcia, 47-49. 08021 Barcelona
© 2024, Aurora Echevarría, por la traducción

Printed in Spain – Impreso en España

ISBN: 978-84-19456-62-5
Depósito legal: B-11.280-2024

Impreso en Romanyà-Valls
Capellades, Barcelona

SM56625

A mi hermano, que ha estado allí desde el principio,
y a las hermanas que me he encontrado por el camino

Personajes

ESTENO, EURÍALE y MEDUSA, las gorgonas, son hijas de las divinidades marinas CETO y FORCIS, que viven en la costa septentrional de África.

ATENEA, diosa guerrera; hija de METIS, una de las deidades terrenales de la mitología, y de ZEUS, el rey de los dioses olímpicos.

POSEIDÓN, dios del mar; hermano de ZEUS, tío de ATENEA.

ANFITRITE, reina del mar; esposa de POSEIDÓN.

HERA, reina de los dioses olímpicos; esposa de ZEUS.

GAIA, diosa de la tierra; madre de los TITANES y los GIGANTES, entre otros de ALCIONEO, PORFIRIÓN, EFIALTES, ÉURITO, CLITIO, MIMAS Y ENCÉLADO.

HEFESTO, dios de la forja; hijo de HERA (pero no de ZEUS).

HERMES, dios mensajero.

HÉCATE, diosa de la noche y de las brujas.

DEMÉTER, diosa de la agricultura y madre de PERSÉFONE.

MOIRAS, las parcas.

GRAYAS —DINO, ENIO, PENFREDO—, personificaciones de los espíritus del mar. Entre las tres tienen un solo ojo y un único diente.

9

HESPÉRIDES, ninfas que viven en un jardín propiedad de HERA lleno de las manzanas doradas protectoras. Suelen tener todo lo que se necesita para emprender una misión.

NEREIDAS, cincuenta ninfas marinas de humor variable.

ZEUS, rey de los dioses; marido de HERA.

Mortales

DÁNAE, hija de ACRISIO, un rey griego menor.

DICTIS, su amigo; hermano de POLIDECTES, rey de Sérifos, una pequeña isla griega.

PERSEO, hijo de DÁNAE y ZEUS.

CASIOPEA, reina de Etiopía; esposa de CEFEO.

ANDRÓMEDA, la hija de los dos anteriores.

ERICTONIO, rey legendario de Atenas.

IODAMA, joven sacerdotisa de ATENEA.

Otros

CORNIX, cuervo parlanchín.

ELAIA, olivar de Atenas.

HERPETA, serpientes.

PRIMERA PARTE

Hermana

El gorgoneion

Te veo. Veo a todos los seres a los que los hombres llaman monstruos.

Y veo a los hombres que los llaman así. Éstos se llaman a ellos mismos héroes, claro.

Sólo los veo un instante. Luego desaparecen.

Pero es suficiente. Es suficiente para saber que un héroe no siempre es bueno, valiente y leal. A veces —no siempre, pero a veces— es monstruoso.

¿Y el monstruo? ¿Quién es? Ella, que impide que los hombres se salven.

A este monstruo lo agreden, lo maltratan y lo vilipendian, pero, según la historia que siempre se cuenta, hay que temerla a ella, ella es el monstruo.

Ya lo veremos.

Panopea

En el lugar más cercano al sol poniente al que se puede navegar, el mar se adentra en la tierra formando un estrecho recodo. Estás donde Etiopía se encuentra con Océanos: la tierra más remota y el mar más remoto. Si pudieras volar por encima y contemplarlo a vista de pájaro, verías que este canal —que no es un río porque corre en sentido contrario, aunque eso mismo puede considerarse parte de su magia— se enrosca como una víbora. Has pasado volando junto a las Grayas, aunque quizá no te has dado cuenta porque no salen de su cueva para evitar tropezar con las rocas de sus acantilados y caer al mar bravo. ¿Sobrevivirían a una caída así? Por supuesto: son inmortales. Pero ni siquiera un dios quiere verse zarandeado entre las olas y las rocas toda la eternidad.

También has pasado a toda velocidad por delante de la casa de las gorgonas, que no queda muy lejos de donde viven las Grayas, sus hermanas. Yo las llamo hermanas pero ellas nunca se han visto. Están conectadas —aunque no lo sepan, o lo hayan olvidado hace tiempo— por el aire y el mar. Y ahora también a través de ti.

Tendrás que viajar también a otros lugares: al Monte Olimpo, por supuesto. A Libia, como lo llamarán los egipcios y, más tarde, los griegos. A una isla que se llama Sérifos. Puede que el viaje resulte un tanto desalentador, pero para entonces se supone que ya habrás llegado al final de la tierra y tendrás que buscar el camino de regreso. No estás lejos del hogar de las Hespérides, pero aunque pudieras dar con ellas (que no puedes), me temo que no te ayudarían. Eso te deja con las gorgonas. Con Medusa.

Metis

Metis cambió. Si la hubieras visto antes de que advirtiera la amenaza, habrías contemplado a una mujer alta y esbelta, con el pelo negro y abundante recogido en una trenza a la espalda, y grandes ojos ribeteados con *kohl*. Y con qué rapidez parecía posarlos en todo a la vez, tanto que aun estando inmóvil se la veía alerta. Y tenía sus armas defensivas, ¿qué diosa no las tiene? Pero ella se hallaba mejor preparada que la mayoría, aunque no estuviera provista de flechas como Artemisa, ni de una cólera casi incontenible como Hera.

Así, cuando Metis percibió el peligro antes de verlo, se transformó en águila y voló alto, dejando que el suave viento del sur agitara las plumas de sus alas doradas. Pero ni siquiera con esos ojos penetrantes alcanzó a ver la causa de que se le erizara el vello que le tiraba del nacimiento de la trenza cuando estaba en su forma humana. Dio varias vueltas en el aire sin que nada se dejara ver, y cuando por fin descendió, se posó en lo alto de un ciprés y torció el musculoso cuello en todas direcciones, por si acaso. Se quedó allí encaramada, pensativa.

Saltó de las ramas altas al suelo arenoso y escarbó con las garras dejando pequeños surcos en el polvo.

Y de repente dejó de ser un águila. Su pico ganchudo se retrajo y sus patas emplumadas desaparecieron por debajo de ella. A medida que un cuerpo musculoso se transformaba en otro, sólo la inteligencia oculta tras la rendija de sus ojos se mantuvo invariable. De pronto se deslizaba sobre las piedras, una línea marrón en forma de zigzag recorría sus escamas dorsales, el vientre del color de la arena pálida. Cruzó el suelo tan rauda como había surcado el cielo. Y cuando se detuvo bajo un gran nopal, apretó el cuerpo contra la tierra intentando descubrir la fuente de inquietud que no había podido detectar como águila. Pero mientras las ratas que vivían de los desechos del templo cercano se alejaban de ella no oyó los pasos de la criatura de la que debería estar huyendo. Se preguntó qué hacer a continuación.

Se quedó mucho rato bajo el cactus, disfrutando del calor que desprendía el suelo y sin mover nada más que sus ojos entornados. Sabía que casi era invisible. Se movía más rápido que la mayoría de las criaturas y su mordedura venenosa resultaba devastadora. No tenía nada que temer. Y, sin embargo, no se sentía segura. Y no podía quedarse allí, convertida para siempre en una serpiente.

Se desenrolló del pie del cactus y se deslizó entre las sombras de los cipreses. De pronto se levantó y volvió a transformarse. El zigzag de las escamas se fragmentó en múltiples manchas, y las mismas escamas se ablandaron hasta convertirse en un pelaje áspero. Le salieron orejas y al final de sus patas musculosas aparecieron garras. Era una bonita pantera que agitaba la cola para ahuyentar a las moscas. Al principio se movió despacio, notando cada piedra bajo las almohadillas de sus patas. Una vez más advirtió la alarma que provocaba en los animales a su alrededor. Y, una vez más, no supo sacudirse su propio miedo. Corrió entre los árboles, enganchándose el pelaje en la maleza a medida que aumentaba la velocidad. No había nada que la detuviera. Podía atrapar a cualquier criatura. ¿Y qué criatura era capaz de atraparla a ella? Ninguna. Disfrutaba de su poder. Se sentía casi ingrávida, puro músculo en pos de su presa. Y cuando menos se lo esperaba la atraparon.

Zeus estaba en todas partes y en ninguna. Ella no podía escapar de la nube brillante que la envolvía. Se estremeció, incapaz de soportar el resplandor con sus ojos felinos, y volvió a convertirse en una serpiente cuando la nube pareció condensarse y rodearla. Intentó escabullirse por debajo de la nube, pero ésta surgía tanto del suelo como del aire, de todas partes. Intentó alejarse a toda prisa, pero tomara la dirección que tomase se volvía más impenetrable. El brillo era tan insoportable que le escocían los ojos incluso a través de las escamas que los protegían. Hizo un último intento de liberarse cambiando una y otra vez de forma: se hizo águila, pero no pudo sobrevolarla; jabalí, pero no pudo abrirse paso con los cuernos; langosta, pero no pudo destruirla; se hizo pantera de nuevo, pero no pudo alejarse de ella. La nube se estaba solidificando y ella notó cierta presión. Empezaron a palpitarle los músculos y no tuvo más remedio que hacerse cada vez más pequeña: comadreja, ratón, cigarra. Pero la presión seguía aumentando. Un último intento: hormiga. Y entonces oyó la odiada voz de Zeus recordándole que no podía escapar de él. Ella ya sabía qué tenía que hacer para detener el dolor. Someterse a otro dolor. Derrotada al fin, se rindió y adoptó su forma original.

Mientras Zeus la violaba, ella imaginó que era un águila.

• • •

Lo único bueno de la incontinencia sexual de Zeus, había pensado a menudo su esposa Hera, era su extrema brevedad. El deseo, la persecución y la satisfacción duraban tan poco que ella casi lograba convencerse de que no tenía importancia. ¡Si no se tradujera siempre en descendencia! Cada vez había más dioses y semidioses, y cada uno no hacía sino confirmarle que la infidelidad de su marido era prácticamente indiscriminada. Incluso ella, una diosa con una reserva casi ilimitada de rencor, apenas daba abasto con la cantidad de mujeres, diosas, ninfas y niños llorones a los que debía incordiar.

Por lo general no tenía que prestar atención a la anterior esposa de Zeus, Metis. Era alguien en quien prefería no pensar en absoluto, y si lo hacía era con cierta irritación. A nadie le gusta ocupar el segundo o tercer lugar, y Hera no era una excepción. Metis había sido esposa de Zeus mucho antes de que ella mostrara algún interés en serlo. Llevaban tanto tiempo separados que casi nadie se acordaba de que habían estado casados. Los días buenos Hera no pensaba en ello. Los malos, lo veía como un engaño. No le parecía lógico que una diosa afirmara tener prioridad sobre ella, Hera, la consorte de Zeus, sólo por haber llegado primero. Y como eran muchos más los días malos que los buenos, Metis le caía mal. Pero tenía tantas otras provocaciones que atender que ésta solía pasarla por alto.

Era Metis quien había asesorado a Zeus en su guerra contra los titanes y quien lo había apoyado en su batalla contra Cronos, su padre. Metis, una diosa astuta e inteligente que siempre andaba urdiendo algún plan.

19

Hera era tan lista como su predecesora, de eso no tenía ninguna duda. Pero las circunstancias la habían obligado a dirigir sus complots contra Zeus, mientras que Metis le había ofrecido su sabiduría como un regalo. Hera resopló. ¡Para lo que le había servido! Ella la había reemplazado: ¿quién asociaba ahora a Metis con Zeus? ¿Quién dudaba de la superioridad de su hermana y esposa, Hera, reina del Olimpo? Ningún mortal ni ningún dios se atrevería.

Lo que hacía aún más irritante que Zeus la hubiera traicionado con su antigua esposa. El rumor se había extendido como un torbellino entre los dioses y las diosas. Nadie se atrevió a contárselo a Hera, pero ella lo sabía. Su desdén hacia su marido aumentaba con cada nueva revelación y estaba decidida a vengarse. Zeus había estado muy callado el último día, sin duda con la esperanza de que si evitaba a su esposa, a ella tal vez se le pasaría de algún modo el enfado. Cuando lo oyó regresar, Hera se sentó en una silla amplia y cómoda de su cámara, en lo más profundo de los pasillos retumbantes del Olimpo, y se miró las uñas distraída. Tiró un poco del vestido hacia arriba para que se le vieran los tobillos y se bajó un poco el escote.

—Esposo —le dijo en cuanto Zeus entró en la estancia con una expresión un tanto cohibida en su por lo demás majestuosa frente.

—¿Sí?

—Estaba preocupada por ti.

—Bueno, he estado... —Con el tiempo Zeus había aprendido que era mejor dejar una frase inacabada que mentir a su esposa. La capacidad de ésta para descubrir sus engaños era una de sus cualidades menos atractivas.

—Sé dónde has estado —dijo ella—. Todo el mundo habla de ello.

Él asintió. No había mayores cotillas que los dioses del Olimpo. Deseó haber tenido el sentido común de enmudecerlos a todos, o al menos a los que él había creado. Se preguntó si sería posible hacerlo retrospectivamente.

Hera notó que no tenía toda su atención.

—Y estaba preocupada —agregó.

—¿Preocupada? —repitió, a sabiendas de que había trampa, pero a veces era más fácil caer en ella.

—Preocupada por tu futuro, amor mío —murmuró Hera, y se movió con disimulo para que se le abriera un poco más el vestido.

Zeus intentó evaluar la situación. Su esposa se mostraba a menudo iracunda y a veces seductora, pero no recordaba ninguna ocasión en que hubiera sido ambas cosas a la vez. Se acercó un poco más, por si era lo que se esperaba de él.

—¿Mi futuro? —le preguntó mientras alargaba la mano hacia ella y tiraba de uno de sus rizos, insinuante.

Ella levantó la cabeza para mirarlo.

—Sí. He oído cosas horribles sobre los hijos de Metis. —Notó cómo se ponía rígido un momento antes de seguir acariciándole el pelo con los dedos. Zeus estaba haciendo un gran esfuerzo—. Esta vez ha sido Metis, ¿verdad?

No pudo evitar que se le alterara la voz, y Zeus se apresuró a enrollar los rizos alrededor de la mano. Ella sabía que le arrancaría el pelo del cuero cabelludo si no se andaba con tiento.

—Me preguntaba si realmente has olvidado lo que te dijo una vez sobre sus hijos —añadió Hera—. Que daría a luz a uno que te derrocaría.

Zeus guardó silencio, pero ella sabía que había dado en el blanco. ¿Cómo podía ser tan tonto cuando él mismo había derrocado a su padre, nada menos que con la ayuda de Metis, y su padre había hecho lo mismo antes que él? ¿Cómo había podido olvidar lo que la propia Metis le había dicho una vez, cuando aún estaban casados? ¿Cómo?

—Tienes que actuar con rapidez —añadió Hera—. Te dijo que tendría una hija que superaría en sabiduría a todos menos a su padre. Y que la seguiría un hijo que sería rey sobre los dioses y los mortales. No puedes correr ese riesgo.

Pero hablaba con el éter, porque su marido ya no estaba.

La segunda vez que Zeus fue a por ella, Metis no intentó esconderse. Sabía lo que se le venía encima y que no podría eludirlo. Lo único que le quedaba era esperar que su hija (habría sabido que era una niña aun sin sus dones proféticos; lo sentía) sobreviviera. ¿Había sabido que esto sucedería cuando, hacía mucho tiempo, le dijo a su marido que le daría una hija y luego un hijo que lo derrotaría? Nadie conocía los temores de Zeus mejor que ella. Él haría cualquier cosa para asegurarse de que su hijo no naciera nunca.

De nuevo se vio rodeada por la luz más intensa, el interior de un rayo. Y de nuevo se sintió impulsada a hacerse cada vez más pequeña: pantera, serpiente, saltamontes. Pero esta vez no fue doloroso. Sólo notó cómo una oscuridad repentina la envolvía mientras Zeus la agarraba con su manaza. Y luego una extraña sensación de estar dentro de la nube negra que sucede al rayo. Era una oscuridad que no se acababa. Zeus la había devorado, se la había tragado entera. Ahora ella y su hija estaban dentro del rey de los dioses sin posibilidad de escapar. Y aunque lo comprendió y lo aceptó, notó cómo algo dentro de ella, dentro de Zeus, se resistía.

Esteno

Esteno no era la hermana mayor, porque no concebían el tiempo de esa manera. Pero era la que menos se había horrorizado de las dos cuando encontraron al bebé en la orilla, delante de su cueva. Euríale se había quedado atónita y horrorizada a partes iguales: ¿de dónde había salido esa criatura? ¿Qué mortal se atrevería a acercarse a la guarida de las gorgonas para abandonarla allí? Esteno no tenía respuestas a sus preguntas, y durante un rato las dos hermanas se quedaron mirándola y preguntándose qué hacer.

—¿Podríamos comérnosla? —preguntó Euríale.

Esteno reflexionó unos instantes.

—Supongo que sí. Aunque es bastante pequeña.

Su hermana asintió con tristeza.

—Te cedo mi parte —le ofreció Esteno—. Yo ya he... —No fue necesario que acabara la frase. Había huesos de res desperdigados a su alrededor.

Ellas no comían por hambre; eran inmortales y no les hacía falta alimentarse. Pero los colmillos afilados, las alas vigorosas, las patas robustas, todo en ellas estaba diseñado para la caza. Y, puestos a cazar, ¿por qué no comer lo que mataban? Volvieron a mirar al bebé, que era una niña.

Estaba tumbada de espaldas en la arena, con la cabeza apoyada en una mata de hierba. Esteno no necesitó que su hermana lo expresara en voz alta: era una presa muy insatisfactoria. No huía, ni siquiera había intentado esconderse entre la hierba más alta.

—¿De dónde habrá salido? —volvió a preguntarse Euríale.

Levantó su enorme cabeza y escudriñó con sus ojos saltones las rocas que tenían encima. No había señales de vida.

—Debe de haber venido por el agua —respondió Esteno—. Los mortales no pueden abrirse camino hasta aquí sin ayuda divina. Y aunque pudieran, no se atreverían a hacerlo. La han traído por mar.

Euríale asintió batiendo las alas. Oteó el océano en todas direcciones. Ningún barco se habría alejado hasta perderse de vista en el tiempo que ellas habían tardado en encontrar a la niña. Las había despertado un ruido y habían salido a la vez de la cueva. Ningún barco o nadador podía haber desaparecido tan rápido.

—No lo sé —admitió Esteno leyéndole los pensamientos a su hermana—. Pero mira. —Señaló a la niña y esta vez Euríale se fijó en el círculo de arena húmeda que había debajo de ella y en el reguero de algas que llegaba hasta la orilla.

Las dos se quedaron allí sentadas en silencio, reflexionando.

—No pueden haberla dejado allí... —Euríale miró a su hermana, pues no quería sentirse estúpida.

Esteno se encogió de hombros y la brisa le acarició las alas.

—Tiene que haber sido Forcis. Si no es él no sé quién podría ser.

Euríale abrió sus ojos saltones como platos. ¿Por qué haría algo así? ¿De dónde habría sacado a una criatura mortal? ¿De algún naufragio?

Las gorgonas sabían muy poco de su padre. Era un dios anciano que vivía en las profundidades del océano con su madre, Ceto. Habían tenido mucha descendencia, aparte de Euríale y Esteno: Escila, una ninfa con seis cabezas de perro y seis bocas despiadadas, que vivía en una cueva alta sobre el mar de la que salía para comerse a los marineros que pasaban; la orgullosa Equidna, mitad ninfa, mitad serpiente, y las Grayas, tres hermanas que sólo tenían un ojo y un diente entre las tres, que iban pasándose; vivían en una cueva a la que ni las gorgonas se atrevían a ir.

Esteno y su hermana se acercaron poco a poco a la niña. El mar susurraba detrás de ellas. Habían dejado al bebé muy por encima del alcance de la marea, y Esteno señaló el húmedo rastro que conducía hasta él.

Euríale asintió.

—Ha sido papá. Ésas parecen las marcas de sus garras.

Al acercarse, Esteno se dio cuenta de que la niña dormía sobre un montón de algas secas; ¿las había recogido su padre para hacerle una especie de lecho? En su mente se libraba una lucha entre lo que veía y lo que creía saber. La idea de que Forcis hiciera algo tan... —Esteno buscó la palabra— mortal como acostar a un bebé en una cuna improvisada era imposible. Y, sin embargo, allí estaban las marcas de sus garras flanqueando el ancho surco que había dejado su cola de pez. Y allí estaba el bebé, a salvo del agua, durmiendo sobre un gran montón de algas secas, translúcidas como la muda que las serpientes dejan en la arena, pensó.

Sólo cuando se acercaron a la niña, y Euríale la miró como se mira a una visita inoportuna o una ración de comida escasa, las dos hermanas comprendieron el motivo por el que Forcis se la había entregado.

—Tiene... —murmuró Esteno.

Euríale se agachó e inclinó la cabeza para ver mejor los hombros de la niña. Sólo podían verle una parte de la espalda a través de las algas, pero su hermana no se equivocaba. El bebé tenía alas.

Las gorgonas tardaron un día entero en aceptar que tenían otra hermana, y además mortal. Tardaron varios días más en aprender a no matarla sin querer.

—¿Por qué llora? —preguntó Euríale, tocando con cuidado al bebé con la garra en un puño para no hacerle daño.

Esteno la miró, alarmada.

—No lo sé. ¿Quién entiende a los mortales?

Ambas intentaron pensar en algún mortal que hubieran visto comportarse de un modo similar, pero no lograron recordar a ninguno. De hecho, no recordaban haber visto a ninguna criatura humana. De pronto Euríale pensó en el nido de cormoranes que había descubierto en las rocas cercanas. La hembra tenía polluelos, le dijo a Esteno, quien asintió como si lo recordara.

—Los polluelos hacían un ruido espantoso y la madre les daba de comer. —Euríale esbozó una gran sonrisa.

Voló tierra adentro hasta llegar a los asentamientos más cercanos y regresó con una oveja debajo de cada brazo.

—Leche. A los bebés les dan leche.

Así, aunque eran diosas, aprendieron a dar de comer a su hermana. Al cabo de un tiempo Esteno ya no recordaba cómo había sido su hogar antes de que un pequeño rebaño de ovejas de cuernos curvos correteara por las rocas. Incluso Euríale —que había cruzado los cielos en busca de presas que atrapar entre sus poderosas mandíbulas sólo por el placer de oír el crujido que hacían los huesos al romperse— parecía disfrutar pastoreándolas. Un día, un águila intentó arrebatarles una y Euríale se elevó en el aire para defenderla. Pero volvió con las manos vacías. El águila era demasiado rápida. Dejó tras ella una estela de plumas sobre la arena y desapareció con el animal. Aun así, nunca más volvió.

Los primeros días Esteno se preguntó si Forcis regresaría para darles alguna explicación o un recado de su madre, Ceto, pero nunca lo hizo. Las dos gorgonas se tomaban la situación de forma muy distinta: Euríale se sentía orgullosa de que sus padres les hubieran confiado a la extraña niña mortal para que la cuidaran. Esteno, en cambio, se preguntaba si su padre la había dejado con ellas esperando que fracasaran. Era imposible que los dioses miraran a los mortales sin sentir cierta repulsión. Esteno quería a su nueva hermana tanto como a Euríale, pero todavía tenía que reprimir un escalofrío cuando le veía las manos y los pies horriblemente pequeños, con sus repugnantes uñitas. Y, sin embargo, aunque se hubiera torcido algo en el parto, Medusa también era una gorgona. Y tal vez mejorara con el tiempo.

Porque ése fue el siguiente acontecimiento perturbador. La niña cambiaba sin cesar: crecía y se transformaba bajo su mirada, como Proteo. En cuanto se adaptaban a algún nuevo rasgo inexplicable, ella desarrollaba otro nuevo. La llevaban en brazos a todas partes porque no podía desplazarse por sí sola y luego, sin previo aviso, se puso a gatear. En cuanto se acostumbraron, ella dejó de gatear y empezó a andar. Las alas le crecían a la vez que el cuerpo, y fue un alivio para ambas descubrir que, aunque no volaba muy bien, no estaba completamente atada a la tierra. Euríale confesó que las alas le recordaban que las tres eran hermanas, a pesar de todo. Sintieron una breve oleada de esperanza al ver que le salían dientes, pero eran pequeños y se mantenían con firmeza dentro de su boca, no como los colmillos propiamente dichos. Podía usarlos para masticar, pero ¿de qué servía eso?

La continua transformación de Medusa obligó a sus hermanas a cambiar también. Esteno aprendió a hacer pan porque la leche ya no le bastaba. Las tres se quedaron mirando la masa mientras se formaban burbujas en la superficie y se elevaba sobre la amplia roca plana que hacía equilibrios sobre la hoguera. Euríale había estado observando a las mujeres hacer esa tarea y había vuelto con instrucciones y consejos. Con el tiempo cada vez imitaban más a los humanos que vivían cerca.

Los mortales siempre habían temido a las gorgonas, pero no era un sentimiento recíproco. Mientras que sus hermanas, las Grayas, vivían en una cueva lo más alejada posible de los humanos, ellas se instalaban donde querían y la gente las evitaba. Ninguna de las dos hermanas recordaba por qué habían elegido aquel lugar concreto de las costas de Libia, pero ya hacía mucho que lo habían convertido en su hogar. Era una ancha playa de arena, flanqueada de grandes rocas emblanquecidas por el sol, y cubiertas aquí y allá de matas de hierba resistente. Estas rocas servían de atalaya: no era fácil trepar por ellas, pero una gorgona podía volar sin dificultad hasta alcanzar los puntos más altos y contemplar desde allí el mar y los pájaros de pico afilado zambulléndose en busca de peces, o volverse para mirar la tierra rojiza con sus verdes y oscuros matorrales. En la otra punta de la playa había una gran grieta en la roca causada por uno de los terremotos de Poseidón que casi había partido la tierra en dos. El terreno era más alto en el lado donde vivían las gorgonas, no mucho pero lo suficiente para que tuvieran la sensación de haber elegido la parte mejor de la costa, la más elevada.

En Libia vivían un sinfín de criaturas. Sus vecinos más cercanos eran las reses y los caballos llevados allí por las gentes que se habían asentado en los alrededores. Euríale recordaba una época en que no había habido humanos a menos de un día de vuelo desde la costa. Solían vivir mucho más lejos, pero algo cambió. Le preguntó a Esteno si recordaba qué había pasado, pero era absurdo preguntarle sobre esas cosas. Esteno pensaba que el mundo era tan inmutable como su hermana y ella. Sin embargo, hasta las gorgonas habían cambiado, dijo Euríale: antes eran dos, en cambio ahora eran tres. Esteno se encogió de hombros y señaló que tal vez fuera cosa del clima. A los humanos les preocupaba, ¿no? Porque tenían animales que alimentar y tierras que cultivar. Y quizá ésa era la diferencia. La tierra estaba más seca y más caliente ahora que antes. Euríale recordó a su hermana la época en que habían sobrevolado grandes extensiones verdes en las que se oía una profusión de sonidos: la conversación de las golondrinas, la llamada de los abejarucos, el canto de las alondras. Se habían detenido a orillas de un lago enorme y desde allí habían contemplado cómo las cigüeñas se bañaban en las tranquilas aguas. Esteno asintió vacilante. Nunca cuestionaba la memoria de su hermana, pero no siempre compartía su claridad.

Era verdad, convino Esteno, que poco a poco sus vecinos habían ido acercándose a la costa, al mar. Pero la playa en la que vivían seguía siendo suya no sólo por su inaccesibilidad sino también porque corrían historias sobre las criaturas que los hombres creían haber vislumbrado allí. Monstruos de las profundidades con bocas enormes, colmillos feroces y alas coriáceas: rápidos y fuertes, y siempre temibles. Tenían melena de león, piel de serpiente o cerdas de jabalí. Para la mayoría de los mortales, las gorgonas lo eran todo y nada, decía Esteno, quien tal vez recordaba menos cosas que Euríale, pero entendía más.

Los hombres, por lo tanto, evitaban su hogar, la playa y el mar, las rocas y la cueva. La cueva que Esteno creía que habían elegido a raíz de la aparición de Medusa. Euríale sabía que habían vivido allí antes, pero nunca lo mencionó. La cueva se convirtió en el hogar de Medusa en cuanto se hizo lo bastante mayor para explorarla. A las gorgonas les encantaba tomar el sol: Esteno y Euríale aguantaban horas tumbadas bajo el sol abrasador con las alas desplegadas, dejando que el calor las penetrara. Medusa, en cambio, entornaba los ojos en las horas más luminosas del día y notaba cómo se le calentaba demasiado la piel. Cuando aún era pequeña, buscaba la sombra bajo las alas desplegadas de sus hermanas. Pero, de mayor, se pasaba horas explorando los recovecos de la cueva, sus muchos túneles y senderos ocultos; descubrió que la grieta que se veía desde la playa se observaba también en el oscuro interior; tan bien llegó a conocerla que, cuando apretaba el sol, daba un beso a sus hermanas en sus mejillas barbudas y se retiraba al fresco interior para dormir.

Esteno, que no tenía ninguna hija, se sentía como la madre de Medusa y sabía que Euríale también. Y aunque no había elegido esas emociones, intentaba no horrorizarse ante ellas. La confusión y la repulsión que Medusa les había provocado en un principio habían desaparecido. Pero no la preocupación. Esteno nunca había tenido miedo en su vida antes de asumir la responsabilidad de una niña. ¿De qué iba a tener miedo una gorgona como ella? ¿De los hombres? ¿De las bestias? Era absurdo. Y hasta Medusa, ninguna había temido por la suerte de otra criatura. Nunca había sentido la más mínima preocupación cuando Euríale salía a cazar o a explorar: su hermana podía defenderse de cualquier ataque, igual que ella. Pero luego apareció Medusa, a quien cualquier cosa podía causarle daño, hasta una piedra.

¿Todos los niños tenían las extremidades tan inestables cuando eran pequeños? ¿Todos se caían sin previo aviso? ¿Todos sangraban cuando chocaban con algo duro? Por muy olvidadiza que fuera, Esteno recordaba aún el pánico que la invadió cuando Medusa tropezó con las hierbas que sus ovejas sorteaban sin titubear. La niña había estado jugando en las rocas más altas, presumiendo de las alas que le habían permitido volar el pequeño trecho que no pudo trepar. La caída fue repentina y breve, y Medusa aterrizó en una roca que sobresalía sobre la arena de debajo. Esteno no sabría decir cuántos años tenía entonces su hermana, pero ni siquiera le llegaba a la huesuda cadera a Euríale. Al caer había emitido un ruido: Esteno y Euríale se habían mirado en silencio, leyéndose mutuamente el pensamiento. ¿Sería ése el momento en que su hermana se daría a conocer como una verdadera gorgona? ¿El momento en el que por fin soltaría el mismo aullido inmortal que Esteno podía emitir con sólo abrir la boca?

No. El aullido fue más una demostración de fragilidad que de fuerza. Y resultó decepcionantemente corto, ya que la niña tuvo que detenerse para tomar aire y seguir gritando. Respirar era una debilidad terrible. Y de pronto apareció la sangre, derramándose a raudales por la pierna de la niña. En un principio Esteno ni siquiera supo lo que era, pues ignoraba que por las venas de su hermana corría esa sustancia roja y pringosa en lugar del icor que tenía cualquier criatura normal. Euríale y ella volaron hasta ella, la cogieron en brazos y la rodearon con sus alas. Euríale le lamió con delicadeza la sangre de la piel. Los aullidos cesaron y las lágrimas que le corrían por las mejillas desaparecieron, dejando sólo un ligero rastro de sal que Euríale también lamió. Medusa se quedó mirando la roca que la había herido. Euríale no necesitó palabras para entender. Clavó las garras en la roca y observó a su hermana mientras la roca se resquebrajaba y se hacía añicos a sus pies.

Después de aquello, cada vez que Medusa miraba el lugar donde había estado la roca, se frotaba los restos del moretón y sonreía, porque ya no podría volver a hacerle daño. Euríale se había encargado de ello.

Cuando Esteno reunía a sus hermanas —Euríale bajaba en picado de los cielos y Medusa salía corriendo de la cueva—, las saludaba con las mismas palabras: somos una, pero somos muchas. Medusa siempre respondía como si fuera una pregunta (no lo era): tres no son muchas. Y Esteno sonreía y se agachaba para acariciarle su bonito pelo, que se le enroscaba en espesos tirabuzones oscuros alrededor del rostro. Tú sola ya eres muchas. «No sé a qué te refieres. Sólo soy yo», replicaba la niña.

—¿Siempre somos tres? —preguntó un día.

Esteno no lo entendió.

—¿Cómo dices?

—¿Algún día seremos más de tres? —Medusa había estado observando a las ovejas, que ese verano habían tenido cinco corderos. El año anterior sólo habían tenido dos.

—No, cariño. Siempre seremos tres —respondió Esteno.

Medusa vio cómo se le ensombrecía el rostro a su hermana, pero no lo comprendió.

—¿Quién me dio a luz a mí?

Esteno se volvió hacia Euríale, que miraba a las ovejas, antes de responder.

—Ceto.

—¿Quién es?

Esteno se encogió de hombros.

—Tu madre y la nuestra.

—Pero yo nunca la he visto. ¿Cómo va a ser ella mi madre? Creía que lo erais vosotras. —Medusa miró entre las dos—. Si ella es mi madre, ¿por qué no está aquí?

Las dos gorgonas habían esperado con impaciencia que la niña hablara. Pero a Esteno ahora le pareció que debería haber tardado más en hacer preguntas sobre todas y cada una de las cosas que podía o no podía ver, desde los pájaros en el cielo hasta el viento que le agitaba el pelo. ¿Por qué, por qué, por qué? Esteno había intentado hacerle comprender que ella no sabía por qué los cormoranes volaban más cerca de la orilla que otras aves, o por qué a sus ovejas les gustaba la hierba y a Medusa no, o por qué el mar estaba más frío que la arena cuando el sol brillaba igual en los dos. Esteno nunca se había fijado en todo eso. Pero la falta de respuestas no disuadió a Medusa de hacer nuevas preguntas. Esteno miró a su hermana, expectante.

—Están en el mar —respondió Euríale.

—¿Quiénes?

—Nuestros padres. Tienes una madre y un padre.

Medusa frunció el ceño.

—¿Son peces?

Euríale reflexionó sobre la pregunta.

—No, no son peces.

La niña se echó a llorar. Las dos hermanas se miraron alarmadas. Se habían acostumbrado a sus constantes cambios de humor, pero aun así les chocó que llorara por no tener unos peces por padres. Cuanto mayor era su perplejidad, más aparatosos eran los sollozos de Medusa.

—No querrías que tus padres fueran peces —la consoló Esteno rodeándola con el brazo—. ¿Cómo distinguirías un pez de otro? No sabrías si es tu padre o no.

—¡Pero los únicos que sobreviven en el mar son los peces! —se lamentó Medusa.

—No es verdad —replicó Euríale—. ¿Por qué dices eso? Sólo has visto peces porque son las criaturas que más se acercan a la orilla en la que vives. Pero el mar se extiende mucho más allá de lo que ves desde aquí. Es ancho y profundo, y está lleno de criaturas y lugares que nunca imaginarías. Forcis y Ceto viven en lo más profundo del océano.

—¿Y no podría vivir yo allí?

—No —se apresuró a responder Esteno—. Si lo intentaras te ahogarías. Prométeme que nunca irás más allá de las rocas que conoces. —Y señaló las enormes rocas que formaban los lados de la bahía.

Medusa asintió.

—Te lo prometo. ¿Tú podrías vivir en el mar?

Cada respuesta daba pie a más preguntas. Euríale flexionó las alas.

—No lo creo. Supongo que si se me mojaran las alas, pesarían demasiado para volar.

Esteno asintió, porque no tenía ni idea.

—¿Y por eso vivimos juntas aquí? —preguntó Medusa—. ¿Porque no podemos vivir en el mar y ellos no pueden vivir en la tierra?

—Exacto —respondió Euríale.

—¿Aunque no sean peces?

—No lo son.

—¿Qué aspecto tienen? —preguntó Medusa—. ¿Son como vosotras?

Euríale reflexionó un momento.

—No, como nosotras no. Ellos no son gorgonas. Forcis es un dios del mar. Tiene escamas en lugar de alas, y unas garras enormes en lugar de piernas. Y Ceto es... —Euríale enarcó sus cejas pobladas y miró a Esteno, que no supo qué decir—. No sé muy bien cómo describir a Ceto. Nunca la hemos visto.

—¿Nunca?

—Vive en las profundidades del océano, Medusa. Ninguno de sus hijos la ha visto.

Medusa se quedó sentada en silencio; al parecer se le habían acabado las preguntas. Y una vez más sus hermanas confiaron en haberle ocultado lo que sabían que era cierto: que ella era un bicho raro cuyo nacimiento había horrorizado a sus padres. Esteno era inmortal, al igual que Euríale, sus padres, abuelos y hermanos. Todos lo eran excepto Medusa y ciertas criaturas a las que ninguna gorgona prestaría atención.

Pero allí estaban, Euríale apacentando sus rebaños como si fuera un pastor, y las dos hermanas hablando ansiosas sobre la producción de leche. Esteno había clavado con su garra unas pieles secas en la entrada de la cueva para que Medusa estuviera caliente por la noche. En cuanto asumieron la tarea de criar a Medusa, sus días habían cambiado irreversiblemente.

¿Y qué podría haber preparado a Esteno para el cambio que eso había supuesto? No sabía dónde ubicar el dolor que sentía y que tanto la contrariaba, pero en algún lugar de su cuerpo se escondía una nueva y extraña emoción, que al final llegó a la conclusión de que era miedo. ¡Miedo! ¡En una gorgona! La idea era tan absurda como exasperante. Pero era eso; no podía seguir fingiendo. Vivía con la inquietud constante de que Medusa pudiera estar en peligro. De modo que no sólo una gorgona tenía miedo, sino que lo tenía por otra gorgona que debería ser tan inmune como ella misma. Euríale también sufría —Esteno veía en los ojos de su hermana la misma inquietud—, pero le daba vergüenza admitirlo. No era de extrañar que Forcis hubiera dejado al bebé con ellas. Ningún dios del mar querría sentirse tan débil. Le recorrió un escalofrío al pensar en lo que había perdido: la agradable sensación de ser dueña de sí misma y de sus emociones, de no tener preocupaciones o al menos preocupaciones importantes. Todo eso se había esfumado, reemplazado por un miedo atenazador cada vez que la niña se caía, desaparecía de la vista o rompía a llorar.

Eso, lo sabía, era amor. Y aunque no quisiera sentirlo, lo sentía.

Hera

En medio de las elevadas cumbres del Monte Olimpo, Hera vio que algo iba mal. Zeus era irritable, pero no solía ser tan malévolo. El rey de los dioses había acechado el Olimpo durante días, amenazando a una deidad tras otra por las infracciones más insignificantes. La roca bajo sus pies había temblado a su paso y los pinos situados al pie de la montaña se habían encogido al unísono. Por lo general Zeus se las arreglaba para mostrarse civilizado con Apolo y Artemisa. Pero hacía unas horas los tres se habían enzarzado en una discusión de lo más acalorada. Y por una nimiedad: Apolo estaba tocando su lira, lo que sin duda era molesto, pero no una novedad. Además, a Zeus a veces le gustaba la música. Hera prefería el silencio a que todos adularan al prístino arquero, pero por una vez ella no había empezado la pelea.

Apolo había estado tocando el instrumento muy bajito y sólo su hermana se había quedado embelesada ante su maestría. Hera pensó que no lo hacía mal del todo. Entonces él se había equivocado de nota y Artemisa se había reído. De una forma bastante encantadora, en opinión de Hera, pero ¿cuándo le había importado eso a Zeus? Su marido había gritado de rabia y lanzado un rayo tras otro en dirección a los otros dos. Y ellos se quedaron tan parados que ni siquiera se burlaron de su pésima puntería. Las columnas que sostenían los bonitos soportales iban a requerir un arreglo y los robles a lo lejos se iluminaron brevemente y luego se ennegrecieron. El olor a hojas quemadas enfureció aún más a Zeus. Al verlo tan indignado, Hera estuvo a punto de posponer su venganza por el asunto de Metis.

Tal como ella esperaba, él había borrado a la diosa engreída de la faz de la tierra. Aun así, estaba molesta con lo sucedido. No bastaba con haber castigado a Metis, también tenía que darle a Zeus su merecido. Y conocía una manera de hacerlo. Contempló su reflejo en un estanque poco profundo y sonrió complacida. Bueno, conocía innumerables maneras.

Hera y Zeus estaban hechos el uno para el otro, al menos en cuanto a su capacidad para enemistarse. Había días en los que ella no lo creía capaz de levantarse de la cama si no era para seducir o violar a alguien. ¿Y el tiempo y el esfuerzo que ella debía invertir en acosar a todas las diosas, mujeres o ninfas que él había violado? Cuanto más lo hacía no era menos agotador, sino todo lo contrario. En esa ocasión, ella había decidido que el castigo que infligiría a Zeus debería estar acorde con su particular y recurrente delito. Había dejado a Metis preñada, aunque el niño, dios o semidiós no había aparecido por ningún lado. Hera se detuvo a considerar la desagradable posibilidad de que en alguna parte hubiera un bastardo que ella no había localizado ni perseguido. No. Sus grandes ojos castaños le daban la engañosa apariencia de una dulce criatura. Una cierva, por ejemplo, o una vaca. Pero eran tan penetrantes como los de cualquier depredador. A ella no se le escapaba nada.

Entonces, ¿dónde estaba el niño? Le enfurecía no saberlo. Pero no podía preguntárselo a él. Y ninguna de sus fuentes de información habituales (las ninfas, que procuraban estar bien con ella por si les sucedía alguna calamidad) había sido capaz de darle una respuesta. Lo descubriría. Pero antes castigaría a Zeus.

Hera no le habló a su marido de Hefesto durante uno o dos días (en realidad, no estaba segura de cuántos habían transcurrido, ya que para ella y para los demás dioses todos se fundían en uno). Pero su hijo parecía haber pasado de niño a adulto en apenas unos instantes. Quizá todas las madres tenían esa sensación, se dijo después. Y se encogió de hombros, porque ¿cómo iba a saber la respuesta sin preguntar? ¿Y quién iba a molestarse en hacerlo? Lo único que importaba era que en un momento era pequeño y al siguiente ya había crecido. Le irritó darse cuenta de que cojeaba, algo que debía de haber heredado de su padre; de ella, desde luego que no. Pero como no pensaba revelar quién era el padre, nadie lo sabría. Y Hefesto era hábil con las manos, eso enseguida se hizo evidente.

Demasiado hábil, de hecho. Porque la indignación de Zeus ante la noticia de que su esposa había tenido un hijo ilegítimo enseguida se mitigó al descubrir lo útil que era tener cerca a esa nueva deidad. Cuando Zeus por fin se había percatado de la existencia de un dios cojo que sentía por la reina de los dioses tal afecto que sólo podía ser su hijo, estalló con su habitual iracundia. Pero Hefesto —siempre tan deseoso de complacer a todos, especialmente a su padrastro— se apresuró a aplacarlo esculpiendo un águila de bronce, que le regaló.

Los demás dioses observaban con interés. Apolo tenía la lira en las manos, pero su hermana le puso una mano en el brazo para detenerlo. Zeus frunció el entrecejo y agarró el águila con la clara intención de arrojarla contra su creador. Pero al levantarla, los rayos del sol se reflejaron en sus plumas. Hefesto las había moldeado de tal forma que, cuando la luz caía sobre ellas, las alas se veían del color marrón oscuro del pájaro favorito de Zeus, pero las plumas adquirían un brillo dorado por los bordes, como si Helios alcanzara el pájaro de verdad en pleno vuelo. Zeus estaba a punto de comentar que nunca había visto nada tan bonito, aparte del cuerpo desnudo de su esposa, cuando vio cómo los ojos de ésta se ablandaban mirando a su hijo y a él, y decidió que era mejor callarse ciertos pensamientos.

Hefesto construyó su propia fragua detrás de las salas en las que vivían los otros dioses. Allí era donde se lo solía encontrar, pues nada lo hacía tan feliz como fabricar objetos. Todo lo que creaba —fuera de arcilla, bronce o piedra— era de lo más exquisito. Él seguía siendo el de siempre: rehuía los conflictos a menos que él mismo hubiera hecho las armas de los contendientes. E incluso entonces sólo quería asegurarse de que respondían bien: si el diseño de la lanza podía resistir el escudo que él mismo había fabricado, reforzado con capas y capas de cuero. Satisfacía los caprichos de cualquier dios que acudía a él. Artemisa le murmuró a Apolo que era imposible que alguien tan complaciente estuviera emparentado con Hera, y él asintió mientras admiraba el nuevo carcaj y el arco de su hermana.

• • •

Pero el humor de Zeus no mejoraba. Se lo podía apaciguar con regalos, pero la mejoría era transitoria y al día siguiente volvía a estar tan irascible como antes.

—¡Pero bueno! ¿Cómo puedes seguir enfadado con el pobre muchacho? —le preguntó por fin Hera cuando hizo llorar a su copero por tercera vez en un día—. No para de ir de aquí para allá cumpliendo tus deseos. Estás amargándole la vida y ni siquiera es agradable mirarlo cuando llora.

—Lo sé. ¿Por qué será que las mujeres lloran de una forma tan encantadora y los hombres no?

—No me lo explico. Pero lo ha encharcado todo con sus lágrimas, y si resbalo y me caigo tendrás tú la culpa.

—No me importa a quién le eches la culpa —respondió su marido—. No me importa lo que hagas siempre que sea en silencio.

—¿Te duelen los oídos? —quiso saber ella.

—No. Cállate.

—¿Te aprieta demasiado la corona de laurel?

—Creo que no. ¿Cómo va a apretar demasiado algo hecho con hojas?

—No lo sé, sólo me lo preguntaba.

—¿Crees que al rey de los dioses le pueden molestar unas simples hojas? —La cólera de Zeus iba en aumento.

—Creo que algo te está haciendo enfadar —le espetó Hera—. Y no es la calidad del néctar que te ha traído ese muchacho.

Hubo un largo silencio. El rostro barbudo de él se ensombreció de ira mientras la expresión solícita de ella se mantenía imperturbable.

—Me duele la cabeza.

—No te he oído bien. —Hera se echó hacia delante y volvió hacia él su elegante oreja.

—He dicho que me duele la cabeza.

—¿Por eso estás de mal humor, por una jaqueca?

Los ojos dorados de Zeus centelleaban.

—Tú tienes bastantes y te ponen de un humor de perros.

—Por suerte tú siempre encuentras consuelo en otra parte. ¿Por qué no has pedido ayuda a uno de los centauros?

—¿Es lo que haces tú?

—Son expertos en hierbas, ¿no?

—Eso creo. Apolo debe de saberlo.

—Apolo hasta podría ir a preguntárselo, si dejaras de gritarle por cualquier cosa.

—¿Podrías pedírselo tú?

—Estoy segura de que eso ayudaría. ¿Qué te parece si le digo que sientes haberle roto la lira?

—Pero no lo siento.

—Si finjo que lo sientes.

Se miraron a los ojos. Él la quería cuando estaba de buenas. Era una pena que se enfadara tan a menudo.

—Está bien. Dile que lo siento.

—Sí, esposo. —Y lo besó con delicadeza en la mejilla antes de irse a explicar al arquero que se requerían sus servicios, con la lira rota o no.

El centauro preparó un brebaje de origen incierto y color desagradable. Cuando Apolo se lo llevó a Hera, se disculpó diciendo que Hefesto acababa de entregarle una nueva lira y no quería perderla también. Tendría que dárselo ella a Zeus y recomendarle que se lo bebiera. Hera recorrió los suntuosos pasillos y las luminosas estancias hasta que llegó a la pequeña cámara oscura que

Zeus ocupaba últimamente. Le sirvió la poción en una copa dorada para mejorar su aspecto, pero mientras la vertía pensó que había conseguido más bien lo contrario: la poción parecía igual de poco apetecible y, de algún modo, la copa aún se veía peor.

—¿Esposo? —lo llamó ella.

Él respondió con un gemido.

—Te traigo la medicina que el centauro ha preparado para ti. —Ella apartó la gruesa cortina y le tendió la copa—: Aquí está.

Tumbado en un diván, con la cabeza apoyada en unos cojines, Zeus gimió al notar el leve aumento de luz. Tomó la copa en sus manos y se bebió el contenido de golpe. A juzgar por la mueca que hizo, su sabor era tan horrible como su aspecto. Pero no gritó ni arrojó la pesada copa a su mujer. Sólo se dejó caer en los cojines y la despidió con un gesto.

Hera se encontró en la desagradable situación de estar preocupada por su marido. No tenía experiencia en ello; por lo general ella representaba la mayor amenaza para el bienestar de Zeus.

Pero pasaban los días y su estado no mejoraba. Los salones del Olimpo, siempre resonantes de música, discusiones y conversaciones, habían enmudecido. Hermes se había encontrado de pronto con una avalancha de mensajes por entregar. Ares estaba promoviendo alguna pequeña guerra de la que se mantendría al margen. Afrodita estaba en alguna parte divirtiéndose con un apuesto amante. Artemisa estaba cazando en las montañas y Apolo se había ido con ella. Hera se encontró vagando sola, oyendo el eco de sus pasos en las cumbres de las montañas circundantes. Estaba a la vez aburrida y ansiosa.

Iba a ver a su marido, que apenas estaba consciente, durante las primeras horas del día, cuando el resplandor de Helios lo perturbaba menos. Y, sin nadie con quien hablar y con la sensación inquietante de que debería estar haciendo algo que no hacía, no sabía en qué más invertir su tiempo. Se sorprendió yendo todos los días a la fragua para hablar con su hijo. Él siempre se alegraba de verla y se apresuraba a ofrecerle la silla curvada que había fabricado para ella. La escuchaba. Le hacía pequeñas figurillas de pájaros y animales que ella no quería para nada, pero que aceptaba para no herir sus sentimientos. Además, ¿quién más le hacía regalos?

Un día ella se echó a llorar mientras le contaba sus temores: que los mortales dejaran de hacer sacrificios, que Zeus nunca se recuperara, que los dioses del Olimpo se dispersaran con los vientos. Su hijo no podía soportar verla sufrir.

—Deja que te acompañe. Hablaré con él. Quizá pueda ayudar.

Hera miró al pequeño herrero cojo y no tuvo valor para decirle que el rey de los dioses no era un autómata hecho de metal o madera. Al menos él quería intentarlo, a diferencia de los demás dioses, que se habían esfumado. Aun así, Hera habría rechazado su ofrecimiento de no haberse dado cuenta en aquel instante de que ella ni siquiera estaba tramando vengarse de los dioses por haberla abandonado. ¿Adónde habíamos llegado?

Hera y Hefesto subieron lenta y penosamente la cuesta desde la fragua. Los accidentados caminos montañosos eran duros para su hijo. Hera acortó el paso para que no se quedara atrás.

—¿Hacía falta que cogieras tu hacha? —le preguntó.

Hefesto se sonrojó.

—Me siento mejor cuando llevo encima un hacha, o un martillo, por si alguien necesita algo.

Hera asintió, sin querer avergonzarlo más. Lo condujo a través de pórticos luminosos y enormes pasillos abiertos. Él estaba tan acostumbrado a la pequeña fragua, pensó Hera, que parecía incómodo en esos espacios tan grandes. Cuando por fin llegaron a la habitación donde estaba acostado Zeus y Hera alargó la mano para apartar la cortina, Hefesto la agarró del brazo, presa del pánico.

—Pídele permiso antes. No puedo entrar en sus aposentos así sin más.

—Dudo que se dé cuenta siquiera de que estás aquí. —Al pronunciar en alto esas palabras se sintió más sola que cuando las había guardado para sí.

»Esposo —murmuró cuando entraron los dos—. Esposo, he venido con nuestro hijo para que te vea.

De pronto parecía un momento tan bueno como cualquier otro para aclarar los orígenes del dios herrero. Zeus soltó un aullido ensordecedor.

—¡Bien! ¿Ha traído sus herramientas?

—Aquí están —respondió Hefesto.

—Por fin un poco de sentido común. —Zeus se echó hacia delante y entreabrió los ojos.

—Si hubieras pedido herramientas... —Pero al ver el estado de su marido, Hera decidió no continuar.

—¿Dónde te duele? —le preguntó Hefesto.

Zeus le señaló el centro de la frente.

—Aquí. Es como si el cerebro estuviera en guerra con el cráneo.

—Suena fatal. ¿Ha ido a más?

—Sí. Al principio lo notaba como si la mandíbula quisiera separarse de los dientes, y de ahí el dolor se extendía por toda la cabeza. Pero ahora se ha desplazado hacia arriba y se ha concentrado justo aquí, entre los ojos. Sea lo que sea, mi cráneo no podrá soportarlo por más tiempo.

—Podría coger el hacha y dejarla caer justo en ese punto.

—¿De qué serviría? —le preguntó Hera.

—Podría aliviar la presión de lo que sea que está pugnando por salir.

—¿Crees que ahí dentro hay algo? —Zeus levantó la mano poco a poco y pasó los dedos por el punto doloroso. No notaba nada, pero eso no significaba que no hubiera nada.

—No lo sé —respondió Hefesto—. ¿Puedes acercarte un poco más a la luz?

—El dolor aumenta con la luz —respondió Hera.

Pero Zeus cerró los ojos y el herrero, que se había movido con tanta cautela al recorrer los pasillos, se agachó en un solo movimiento rápido y eficaz y levantó el diván junto con el rey de los dioses para sacarlo al amplio corredor. Luego se acercó y pareció examinarle cada pelo de la cabeza.

—Creo que veo algo.

—Yo no veo nada —replicó su madre.

—¿Qué ves? —le preguntó Zeus, con los ojos aún cerrados.

—No sé cómo describirlo. Es como si distinguiera la sombra de algo que se mueve detrás de tus ojos. Está enfadado y no para de moverse.

—Eso es. Coge el hacha y déjalo salir.

—¿Estás seguro de que quieres que te golpeen en la cabeza con un hacha? —insistió Hera—. Me parece una gran idea —le dijo a su hijo, antes de volverse hacia su marido y añadir—: Pero tengo mis dudas de que desaparezca la jaqueca.

—Ya lo he probado todo —respondió Zeus—. Adelante con el hacha.

Medusa

Se había imaginado a su madre de mil maneras mientras estaba sentada en su roca favorita, que era lisa y quedaba protegida del ardiente sol gracias a un pequeño saliente. Ahora que tenía las piernas más largas le costaba menos trepar hasta ella. Todos los días saludaba desde allí a sus hermanas con la mano si miraban, para que supieran que estaba bien. No las rehuía exactamente, pero a veces se descubría con ganas de estar sola, sin tener que dar explicaciones de lo que pensaba ni por qué.

De vez en cuando también pensaba en su padre, pero de él sabía más; aparte de que sólo tenía que observar al rebaño de Euríale para comprender que lo único que les importaba a las crías eran las madres, y que, en justa correspondencia, los corderos lo eran todo para ellas. Si se separaban porque uno de ellos daba un traspié, la angustia era mutua. Euríale se acercaba volando para ayudarlo y lo llevaba con el resto para que dejaran de balar desesperadamente.

Y en eso pensaba Medusa mientras estaba sentada muy por encima de las olas, contemplando el mar cada vez más oscuro. Si una oveja se preocupaba de tal modo por sus crías, ¿por qué su madre no estaba con ella? ¿No sabía dónde encontrar a Medusa o no le importaba su hija? ¿Vería a la joven si todos los días subía a esa roca alta y se pasaba un rato ahí sentada?

Medusa miró el vasto océano convencida de que desde allí podrían verla. Y no se equivocó, pero no fue su madre quien la vio.

Anfítrite

Anfítrite, la reina del mar, nadaba entre los delfines por las aguas poco profundas de un azul cerúleo pensando en cómo la había cortejado su marido. Él le confesó que se había enamorado de su voz, que le recordaba el sonido del agua lamiendo la orilla. Y ella había disfrutado de cómo le iba detrás, y de los elogios y regalos que le hacía. Pero había algo en él que la incomodaba, así que ella no sucumbió a sus innegables encantos. Si a alguien se le hubiera ocurrido preguntarle por qué, podría haber respondido que el placer de gozar de su atención siempre se veía ligeramente empañado por la sospecha de que, aparte del encanto que desplegaba, era capaz de una crueldad devastadora. Había oído rumores, nunca una historia completa sino el eco de muchas, como si intentara oírlas a través de una caracola.

Al final su inquietud había podido más que los obsequios y las atenciones, y huyó del dios y de su reino, el mar. Se escondió y buscó un protector que pudiera mantenerla a salvo. Incluso el Agitador de la Tierra se lo pensaría dos veces antes de enfrentarse a Atlas. Y el titán la había protegido de la furia de Poseidón, pero poco podía hacer para mantenerla alejada de la continua atención del dios. Todos los días acudían mensajeros que suplicaban a Anfitrite que volviera a las profundidades. Si nadaba, los peces le susurraban que él la amaba. Si se quedaba en la orilla, el viento azotaba la arena formando olas. Nunca recibió una amenaza, salvo en la implacabilidad de su persecución. Y los siguientes en apoyar su causa fueron los delfines, por quienes Poseidón sabía que ella sentía debilidad.

Ya se cansará, le decía Atlas. Un día perderá el interés y se rendirá. Y ella sonreía porque quería que fuera verdad y para que pareciera que las palabras del titán la tranquilizaban. Pero ella ya sabía algo que el titán ignoraba: Poseidón nunca se rendiría. ¿Cómo gana el mar cualquiera de sus batallas? Por desgaste.

Y con el paso de los días, los meses y los años, Anfitrite notó que su resistencia se estaba agotando. ¿No sería más fácil volver al mar?, le preguntaban los delfines (siempre tan amistosos). Y al final fue lo más sencillo. Resultó más fácil ceder que resistir. Y Poseidón se mostró tan feliz con su regreso y tan complacido de convertirla en su esposa que nunca mencionó el tiempo que ella lo había hecho esperar, dando a entender que había sido un delicioso juego de seducción de principio a fin.

Y así quedó establecido el patrón de su matrimonio. Poseidón nunca dejaba ver su cólera hasta el punto de que se le borraron casi todas las líneas de expresión de la cara. Si no fuera por el temor repentino que ella a veces percibía en las criaturas que habitaban el agua en derredor, habría creído que todo era tal como él quería que pareciese. Y era, sin duda, mucho más cuidadoso con los sentimientos de ella que Zeus con los de su esposa Hera. Anfitrite tenía que esforzarse bastante para averiguar a quién perseguía su marido y —con una excepción que ahora lamentaba un poco, porque su reacción no había mostrado lo mejor de ella— casi nunca le importaba. En esto Hera constituía su inspiración: ¿quién parecía más feliz de las dos? ¿Anfitrite nadando con sus delfines en las aguas azules del mar, con su cálida piel acariciada por las algas y los peces? ¿O Hera, consumida por la ira, perdida en un ciclo interminable de venganza infructuosa?

Por eso Anfitrite solía hacer poco caso a su marido, a menos que lo tuviera delante regalándole otra hermosa concha con una preciosa perla dentro. Pero en esta ocasión no pudo evitar enterarse de quién era la receptora de las atenciones del dios. Él parecía vagar todos los días por las aguas poco profundas del Mediterráneo, volviendo una y otra vez al mismo tramo de costa. Había estado a punto de chocar con él dos veces y no era normal verlo tan distraído. Pero Poseidón llevaba meses observando a la gorgona desconocida. Al menos, Anfitrite supuso que era a ella a quien observaba y no a sus hermanas. Las otras dos hacía mucho tiempo que vivían allí, y él nunca se había detenido en sus aguas. Era la nueva la que le había llamado la atención. Las gorgonas no encajaban en ninguna parte, pensó Anfitrite, excepto en la playita solitaria en la que habían decidido vivir. ¿Dónde iban a encajar unas criaturas aladas que, además, eran hijas de Forcis y Ceto? Pobrecillas. Pero allí estaba su marido, dedicando cada rato que tenía libre a la contemplación de esa muchacha que pertenecía tanto al mar como al cielo.

Cuando Poseidón regresó a su lado aquella noche, a Anfitrite no le hizo falta preguntarle dónde había estado, y si lo preguntó fue por el placer de oírlo mentir. Había estado admirando el templo de Hera, respondió él, que la gente del pueblo había construido en lo alto del promontorio. El templo no quedaba tan lejos de la playa de las gorgonas como para que fuera una respuesta inverosímil: Anfitrite también lo había visto. Y, en efecto, era impresionante incluso en la distancia, visto desde el mar. Poseidón comentó que esa gente estaba pensando levantar un segundo templo y que él quería que se lo dedicaran a él. No, no eran un pueblo de marineros, admitió. No vivían en una isla, y la tierra era fértil y el ganado crecía bien. Aun así quería que le consagraran ese templo.

Anfitrite asintió comprensiva y emitió los sonidos tranquilizadores que hacía tanto tiempo habían despertado el interés de su marido: las olas del mar rompiendo delicadamente sobre la suave arena. Por supuesto que se merecía un templo. Tenía que persuadirlos, claro que sí.

Y mientras ella le pasaba los dedos por su pelo húmedo y salado, y aprobaba todos sus deseos, se preguntó si debía advertir a las gorgonas del peligro que corría su hermana.

Atenea

—Adelante con el hacha —volvió a ordenarle Zeus—. No te detengas.

Hefesto se hizo a un lado, y llevó todo el peso del cuerpo al pie de detrás mientras sopesaba el hacha que tenía en la mano. Estaba perfecta. La levantó en el aire y se disponía a dejarla caer cuando una voz ensordecedora le gritó que se detuviera. De pronto las salas se llenaron de ruido; todos los dioses del Olimpo habían regresado a la vez. Era el dios de la guerra quien había gritado, pensó Hefesto. Pero al mirar a su alrededor, vio un muro de rostros que lo juzgaban.

—Le he pedido yo que me golpeara con el hacha —les aclaró Zeus—. No volváis a interrumpirlo. —Y entrecerrando los ojos le lanzó a Ares una mirada de odio furibundo.

—¿Se lo has pedido tú? —replicó Apolo—. ¿Has perdido el juicio? —Se volvió hacia Hera—. ¿Ha perdido el juicio?

Hera, que estaba detrás de Zeus, se encogió de hombros.

—Debo de haberlo perdido —respondió Zeus—. De lo contrario nunca me habría fiado de tus amigos mitad hombre mitad caballo y de sus pociones a medio cocer. ¿Cuántos brebajes venenosos me has hecho traer? Me los he bebido todos y el terrible dolor que siento en la cabeza no ha disminuido un ápice. Ahora que por fin hay un dios que realmente quiere ayudarme, ¿por qué os entrometéis?

—¡Si hubieras pedido que alguien te partiera el cráneo con un hacha —replicó Ares—, yo mismo lo habría hecho sin dificultad hace meses!

—Pero no lo has hecho. Habéis desaparecido todos. Os habéis escondido en vuestros templos, evitando el Olimpo, esquivándome. Cobardes. En cambio él —señaló a Hefesto, que parecía incómodo con el hacha en sus fuertes manos— se ha quedado y se ha ofrecido a ayudar. Ahora dejad que haga lo que le he pedido.

—Está bien —respondió Apolo, y se volvió hacia Hefesto—. Continúa.

Hefesto volvió a levantar el hacha y desplazó el peso del cuerpo hacia atrás. Y esta vez, cuando bajó el hacha, nadie intervino. Hubo un destello de luz cegador y el ruido de metal contra metal, y todos los dioses cerraron los ojos y se taparon los oídos. Hasta Hefesto se quedó paralizado; echado hacia delante, apoyándose en el mango del hacha, agotadas las fuerzas.

Y ante todos ellos apareció una diosa. Completamente formada y armada con un brillante casco dorado que destelló bajo el sol de la montaña y una larga y delgada lanza en la mano derecha.

—Gracias —dijo, más irritada que agradecida—. Pensé que nunca me sacarían de allí.

Hubo un momento de silencio.

—No me esperaba que ocurriera algo así, la verdad —murmuró Artemisa a Apolo.

—Yo tampoco. Y conozco a los centauros.

Y al igual que todos los dioses que los rodeaban, los dos clavaron los ojos en la recién llegada, que les devolvió la mirada con indiferencia. Su piel era de una palidez casi translúcida después de haber pasado tanto tiempo en la oscuridad. Tenía unas extremidades fuertes y delgadas (aunque no era alta, el casco aumentaba su estatura), y unas manos hábiles. Su expresión era la de alguien que carece de paciencia pero intenta disimularlo. Ares desplazó el peso de un pie al otro, incómodo al ver a aquella diosa guerrera. Artemisa se preguntó si la joven sabría manejar la lanza. Hera guardó silencio, su rostro convertido en una máscara.

Fue Hefesto, tan acostumbrado a ver ante sí una obra deslumbrante, quien miró detrás de la nueva diosa para ver qué había sido de Zeus.

El rey de los dioses contemplaba maravillado su nueva creación mientras se frotaba la frente con alivio. El golpe de Hefesto no le había dejado ninguna marca.

—¡Hija! —exclamó con grandilocuencia.

La nueva diosa se volvió hacia él y lo evaluó con la mirada.

—¿Es eso cierto?

Medusa

A Euríale le gustaban los humanos. Sabía que a Esteno su fragilidad le resultaba extraña y desagradable, y que prefería evitarlos. Pero incluso antes de que llegara Medusa, ella solía volar tierra adentro para observarlos. Le hacía gracia su propensión al nerviosismo y a las prisas. Le encantaban las casas que se construían para dormir, y los enormes templos que conseguían levantar. Al volver a la costa le contaba a Esteno todo lo que había visto, aunque sabía que su hermana sólo la escuchaba por amabilidad.

Medusa era diferente. Le pedía a Euríale que le contara las historias una y otra vez, corrigiéndola si cambiaba algún detalle. Siempre suplicaba a las dos hermanas que le dejaran ver a los humanos. Disfrutaba viendo a los niños, del mismo modo que disfrutaba cuando sus ovejas parían corderos. Y al hacerse mayor, su amor por los mortales no hizo más que aumentar.

—Ni siquiera tienen alas —señaló Esteno una mañana que Medusa les rogó que fueran las tres a ver el nuevo templo, situado un poco más allá de la costa.

Las gorgonas podían verlo desde lo alto de las rocas, aunque se hallaba en un promontorio más elevado.

—Me gustaría saber cómo han conseguido transportar las columnas hasta un lugar tan alto.

—Podríamos preguntárselo si nos acercáramos a mirar —insistió Medusa—. Por favor.

—Hoy no —atajó Esteno—. Tengo cosas que hacer.

—Pero...

—Otro día —respondió Euríale.

Tenía que ordeñar a las ovejas y le parecía que una de ellas estaba enferma. Había apartado a la pequeña criatura de las demás, en el otro extremo de la orilla.

—Podría ir sola —sugirió Medusa.

Las hermanas se miraron. Podía ir sola, en efecto. A su edad los humanos hacían cosas solos, se dijo Euríale. Y aunque le doliera recordarlo, Medusa ya no era una niña.

—¿Cuántos veranos llevas aquí? —le preguntó Esteno con recelo.

—Que yo recuerde, trece —contestó ella. Y se volvió hacia Euríale—. ¿Cuántos recuerdas tú?

—Tres más —respondió ella después de contarlos. Pensó en su rebaño de ovejas, que había ido aumentando con los años, los primeros corderos, las primeras muertes. Recordó que Medusa estaba presente en todos esos momentos: primero gateando, luego de pie, dando tumbos y finalmente corriendo. Hizo un gesto de asentimiento a su escéptica hermana—. Sí, lleva dieciséis veranos con nosotros.

—Si fuera mortal, mis padres me dejarían ir a ver un templo —insistió Medusa mirando a una hermana y luego a la otra—. Por favor. Creo que han empezado a construir otro. Juraría que los vi marcando el espacio. Quiero verlo.

· · ·

Medusa no tenía miedo de viajar sola. Solía pasar tiempo por su cuenta en las cuevas donde vivían o en las rocas que rodeaban esa parte de la costa. Nunca se alejaba mucho de sus hermanas, así que cuando las dejó atrás disfrutó de la breve sensación de soledad que experimentó. Desplegó las alas y recorrió volando la corta distancia que la separaba del templo. Cuando estuvo cerca, se sintió aún más deslumbrada ante el ingenio y la grandeza. Al ver las enormes y firmes columnas coronadas por un friso de vivos colores, Medusa se preguntó cómo los mortales podían contemplar la historia de la guerra entre los dioses y los titanes que se narraba en él —una historia que sus hermanas le habían contado muchas veces— sin desnucarse. Todo el edificio parecía diseñado para ser admirado por alguien capaz de volar. Se elevó para contemplar más de cerca las figuras pintadas, que recorrían todo el borde exterior del tejado: los azules, rojos y amarillos le llamaron sucesivamente la atención. Siguió la historia panel a panel: los titanes se levantaban contra Zeus y los dioses olímpicos se unían para someterlos. Cuando aterrizó de nuevo en el suelo, se preguntó dónde estaban los mortales: no se veía un alma. Quería atisbar dentro del templo, pero Esteno le había aconsejado no asustar a los humanos, que solían huir gritando sólo ver a una gorgona. Tal vez la habían visto acercarse y se habían escondido. Aun así, se colocó detrás de una columna y abrió una puerta de madera, sólo un poco, esperando no asustar a nadie. Se asomó, y escudriñó el interior con los ojos acostumbrados a la oscuridad de su cueva. Vio un par de ojos brillantes que la miraban sin pestañear y jadeó antes de darse cuenta de que pertenecían a una estatua.

Sonriendo, empujó un poco más la puerta y entró. Era una estatua tan impresionante que no era de extrañar que se hubiera sobresaltado. La diosa estaba sentada en actitud orgullosa en su gran silla, con la piel blanca resplandeciente y el casco, la lanza y el escudo dorados. Tenía unos ojos extraordinarios: Medusa no se explicaba cómo podían ser de un azul tan intenso. Nunca había visto algo parecido y, sin embargo, sabía que era un retrato fiel y que la diosa tenía los mismos ojos. Se acercó un poco más para admirar los pliegues del vestido de la estatua y alargó la mano para tocarlos, pero la retiró al oír un ruido detrás de ella.

—No te cortes. Debo decir que te pareces bastante a mi sobrina.

Medusa se volvió para ver quién hablaba y vio a un hombre alto y musculoso entre las sombras del pórtico junto a la puerta que ella acababa de cruzar. Debía de haber estado esperando a que entrara, cuando podría haberle hablado fuera. Su pelo negro y rizado le llegaba a los hombros. Sus ojos eran de un verde oscuro y frío.

—¿Tu sobrina? ¿Es ella?

—Claro. Es Atenea. ¿No ves el casco y la lanza?

—No sabía que los llevara —respondió Medusa—. Mis hermanas no siempre me dicen lo que lleva la gente cuando me cuentan historias.

Él se rio, pero a ella le pareció una risa falsa. No sonaba como la de Esteno cuando se sorprendía haciendo algo ridículo, o como la de Euríale cuando se reía de las travesuras de sus ovejas. Sonaba —buscó las palabras para definir algo que no le resultaba familiar— como la risa de alguien que simula estar divirtiéndose.

—¿Por qué finges que te ríes? —le preguntó.

El hombre dejó de reír de inmediato.

—No me reía de tus hermanas.

—No te reías y punto.

Él continuó como si ella no hubiera hablado.

—Estaba pensando en lo curioso que es que, siendo hija de un dios y una diosa del mar, sólo conozcas a tus parientes inmortales a través de historias.

Medusa no supo qué contestar, ya que el hombre mentía y ella no tenía ni idea de por qué lo hacía. De pronto deseó que Euríale hubiera dejado a sus ovejas por un rato y la hubiera acompañado. O que la sacerdotisa de la poderosa diosa Atenea se encontrara allí. O que el hombre alto no se hubiera parado tan cerca de la puerta.

—¿Crees que debería conocerlos? —Ella se movió hacia un lado de la estatua y el hombre se desplazó silenciosamente en la misma dirección, acortando la distancia entre ambos.

—Creo que tus hermanas deberían haberte llevado al Monte Olimpo para presentarte a tu familia etérea. O podrían haberte traído a mi reino. Al fin y al cabo, mis fronteras colindan con vuestra costa.

—¿Eres mi padre? —le preguntó ella.

Y esta vez la risa de él fue sincera, pero volvió a sonar desagradable. Ella se dio cuenta de que sonaba así porque estaba teñida de desprecio.

—No, niña. Forcis es un dios muy menor comparado con su rey.

—Poseidón. ¿Y el tridente?

—¿Lo necesito? —preguntó él—. Pensaba que tus hermanas no te decían lo que llevan los dioses.

Ella lo escudriñó, preguntándose por qué a él no le gustaban sus hermanas.

—No sé para qué te sirve.

—Para atacar a los titanes. Ya me has visto en el friso de fuera.

—¿Por eso no lo llevas ahora? ¿Porque los titanes ya han sido derrotados?

—Exacto. Ahora sólo lo llevo por la fuerza de la costumbre. Pero a veces me estorba.

—Como cuando visitas los templos para ver a tu sobrina.

—No es exactamente por eso por lo que estoy aquí.

Medusa abrió la boca para preguntarle por qué estaba allí entonces, pero se dio cuenta de que no quería saberlo.

—¿Cómo es ella? —preguntó cambiando de tema.

—¿Atenea? Es... —Él reflexionó un momento—. Es aguda. De vista aguda, como puedes observar. Y de lengua afilada. Se ofende enseguida y es implacable en su venganza. Zeus la malcría, y eso la hace menos agradable de lo que podría ser. Corre a llorarle a su padre siempre que no se sale con la suya.

Medusa volvió a mirar a la estatua.

—Me pregunto qué diría ella de ti.

—Estoy seguro de que diría que soy apuesto y encantador, y que deberías dejar de preguntarte si podrás llegar a la puerta antes de que yo te alcance, porque ya sabes que la respuesta es no.

Se hizo un silencio sepulcral. Medusa pensó en el águila que había intentado robar una oveja y volvió a lamentar que Euríale no estuviera con ella.

—No cambiaría nada, ¿verdad?

—La verdad es que no —respondió—. Yo estoy dondequiera que está el mar, y tú no puedes pasar todo el tiempo con tus hermanas.

—¿Y qué ocurrirá ahora?

—Ahora viene cuando te sometes a un poder superior al tuyo.

Medusa no se daba cuenta de ello cuando estaba con sus hermanas, porque siempre se oía el rumor del mar, el viento, las gaviotas y las bandadas de cormoranes. Pero en ese espacio silencioso ella era la única que respiraba fuerte. Eso hizo que se sintiera débil.

—¿Y si no quiero?

—Querrás —replicó él encogiéndose de hombros—. ¿Por qué no ibas a querer? Soy uno de los dioses del Olimpo. Deberías sentirte honrada por la atención que te estoy prestando. No has hecho nada para ganar este privilegio. Te he visto y he decidido concederte mi favor, y no puedes rechazarlo. Supongo que no te olvidarás de darme las gracias.

Medusa no sabría explicarlo, pero aunque su aversión hacia el dios no disminuyó en absoluto, de pronto sintió menos miedo. Tal vez fue el enorme amor propio que detectó en él. A pesar de que era mucho más poderoso que ella y de que pretendía aprovecharse de su superioridad, le inspiró lástima. Imagínate ser un dios y tener que decirle a todo el mundo lo impresionante que eres, pensó.

—Tú provocas los terremotos que hacen temblar la arena de la orilla.

—Golpeo con el tridente el lecho del mar —admitió él— y la tierra se sacude.

—¿Por qué lo haces?

Una vez más, ella vio un atisbo de debilidad cuando Poseidón enderezó la espalda, pero sólo consiguió parecer un poco más bajo.

—Porque puedo.

—¿Podrías destruir este templo y arrojarlo al mar?

Él asintió con la cabeza.

—Las columnas se harían pedazos y el tejado se derrumbaría. Seguramente está demasiado lejos del borde del acantilado para que caiga al mar, pero supongo que las columnas podrían rodar.

—No te pido que lo demuestres.

—No hace falta —espetó él—. Los humanos están construyendo en estos momentos un templo a Poseidón el Agitador de la Tierra. Debes de haber visto las obras al volar hacia aquí.

—¿Te lo van a dedicar a ti? Me gustaría saber por qué han construido éste primero.

—Imagino que para perfeccionar sus habilidades.

—¿Eso crees? Yo pensaba que habían empezado por los dioses más importantes. Claro que entonces habrían construido antes uno para Zeus, ¿no?

—No necesariamente. No todo el mundo lo tiene como el dios más digno de honor.

—¿Ah, no?

—No. Las gentes del mar siempre me han construido templos a mí.

—Bueno, sí. Supongo que las gentes del mar lo harían. Es evidente que esas gentes te valoran a ti si están levantándote un templo.

—Naturalmente.

—Si han empezado por el de tu sobrina probablemente es porque valoran sus cualidades y no viajan demasiado por mar.

—Casi no necesitan desplazarse. Su tierra es fértil y el ganado resistente.

—¿Quizá deberían dedicar un templo a Deméter a continuación?

—Intentas hacerme enfadar.

—Nunca hubiera soñado que tenía ese poder.

Él la miró fijamente; sus ojos verdes brillaban en la penumbra.

—Yo no estoy tan seguro. ¿Dónde has aprendido a ser tan descarada?

—No sabía que lo era. Y estoy segura de que ya sabes la respuesta, ya que parece que has estado observándome. Mis hermanas me lo han enseñado todo.

—Pero tú no eres como ellas, ¿verdad? No tienes ni su fuerza física ni su inmortalidad. Sólo un par de alas te diferencian de cualquier otra chica. Tus hermanas son monstruos, con sus colmillos y sus melenas de serpientes. Tú tienes muy poco en común con ellas.

—Mis hermanas no son monstruos.

Eso explicaba por qué no le gustaban sus hermanas. A Poseidón le horrorizaba su aspecto. Medusa quiso reír, pero seguía teniendo miedo. Como si en los dientes o el pelo de Esteno o Euríale pudiera verse algo importante acerca de ellas.

—¿No te ofusca la lealtad? Dicen que el amor es ciego, pero ¿tanto?

—El ciego eres tú si no eres capaz de ver más allá de un par de colmillos —replicó ella.

—Creo que Euríale tiene dos pares.

—No importa lo que creas.

—No me creo que no veas lo que es evidente para cualquiera —insistió él—. ¿Por qué piensas que te he elegido a ti y no a una de tus hermanas? Sabes que tú eres guapa y que ellas no.

—Sé que cuando hablamos de belleza nos referimos a cosas diferentes.

—Ya veo. —Dio un paso hacia Medusa y ella se obligó a no retroceder—. ¿Y qué entiendes tú por belleza, pequeña gorgona?

—Euríale cuida a sus ovejas como si fueran sus hijas. Esteno aprendió a cocinar para darme de comer cuando yo era pequeña. Se preocupan por mí y me protegen. Eso es la belleza.

—Ninguna de ellas te está protegiendo ahora.

—Has esperado a que estuviera sola.

—Es cierto. Y si esas cualidades son tan valiosas para ti, si crees que cuidar y custodiar es hermoso, cuando es algo tan común que ni siquiera se limita a los humanos, puesto que cualquier animal cuida de sus crías, entonces demuéstralo.

—¿Cómo?

—Ven aquí —dijo, y se acercó a ella y le cogió la mano.

Medusa quiso apartarse, pero enseguida advirtió que por muy fuerte que fuera, él lo era mucho más. También era pegajoso al tacto y olía a algas. La arrastró hasta las columnas más cercanas al mar y le puso una mano en la espalda para obligarla a mirar el amplio promontorio.

—Mira ahí fuera, hacia mi templo. ¿Qué ves?

Ella estaba segura de no haber visto el grupo de chicas cuando entró en el templo de Atenea.

—Ya sabes lo que veo. Un grupo de chicas que hablan y ríen juntas.

—¿Son guapas? —preguntó él.

—Sí.

—¿Por qué?

—Porque son jóvenes y están felices juntas.

Ella percibió irritación en aquellos dedos que la apretaban.

—Son corrientes. Mira otra vez.

Y ella lo hizo, pero no veía lo mismo que él.

—Eso es porque has estado todos estos años sin más compañía que la de tus hermanas. Si hubieras crecido con otras chicas de tu edad...

—Si hubiera crecido con otras chicas de mi edad a mí también me verías corriente.

—No es cierto. Habría admirado esos tirabuzones y esas cejas arqueadas. Habría aprobado tu nariz larga y recta y la forma en que tu boca ancha se curva, lista para sonreír. Te habría deseado igual si hubieras crecido en medio de todas esas chicas. Todavía serías extraordinaria.

—Son sólo suposiciones —replicó ella—. No puedes saberlo. Lo dices porque crees que es lo que quiero oír. —Sintió cómo a él se le tensaban los músculos mientras hablaba y supo que tenía razón. Él estaba demasiado seguro de su propio encanto—. Pero yo no quiero oírlo.

—Está bien. Como quieras. No eres más que una chica corriente con hermanas inmortales corrientes, y todas vosotras sois igual de guapas porque tú lo dices. ¿No es así?

La agarró por el hombro y la volvió hacia él. Ella notó la columna contra la espalda, reconoció el olor a sal y vio la ira en su rostro.

—Las valoras tanto que crees que cuidar de los débiles es importante. Demuéstramelo a mí y a ti misma.

Ella se quedó mirando sus ojos verde oscuro y lo aborreció.

—No podemos demostrar lo que creemos. Sólo podemos creerlo.

—Eso, naturalmente, no es cierto. Tú crees que puedes volar y yo también lo creo. Si te llevo al borde del precipicio y te empujo, estaremos demostrándolo.

—Volar no es una cuestión de opinión.

—La belleza tampoco.

—No estoy de acuerdo.

Él se inclinó hacia ella y le siseó en la boca:

—Poseeré a una de esas chicas, Medusa. A cualquiera de ellas, puedes elegir. La llevaré a lo más profundo del océano y la poseeré hasta que se ahogue. ¿Comprendes? La violaré y morirá por ello, porque eso es lo que significa ser débil.

—Derribarán tu templo y nadie volverá a adorarte.

—Me adorarán los hombres de todo el mundo. —Él se encogió de hombros—. Los de aquí apenas importan.

Ella vio toda su vanidad y su mezquindad, y se preguntó por qué los mortales adoraban a semejante dios.

—O... Mírame.

Ella no se atrevía a mirarlo a los ojos, pero él le cogió la barbilla para impedir que volviera el rostro.

—O te poseeré a ti aquí y ahora, en el templo. Has dejado muy claro que desdeñas la idea. Veamos entonces cuánto amas a esas mortales. Cuánto valoras cuidar a los débiles, como hacen tus hermanas.

Ella lo miró con repugnancia.

—Si acepto, ¿las dejarás en paz?

Él se encogió de hombros.

—Es posible.

—De acuerdo entonces —respondió ella.

—Ellas nunca corresponderán a tu demostración de afecto. ¿Lo entiendes?

Ella asintió.

—Te temerán, huirán de ti y te llamarán monstruo, como hacen con tus hermanas.

—No me importa lo que piensen de mí.

—Entonces, ¿por qué quieres protegerlas?

—Porque puedo.

Euríale

Cuando Medusa volvió a su cueva esa noche, estuvo callada y asustada, y ninguna de sus hermanas supo qué decir para arrancarla de ese estado. Al día siguiente se quedó en la cueva y se negó a salir. No quería ver la luz, dijo. No quería hablar, ni pescar, ni nadar. Sólo quería sentarse en la oscuridad, lo más lejos posible del mar.

—Ven fuera —le suplicó Esteno.

Ella al principio decía que estaba ocupada y luego que no quería salir, hasta que dejó de responder. Esteno y Euríale no sabían qué hacer. A Esteno le dolía que las rehuyera, y le preocupaba haber dicho o hecho algo malo. Ninguna de la dos conocía lo bastante bien esas cuevas laberínticas para encontrarla si ella no quería que la encontraran. Pero Euríale no era tan irresoluta como su hermana. Incapaz de imaginar por qué la joven las evitaba, la trató como si fuera una oveja herida: mantuvo las distancias y dejó comida en una pequeña roca plana justo en la entrada de la cueva. Al día siguiente la comida había desaparecido, pero Medusa seguía brillando por su ausencia.

Al tercer día, Esteno estaba tan angustiada que Euríale accedió a ir a buscarla. Entró sin hacer ruido en la cueva y esperó a que los ojos se le acostumbraran a la oscuridad. Cuanto más avanzaba, más oscuro era todo, y se encontró extendiendo las garras para seguir la pared de la cueva. Notó que la arena cada vez escaseaba más bajo sus pies, y que asomaba la roca dura. De pronto le preocupó la posibilidad de perderse y se volvió para mirar por dónde había venido. Se sintió aliviada al ver una luz débil detrás de ella. Sin embargo, cuando miró de nuevo hacia la oscuridad, ésta le pareció más negra que nunca y tuvo que esperar de nuevo a que se le acostumbraran los ojos. Se quedó escudriñando la oscuridad dentro de la oscuridad, tratando de decidir si lo que tenía ante ella era un túnel o una simple cavidad que no llevaba a ninguna parte.

—¡Medusa! —la llamó.

Su niña no la ignoraría ahora que había entrado, estaba segura. Y no se equivocó.

—Te lo ruego, déjame en paz.

—No puedo, cariño. Esteno está muy preocupada.

—Pues dile que no lo esté.

—Sí, pero no sirve de nada. Necesita verte y hablar contigo. Ya sabes cómo es.

—Lo sé.

—Por favor, ¿puedes salir? —le preguntó Euríale.

No sabía cuánto se había adentrado en la cueva, pero ahora caminaba sobre roca sólida, sin rastro de arena.

—No puedo.

—¿Por qué no?

—Tengo miedo —respondió Medusa.

No podía ver a Euríale, que se había detenido en la oscuridad. Medusa estaba más adelante, detrás de un recodo del camino, y ni con una antorcha la habría visto porque una roca sólida las separaba. Esteno esperaba fuera, caminando de un lado a otro de la orilla, preocupada. Los rayos de Helios nunca lograrían penetrar esa penumbra, y las aguas del océano no podrían alcanzarla. Pero en ese momento —aunque nadie podía saberlo— había resultado que Medusa tenía razón. Su hermana era realmente hermosa. Se le suavizó la mandíbula, se le arrugó su sólida frente y se le llenaron los ojos saltones de lágrimas.

—¿Tienes miedo, cariño? ¿De qué?

—Del mar.

—¿Del mar? Pero si eres hija del mar.

Euríale estaba confusa. A Medusa siempre le había gustado el agua. Uno de los recuerdos más entrañables que tenía era de la niña corriendo entre las olas y volviendo a salir, recogiendo con los pies mojados colas de algas secas y arrastrándolas detrás de ella, como un cometa acuático.

—Él me da miedo.

Euríale, que había estado avanzando a tientas con la esperanza de encontrar a su hermana, se detuvo en seco. No preguntó nada más; sabía a quién se refería Medusa y por lo que había pasado.

—Ven aquí —le susurró.

En un instante se encontró con el cuerpo caliente y tembloroso de su hermana entre los brazos. No podía verle los ojos hinchados a causa de las lágrimas, pero notó que tenía el pecho empapado. Le acarició el pelo, y desplegó las alas y la rodeó con ellas como si fuera un caparazón.

—Vamos con Esteno. Te echa mucho de menos.

Medusa asintió entre sollozos. Se dirigieron lentamente a la entrada de la cueva, de vuelta a la luz. Cuando llegaron encontraron a Esteno mirando hacia dentro, desesperada por saber qué pasaba, pero sin moverse de donde había prometido a Euríale que esperaría. Cuando ésta dejó a Medusa en sus brazos, no dijo nada, sólo la estrechó haciéndole callar y asegurándole que todo se arreglaría.

Euríale estaba irreconocible. Ya no tenía nada de la criatura dulcificada en la que se había convertido en la oscuridad. Se alejó de sus hermanas y voló por encima de la orilla. Se detuvo delante de la roca agrietada que recorría la playa y se volvió hacia el mar.

—¡Nunca más volverás a tocarla, ¿me oyes?! —gritó. Los vientos no se atrevieron a responderle y las aves marinas callaron—. ¡Nunca más!

Con estas palabras, se elevó en el aire y golpeó la roca agrietada con los pies. Hubo un temblor que asustó al mismo mar. Repitió la operación y esta vez el temblor fue mayor. Volvió a golpear con sus poderosos talones de gorgona y por fin la roca cedió. El agua retrocedió en medio de un gran fragor y la roca, con un sonoro crujido, se partió en dos. El cielo pareció oscurecerse, pero no quiso desafiarla. Y ella vio con aire triunfal cómo su parte de la orilla se levantaba y conquistaba a su rival.

El mar se había retirado; inundó la parte inferior de la roca, pero apenas podía lamer la plataforma que Euríale había creado. La orilla de las gorgonas estaba elevada; el mar había retrocedido, dejando a su paso hierbajos húmedos y peces boqueando. Voló de nuevo hacia sus hermanas.

—Ya está. Nunca más volverás a tenerle miedo.

Piedra

La primera estatua se debe a un error. Pero ha captado al pajarillo con una perfección imposible de creer. Está posado en una rama, que rodea con sus pequeñas garras. Tiene un aspecto pulido y parece suave al tacto; las mullidas plumas del pecho están especialmente bien trabajadas. Posa con una mirada alerta y el pico preparado para atrapar el primer insecto que vuele demasiado cerca. Las alas parecen encajar en las largas plumas de la cola, como las piezas de un juguete infantil.

Al ser de piedra, no tiene los colores del pájaro de verdad: el pico y las rayas de los ojos tendrían que ser negros, y el lomo, de un marrón rojizo intenso que se funde en un naranja pálido. El pecho y las alas son de un azul vivo, y el cuello, amarillo azafrán.

Si alguien lo pintara de esos colores sería bellísimo. Incluso tal como está, uno apenas puede resistirse a alargar la mano y acariciarlo.

SEGUNDA PARTE

Madre

Dánae

Dánae no puso en duda ni por un momento que su padre la quería, por eso se resistió muy poco cuando él la encerró en una pequeña mazmorra de gruesos muros y casi a oscuras. Él no le explicó que había consultado el Oráculo ni lo que éste había vaticinado: que su hija daría a luz a un hijo que un día le quitaría la vida. Acrisio era un hombre vanidoso que siempre había estado encantado con su hija y nunca había querido tener un varón; aunque no lo admitiera, no habría soportado ver cómo su cuerpo se volvía frágil a medida que el de su hijo se hacía fuerte. Pero con una hija el paso del tiempo era diferente, dolía menos verla crecer hasta hacerse mujer.

Se dijo que él había acudido al Oráculo de buena fe, deseando saber si, a pesar de no tener un hijo, tendría un nieto que heredaría su reino de Argos. Su ciudad era poderosa y él la defendía con orgullo; no quería que a su muerte cayera en manos de su hermano. Habría preferido que se la quedara un extraño. Pero su mayor deseo era que fuera a parar a su propio heredero. Así que cabalgó por los caminos pedregosos hasta Delfos, donde hizo sus ofrendas al dios y a la sacerdotisa antes de preguntar qué le deparaba el futuro. Y la respuesta que obtuvo fue que el hijo de su hija lo mataría. Se marchó de Delfos afligido. Mientras cabalgaba de vuelta a casa por los senderos polvorientos y pedregosos, se preguntó si habría preferido no saber nada. Su hija ni siquiera estaba casada; podría haber pasado muchos años feliz sin preocuparse por ella y por un nieto que aún no había nacido. Tal vez cuando éste finalmente lo matara sería un viejo chocho y lleno de achaques, y su muerte sería una liberación. Quizá se trataría de un accidente: el caballo de su nieto se encabritaría, o éste se subiría a un árbol y la rama se rompería. El caballo de Acrisio trotaba cansinamente bajo su peso mientras él le daba vueltas en la cabeza a cómo sería su muerte. El Oráculo parecía haberle dado una respuesta, pero había planteado una pregunta mucho más amplia. Su caballo golpeaba el suelo con los cascos y con cada paso lo único que él oía era cuándo, cuándo, cuándo. Al llegar a su casa llevaba tres días prácticamente sin hablar. No quería morir, ni ahora, ni pronto, ni nunca. Así que encerró a su hija —la única persona a la que había amado— en una pequeña mazmorra que había debajo de su palacio para impedir que tuviera un hijo que pudiera hacerle daño.

Dánae se enteró de esa historia a través de un pequeño hueco en los gruesos muros de su celda. Todos los días su criada le llevaba comida, generosamente sazonada con sus lágrimas: Dánae era querida por todos, hasta por los hombres que la habían metido en la mazmorra y la habían encerrado en ella. Su criada interrogó a los esclavos que habían acompañado a su padre a Delfos e informó a la desconcertada hija de lo ocurrido. ¿Había perdido el rey el juicio? ¿Acaso el Oráculo había pedido el más cruel de los castigos?

Poco a poco Dánae llegó a comprender que la causa de la infelicidad de su padre era su miedo a la muerte, el mismo que lo había llevado a odiar a su hermano gemelo, ya que lo miraba y veía un reflejo envejecido de sí mismo. Y como era una hija afectuosa y de buen corazón, lo compadeció. Nadie podía evitar tener miedo de algo. Y el miedo a morir debía de ser especialmente horrible, porque no había posibilidad de evitar la muerte. Además, sabía que su padre —que nunca había sido un hombre sociable— debía de sentirse solo, sentado en el palacio sin más compañía que la de sus esclavos y con la única persona a la que había amado encerrada bajo sus pies. Aun así descubrió que su compasión tenía un límite. ¿Cómo podía su padre temer tanto la muerte como para negarse a vivir? ¿Cómo podía temer tanto su propia muerte como para precipitar la de su hija?

Empezó a preguntarse cómo podría escapar de su prisión. En un principio se le ocurrió lo más obvio: sobornar a los esclavos. Luego supo por su criada que el rey había liberado a los esclavos que conocían a su hija y los había reemplazado por otros para los que ella no era más que un nombre. Cada día que pasaba encerrada, se sentía más pequeña y transparente, más olvidada. Cada vez le costaba más mantener la noción del tiempo y no tardó en descubrir que no sabía cuánto llevaba en esa celda. Cada vez se fiaba menos de su percepción de lo que existía y lo que no existía. Seguramente cuando Zeus apareció sobre el pequeño catre en el que dormía, no se sorprendió tanto como cabía esperar.

—¿Cómo has entrado aquí? —le preguntó cuando abrió los ojos y vio una gran figura dorada a su lado.

—En forma de lluvia por los huecos del tejado.

—Entiendo. ¿Y tú eres...?

—Zeus.

—¿Has venido a sacarme de aquí?

—No. Pero podría.

Solo en su palacio, Acrisio estaba cada vez más abatido. ¿Qué sentido tenía ver, oír o saborear algo si no había nadie con quien compartirlo? A los antiguos esclavos, a quienes conocía desde su juventud, los había echado, y los nuevos lo rehuían por su humor impredecible. Sólo ahora comprendía la decisión que había tomado: estaba vivo pero no vivía. Todos los días se planteaba pedir que le devolvieran a su hija. Pero entonces el miedo a la muerte volvía a aflorar y veía al padre de su futuro asesino en el rostro de todos los hombres. Quería creer, y creía, en la virtud de su hija. Pero no lo suficiente para jugarse la vida.

Dánae se enteró por su doncella de lo decaído anímicamente que estaba su padre, pero no pudo dedicar mucha energía a pensar en ello. Su aventura con Zeus, aunque breve, había sido placentera, y el embarazo en que resultó no fue mal recibido. Ella también había echado de menos tener a alguien con quien hablar. Y su soledad había sido aliviada primero por Zeus y luego por la criatura que llevaba con orgullo en sus entrañas. La celda ya no la confinaba; Zeus había acabado con su reclusión en un pispás. Pero no podía ni quería volver al lado de su padre. ¿Y si intentaba encarcelarla de nuevo? ¿O algo peor? ¿Lo permitiría Zeus? El embarazo ya era visible, lo que sólo perturbaría más al temeroso rey. Sin embargo, los esclavos que habían trabajado en el palacio antes del nefasto viaje de su amo a Delfos se prestaron a ayudarla encantados, y ella se encontró viviendo con su criada en una casita cercana, donde las mujeres hablaban del rey como si ya hubiera muerto.

Dánae pasó varios meses felices con ellas hasta el día en que nació su hijo. Su criada vivía con su madre y sus hermanas solteras. Las casadas vivían cerca y siempre había gente alrededor. En muchos sentidos, ella prefería la vida en esta pequeña y bulliciosa casa —siempre llena de mujeres, niños, comida y ropa blanca tendida al sol— a la existencia vacía que había conocido en palacio. Cuanto más tiempo pasaba lejos de su padre, más claro veía que el viaje a Delfos de éste sólo había agravado su verdadera condición. Siempre había estado a la defensiva, viendo a cada extraño como una amenaza en potencia en lugar de como un posible amigo. Su hermoso y luminoso palacio siempre había sido un lugar frío. Rodeada de aquellas mujeres que comprendían su embarazo mejor que ella misma, no sentía más que alegría ante el nacimiento de su hijo. Zeus no permitiría que nada saliera mal, estaba segura.

Y su confianza se vio recompensada. Todas las mujeres le aseguraron que había sido el parto más fácil al que habían asistido: su hijo era hermoso y estaba vivo, y ella también. En la confusión que siguió, mientras miraba los diminutos ojos cerrados y puños del niño, se planteó llevarlo en presencia de su padre para que éste viera que había estado loco y que se había equivocado al temer a ese niño pequeño y perfecto. Luego recordó la oscuridad en los ojos de su padre el día que ordenó encerrarla, enloquecido por el miedo a algo que nunca sucedería. Ella ya no confiaba en él, nunca lo haría. Así que al convertirse en la madre de su hijo, dejó de ser la hija de su padre.

Aun así, debería haberse imaginado que acabarían delatándola al rey.

Dánae no sintió nada durante toda la aterradora experiencia de ser descubierta y castigada. Se quedó aturdida, como si aquello le ocurriera a un extraño y ella sólo lo observara desde lejos. Debió de hablar con su padre, debió de suplicarle a él y a los hombres que la agarraron y la sacaron a rastras de la casa. Y en algún lugar de su memoria debían de estar las últimas palabras que le había dicho a su padre o que él le había dicho a ella, pero se habían perdido para siempre.

Lo único que sabía con seguridad era que la había rodeado una bruma de amor y fatiga. Siguieron gritos y forcejeos, un sol deslumbrante y un mar abierto, y por fin la oscuridad. Y, en medio de todo ello, el peso de su tierno hijo en los brazos, la barbilla hundida para protegerle la cabeza, el ligero olor a leche agria al inhalar. Y entonces se perdió para siempre entre las olas del océano.

Atenea

—Tendrás que hacer algo si quieres salvar a esa chica que te gusta, padre —le advirtió Atenea.

La nueva diosa ya no se sentía como una recién llegada. Se había adaptado con facilidad a la vida en el Olimpo. No le gustaba nadie en particular y ninguno de los otros dioses, a excepción de Zeus, parecía tenerle afecto. Sospechaba que el favor que éste le prodigaba era la razón por la que los demás se mostraban tan distantes con ella, y eso sólo la hacía más quisquillosa.

Pero el Olimpo era un nido de alianzas temporales y enfados entre rivales, de modo que ella encajaba a la perfección. Sí, Hera la despreciaba, pero Hera despreciaba a todos menos a Hefesto. Y Hefesto la miraba como si la hubiera tallado él mismo en oro y mármol, pero le tenía demasiado miedo para dirigirle la palabra. Ares la veía como una amenaza, lo notaba. Poseidón, cuando estaba allí, la evaluaba con la mirada y luego la desechaba. Afrodita nunca reparaba en ella, hiciera lo que hiciese. Apolo y Artemisa siempre le hacían el vacío. Deméter era bastante amable, pero no mostraba ningún interés; y Hermes fingía interés pero no se molestaba en fingir amabilidad.

En cambio Zeus la quería. Se sentía orgulloso de su inteligente y belicosa hija, y a menudo se ponía de su parte en las discusiones que ésta tenía con los otros dioses. Y como Atenea siempre prefería tener razón a ser feliz, y prefería ganar una discusión a tener razón, todos se daban por satisfechos. A cambio, ella intentaba ayudarlo en sus asuntos. Y en esta ocasión había advertido algo que a Poseidón parecía habérsele pasado por alto. Uno de los descendientes de Zeus —y una de sus amantes— había sido abandonado en mar abierto en lo que parecía, al menos desde las alturas del Olimpo, un arcón de madera.

—¿Qué chica? —le preguntó Zeus lánguidamente.

Supuso que Hera estaba ocupada convirtiendo a una de las jóvenes favoritas de su marido en una vaca, una comadreja o lo que fuera, lo que significaba que tal vez era demasiado tarde para intervenir y salvarla. Aunque siempre cabía la posibilidad de que el mundo acabara de ganar una atractiva vaca, así que no todo estaba perdido.

—Dánae —respondió Atenea.

—¿Cuál de ellas es?

—La del padre que la encerró en una mazmorra para que no pudiera quedarse encinta.

Zeus frunció el ceño.

—¿Y funcionó?

—No. Te convertiste en gotas doradas y lloviste sobre ella a través de los huecos del techo.

—¡Ah, sí! —Sonrió—. Era encantadora. Joven, guapa y se moría por tener compañía.

—Me lo imagino.

—¿Qué le ha pasado?

—La dejaste embarazada.

—Qué maravilla. ¿Tendré un nuevo semidiós vagando por la tierra?

—Ya lo tienes.

—Eso es estupendo.

—Está a punto de ahogarse.

—Oh. Deja que...

Y Zeus desapareció en un pequeño torbellino.

Dánae

El arcón en el que el padre de Dánae los había encerrado a ella y a Perseo —otra prisión, más pequeña y peligrosa que la anterior— fue a parar a la orilla de Sérifos. Dánae no sabía que era una isla, ni que ésta se encontraba en medio del Egeo, ni que Zeus le había pedido al mismísimo Poseidón que los condujera a ella y a su bebé hasta un lugar seguro. Por un tiempo ni siquiera supo que estaba en tierra firme; el oleaje del mar se le había metido en los huesos y siempre lo sentiría.

Llevaba muchas horas, tal vez días, sin apenas moverse dentro del arcón. Sabía que los barcos volcaban y se hundían, y no tenía ni idea de qué provocaba o evitaba los naufragios; ni siquiera había estado antes en un barco. Como no sabía nadar, no se atrevió a moverse. Así que seguía dentro del arcón cuando alguien lo abrió con cautela. Parpadeó con fuerza ante el sol deslumbrante sin dejar de estrechar con fuerza al bebé contra su pecho. La silueta oscura de un hombre se movió rápidamente hacia un lado para impedir que el sol le diera en los ojos a Dánae y ésta pudiera ver.

—No quería deslumbrarte —se disculpó—. No sabía que me encontraría a una persona dentro.

Ella intentó decirle que no importaba, que por supuesto él no podía saber que ella estaba dentro de un arcón, y preguntarle quién era y dónde estaba y si estaba a salvo, pero tenía la garganta demasiado seca y sólo le salió un graznido.

—Espera —le dijo él, y buscó entre sus pertenencias, que debía de haber dejado junto al arcón antes de abrir la tapa con las dos manos.

Sacó un odre y se lo ofreció. Ella deseaba desesperadamente beber, pero no podía soltar a su hijo para cogerlo.

—Deja que te ayude.

Ella se estremeció cuando él introdujo una mano en el arcón y le rozó el pelo.

—Lo siento, pero será mejor que te sientes. Me preocupa que te ahogues si te doy agua mientras estás echada.

Era una explicación tan sensata y normal que a Dánae se le pasó el miedo. Aquel hombre no deseaba su muerte. Él le puso una mano debajo de los hombros y la ayudó a incorporarse, y ella levantó las rodillas para proteger al bebé. El hombre abrió el odre y se lo acercó para que pudiera cogerlo con la mano. Luego se apartó. Ella se sintió aliviada al descubrir que era agua, y no vino, y bebió con avidez.

—Ya estás a salvo —le dijo el hombre—. ¿Quieres que te traiga más?

—Sí, por favor —intentó decir ella, pero seguía sin poder emitir ningún sonido, así que se limitó a asentir. Notaba que volvía a la vida.

El hombre desapareció, pero volvió al cabo de unos instantes con el odre lleno de agua fresca. Ella bebió de nuevo e intentó vaciarlo antes de que él se lo llevara.

—Quédatelo. Podrás rellenarlo en el manantial cuando te hayas recuperado lo suficiente para andar. —Pero ella no lo soltó—. Si no puedes ir andando, iré yo a buscar más. No tienes por qué preocuparte. Ya no pasarás sed.

Dánae volvió a asentir. Todavía le dolía demasiado la garganta para hablar.

—Es posible que, dado lo sedienta que estás, también tengas hambre —dijo el hombre—. Así que una vez que hayas mitigado la sed, los mareos y el miedo, te propongo lo siguiente: te daré la mano para ayudarte a salir de tu barquito. —Él le sonrió y ella intentó devolverle la sonrisa, pero notó que se le cuarteaban los labios y se detuvo—. Puedes esperar en esas rocas mientras hago un fuego y aso algunos peces que he pescado hoy. O podemos ir a mi casa, que está allá arriba, en lo alto de la colina, desde aquí se ve el tejado, y comer el pescado con pan. También tengo túnicas limpias, por si quieres cambiarte la que llevas. El agua salada rasca la piel cuando se seca, ¿verdad?

Ella asintió.

—Y cuando recuperes la voz, podrás decirme tu nombre y el de este joven y apuesto héroe. Yo me llamo Dictis, y soy pescador aparte de rescatador de las mujeres que llegan a las costas de Sérifos.

Unas horas más tarde, con el estómago lleno de pescado asado y pan fresco, Dánae logró decirle su nombre y el de su hijo. Él le ofreció una habitación, con una cama decente y una pequeña ventana. Buscó una cesta plana y una manta para que el bebé pudiera dormir cómodamente al lado de su madre. Cuando ella se despertaba por la noche, lo que sucedía a menudo, se incorporaba bruscamente y escuchaba la respiración de su hijo. Luego miraba por la ventana para comprobar que las estrellas seguían allí y que la oscuridad no era total. Lo haría todas las noches del resto de su vida.

Dánae tardó varios días en contarle su historia al pescador. Él se marchaba sin hacer ruido antes de que ella se despertara y regresaba al mediodía, cargado con lo que había pescado. Sólo cuando ella empezó a recuperarse de su terrible experiencia reparó en el aspecto del hombre que la había liberado de su segunda prisión: fornido, con el pelo descolorido por el sol y la sal, ojos verdes que centelleaban en su rostro curtido, y la nariz torcida por una vieja fractura. En su vida argiva podría haberlo descrito como amable y paternal, pero había cambiado su perspectiva sobre esas cuestiones. Vivía solo en esa casa espaciosa. Todos los días se preparaba su pescado y su pan y bebía su vino aguado. Era una existencia tan sencilla que Dánae casi se atragantó con una espina de pescado cuando, después de oírla hablar de cómo había caído su padre en la paranoia y la crueldad, él le contó que también había sido testigo de cómo la locura sobrevenía a un rey.

—Cuando les pasa eso no hay nada que hacer —comentó Dictis—. Cualquier intento de razonar con ellos sólo empeora las cosas, porque se han convencido a sí mismos de que tú eres la amenaza.

—Yo no tuve siquiera la oportunidad de razonar con él —repuso ella, pensando de nuevo en el brillo airado de los ojos de su padre y en el miedo que había visto en ellos—. Fue todo tan rápido...

—Supongo que es natural que un hombre tema por su vida —respondió Dictis—. Pero ¿volverse contra su única hija? ¿Y cómo es posible tener tanto miedo de un niño inofensivo? Cuesta imaginar qué puede llevar a un hombre a comportarse así. Los dioses debieron de arrebatarle el juicio.

Dánae se preguntó si debía revelar a su rescatador que sabía de fuente fidedigna que los dioses no habían tenido nada que ver con la locura de su padre, pero le pareció que ya había hablado suficiente por el momento y cambió de tema.

—¿Qué le pasó a tu rey?

Dictis cogió el cazo y sirvió más vino en las dos copas.

—Se pensó que su hermano pequeño quería quitarlo de en medio.

—¿Y era cierto?

—No.

—¿Él también hizo caso de una profecía?

Dictis se inclinó sobre la mesa y miró fijamente su copa.

—No, no fue necesario para que se despertaran sus sospechas. Siempre estaba enfadado con su hermano, incluso cuando los dos eran niños.

Ella intentó leerle la expresión, o al menos averiguar qué veía en la copa de vino.

—¿Por qué?

—¿Quién sabe? No todos los hermanos se llevan bien, ¿no?

Mientras daba vueltas a la copa en su mano, ella se fijó en que estaba decorada con la figura de Prometeo robando el fuego a los dioses.

—No, supongo que no. ¿Y qué fue lo que hizo el hermano del rey?

—Ya lo ves —respondió Dictis sonriente mientras señalaba la habitación en la que estaban sentados, sencilla pero cómoda, con todo lo que necesitaba colocado en su sitio.

—¿Eres tú?

—Sí —respondió él, bajando la cabeza en una pequeña reverencia.

—Pero tú eres pescador.

—Tú mejor que nadie entenderás por qué, Dánae. En el palacio no hacía más que poner a mi hermano en guardia y ponerme a mí mismo en peligro. Me gusta el mar y disfruto de la soledad. Soy más feliz viviendo así. Y es mucho más seguro que un arcón de madera. —Ella se estremeció—. Lo siento, pero tu historia me ha traído recuerdos dolorosos.

—¿Cuándo lo viste por última vez?

—Hace años. Aquí llevo una vida tranquila. Y tú y tu hijo podéis quedaros todo el tiempo que queráis. Pero si prefieres vivir en la ciudad, te llevaré y te buscaré un lugar seguro.

—Gracias. Nos quedaremos aquí por ahora. Eres muy amable.

—Los pescadores tienen la norma de ofrecer un refugio seguro a los marineros que naufragan. Si no lo hiciera los peces se alejarían de mi barca y me moriría de hambre.

Ella vio que sonreía pero que también hablaba en serio. Y por fin supo que Zeus la había protegido, después de todo.

Atenea

—Quiero una cosa que sólo sea mía —le dijo Atenea a Zeus—. Todos tienen una.

—¿Qué tipo de cosa, cariño? —le preguntó su padre.

—Tú tienes rayos.

Zeus hinchó el pecho.

—Sí. Y tú no puedes tenerlos. Son inseparables de mi naturaleza. Por algo me llaman Zeus el Tronador.

—Yo no quiero rayos. Quiero algo que sea mío. Como Apolo, que tiene una lira y un arco. ¿Él dos atributos y yo ni siquiera uno? O como Artemisa, que tiene un arco y una lanza.

—Tú tienes una lanza y un casco.

—¡Ares también! —gritó ella—. ¡Quiero algo que sea sólo mío!

—¿Tiene algo Hefesto?

—Tiene una fragua entera para él y todo lo que hay en ella.

Zeus asintió despacio. Supuso que era cierto.

—¿Y Afrodita?

—Afrodita tiene todo lo que quiere —espetó Atenea—. Cuando ella quiere.

Zeus volvió a asentir. Era la pura verdad.

—¿Qué te gustaría? —le preguntó—. ¿Qué tiene Deméter?

—Tiene una hija: o está con ella o se queja de no estar con ella. Todo el tiempo. Así que no necesita nada más. Y si quisiera algo, siempre podría tener algunas gavillas de maíz o algo así. De todos modos no estamos hablando de ella sino de mí.

—Podrías tener un telar —sugirió Zeus acariciándose la barba—. Eres muy buena tejiendo.

—No puedo cargarlo todo el tiempo, ¿no?

—Supongo que Hefesto tampoco puede cargar una fragua.

—¡He dicho que no estamos hablando de los demás, sino de lo que quiero yo!

—Bueno, querida, eres hábil, guerrera y sabia. Tienes tu lanza y tu casco, así que la parte guerrera está resuelta. Tu habilidad para tejer es menos portátil, así que la dejaremos de lado. Queda la sabiduría. ¿Cómo podría transmitirse?

—No lo sé.

—¿Un animal? ¿Quieres un animal?

—¿Qué clase de animal?

—Bueno, yo tengo el águila, así que está descartada. Tú podrías tener... —Reflexionó unos instantes—. ¿Qué tal una lechuza?

Hubo un silencio.

—¿La lechuza será sólo mía? ¿Nadie más tendrá otra?

—La lechuza te representará a ti y sólo a ti, cariño.

—Entonces quiero una —respondió ella.

Dánae

Dánae barría el suelo para sacar la arena que entraba con el viento. Llevaba el pelo recogido en un moño flojo porque, aun después de tantos años, no soportaba llevar nada que la oprimiera. Y siempre mantenía las puertas y ventanas abiertas con cuñas, aunque la casa se llenara de arena. Dictis nunca se quejaba, ni siquiera le preguntaba al respecto. De modo que ella barría todas las mañanas. Sonrió ante lo que pensaría un extraño si los viera: la hija de un rey haciendo tareas domésticas para el hermano de otro rey, mientras su hijo —el hijo del rey de los dioses, nada menos— ayudaba a aquél a pescar. Pero allí no había nadie que pudiera ser testigo de sus vidas, aparte de los demás pescadores y sus familias que vivían cerca de la orilla, para quienes eran totalmente normales. Además, como nunca hacían preguntas, no tenían ni idea de quién era el padre de quién. Habiendo crecido en un palacio donde circulaban los rumores (hasta que su padre perdió el juicio), Dánae había tardado en acostumbrarse a la falta de curiosidad de sus vecinos.

Miró hacia la puerta mientras barría, menos nerviosa ahora que su hijo llevaba un año o más acompañando a Dictis. El chico no había parado de pedírselo, y conforme se hacía mayor ella no pudo seguir negándose, y menos cuando ambos sabían que el anciano buscaba su compañía (aunque él nunca intervenía en la discusión, y siempre le decía a Perseo que debía esperar hasta que su madre considerara que tenía edad suficiente).

Al principio, ella se lo había prohibido con tanta rotundidad que su hijo, que no era propenso a los arrebatos, lloró de rabia y resentimiento, y se fue corriendo de la casa. Él no lloraba nunca, se recordó a sí misma, pero ella tampoco gritaba nunca. Se sintió culpable por haberlo disgustado, pero también por no haberlo previsto. Su hijo no tenía otro referente masculino que el de Dictis y los otros pescadores. Era lógico que quisiera seguirlos al mar. Perseo no podía recordar su aterradora travesía a Sérifos, la certeza de que iban a morir, ahogados o devorados por una ballena o algún otro monstruo de las profundidades. Él entonces era apenas un bebé, no había pasado miedo. Dánae se habría subido a la barca de Dictis si de ello hubiera dependido la vida de su hijo, pero nada más habría logrado persuadirla. A veces, cuando corría al encuentro de los hombres que llegaban con sus capturas, la arena seca se movía bajo sus pies y la invadía la misma sensación de vaivén tan desagradable que había sentido hacía tanto tiempo dentro del arcón, rezando desesperadamente a su amante para que la salvara.

Pero no podía mantener a su hijo indefinidamente alejado del mar, y tampoco quería que le tuviera miedo como ella. Así que se tragó su preocupación, o lo intentó, y lo dejó ir. La primera vez los observó desde la casa, y se quedó mirando fijamente las dos siluetas en la orilla, intentando comprender cómo o cuándo Perseo se había hecho tan alto como su abuelo adoptivo. Se pasó todo el día sentada en el escalón de la entrada, mucho después de que se perdiera de vista su bote, todos los botes. No podía concentrarse en nada, y no probó bocado ni agua; no tenía hambre ni sed. Simplemente se quedó ahí con un trozo de alga marina en la mano, retorciendo las hebras entre los dedos hasta que se rompieron. Cuando vio que la barca de Dictis regresaba a tierra, no pudo creer que fueran ellos. Deslumbrada por el sol, entornó los ojos hasta ver a dos figuras amarrando la barca y recogiendo las redes, pero siguió sin poder aceptarlo. Hasta que los dos puntos empezaron a subir la colina en dirección a la casa, no se permitió el menor atisbo de esperanza. Pero no llegó a creer que su hijo estaba a salvo hasta que reconoció su zancada inconfundible y sus esfuerzos por no correr hacia ella para contárselo todo. Dictis era capaz de cubrir el terreno tan rápido como un hombre de la mitad de sus años, pero ni siquiera él podía seguir el ritmo de su hijo excitado. Así, mientras el alivio la inundaba, sintió algo más: orgullo. De que Perseo no dejara atrás al hombre de más edad. El sol brillaba en su piel salada y se preguntó si alguien que lo viera no adivinaría que era el hijo de Zeus. Su hermoso y fuerte muchacho con el pez que había capturado en el mar al que no temía. De pronto acudió a su mente una imagen de su padre sentado solo en sus salones resonantes. Se preguntó si todavía vivía. Se había convencido a sí mismo de que Perseo acabaría con su vida, pero no era el primer rey que se dejaba engañar por un oráculo. Y su antaño devota hija descubrió que no le importaba si estaba vivo o muerto. Cuando recordaba su niñez le parecía un cuento. Sentía que su verdadero hogar siempre había estado allí.

Muchos meses después de ese primer día de pesca de Perseo, mientras Dánae barría la arena del suelo, se encontró siguiendo la barca con la vista hasta que se hizo demasiado pequeña. Pero no la seguía tanto por preocupación como por la fuerza de la costumbre. Su hijo salía al mar sin miedo. Su madre tampoco tenía miedo ya, hasta el día en que llegaron los hombres.

Atenea

Nadie recordaba quién empezó la guerra, pero seguro que fue uno de los gigantes. A Atenea le llegaron rumores de que Porfirión había intentado violar a Hera. Pero alguien más divulgó que había sido Eurimedonte. Luego hubo una tercera versión, que el ataque a Hera había ocurrido durante la guerra, por lo que no podía haber sido la causa de ésta. Si eso era cierto, la guerra la había iniciado Alción al robar unas reses que pertenecían a Helios, el dios del sol. Viendo la expresión de perpetua suficiencia en el rostro de Helios, Atenea no lo imaginó combatiendo por cualquier motivo. ¿Y quién empezaría una guerra por unas vacas? Acarició con celo las plumas de las alas de su lechuza.

Fuera quien fuese el culpable, uno de los hijos de Gaia —a quien todos los dioses consideraban un fanfarrón y un arrogante— se había comportado tan mal que ni ella pudo salvarlo, por más que lo intentó. Los gigantes estaban resueltos a ofender a Zeus, pensó Atenea. Pero una cosa era arrojar rocas al Olimpo, y otra muy distinta prender fuego a los robles y lanzarlos al cielo. Eso había sido un error. A Zeus le gustaban mucho los robles.

Los dioses del Olimpo descenderían a Flegra para participar en una batalla con la que Atenea estaba entusiasmada. Los gigantes eran una amenaza seria: enormes y agresivos, contaban con el inmenso poder de su madre. Todos sabían que eran inmunes a los ataques de los dioses y que no se los podía matar. Pero los dioses consultaron un oráculo y averiguaron que había una excepción de la que podían beneficiarse. Si un mortal luchaba junto a los dioses, los gigantes se volvían vulnerables. Así que lo único que necesitaban era a un mortal dispuesto a combatir contra los gigantes: uno que fuera leal o tonto, o, a poder ser, ambas cosas.

Hera propuso a uno de los hijos de Zeus antes de que los demás tuvieran tiempo de abrir la boca. El rey pareció disgustarse un poco (su mujer había intentado matar a ese hijo en concreto desde que era un bebé, algo que no todos considerarían una lucha justa). Pero necesitaban a alguien y él no podía proteger a toda su descendencia. Encomendó a Atenea la tarea de pedírselo.

Ella apareció titilando entre los altos pinos que crecían fuera del palacio del hombre, pero aunque alguien hubiera estado mirando, no la habría visto. No estaba allí y estaba, como si siempre hubiera estado. Lo encontró entrenando en el patio, con la piel untada de aceite y cubierta de polvo rojo para protegerse del sol. Atenea se detuvo un momento para admirar sus bíceps mientras él hacía flexiones de brazos en el suelo.

—Zeus te necesita.

El hombre se desplomó y ella trató de no reírse.

—¿Eres...? —El hombre se llevó una mano a la garganta como si alguien lo estuviera asfixiando.

Atenea frunció el entrecejo, intentando adivinar las palabras.

—¿Soy...? ¿Te refieres a si soy una diosa? Sí, soy Atenea. Encantada de conocerte. ¿Querrías venir a ayudarnos a combatir a los gigantes?

El hombre asintió con vigor, aunque seguía sin poder hablar.

—Es probable que mueras —le advirtió ella, pues le parecía que era mejor ser sincera—. Verás, necesitamos a un mortal y te hemos elegido a ti, así que será una muerte muy noble.

La expresión del hombre perdió parte de su entusiasmo.

—¡Y rápida! —añadió Atenea—. Si te pisara un gigante, o un dios (lo que en este caso no sería intencionado, por cierto), pero en el fragor de la batalla alguno podría pisar donde no debe y si tú estabas ahí... Bueno, o quizá estarías. De todos modos, no sería doloroso. O lo sería, pero por poco tiempo.

El hombre la miró de arriba abajo, confuso.

—Sí —continuó ella—. En realidad soy mucho más grande de como me ves. Pero he decidido presentarme ante ti con apariencia mortal para no asustarte. Verás, puedo cambiar de aspecto cuando quiero. Todos los dioses podemos hacerlo. Me pregunto cómo se le apareció Zeus a tu madre. Bueno, probablemente no es momento para hablar de ello. Porque se avecina una guerra y necesitamos que combatas en ella, pero no podrá empezar hasta que tú y yo lleguemos allí.

—¿Dónde? —le preguntó el hombre.

Atenea casi chilló de alegría.

—¡Puedes hablar! No sé por qué he pensado que eras mudo. Pero puedes hablar bastante bien si pronuncias las palabras de una en una. Así se hace. Lucharemos contra los gigantes en Flegra. Yo te llevaré. ¿Estás listo? Supongo que sí. No es que podamos prepararnos mucho para luchar contra unos gigantes, pero si tienes armas, quizá quieras cogerlas. Pero date prisa.

El hombre se acercó corriendo a un gran arcón de madera que había en una esquina de su patio y sacó una lanza, una espada y un arco con flechas que empuñó con afectada confianza, y Atenea pensó que tal vez Hera no se había equivocado al sugerir su nombre.

—Estupendo. ¡Vamos allá! Si mueres me encargaré de que te den una constelación, te lo prometo.

Gaia

Mientras Atenea reclutaba al mortal, Gaia conspiró contra los dioses. Ella también había oído hablar del Oráculo, y del papel decisivo que iba a desempeñar un humano en la batalla inminente. Se burlaba de la sola idea de temer a un hombre así, dado que él y todos sus compañeros mortales dependían de ella para conservar la vida y sus hogares. Pero decidió ir a lo seguro y pensar que sus vástagos podían necesitarla. Sabía que en algún lugar de su superficie verde estaba la hierba que buscaba. Simplemente no recordaba dónde. ¿Crecía en las montañas? ¿Bajo los árboles? ¿Cerca del mar? ¿Entre los cultivos? Si pudiera pensar. Los dioses no estaban acostumbrados a actuar con prisas. Necesitaba un poco de tiempo para localizarla; casi podía olerla, un aroma penetrante que la llevó a sospechar que crecía en lo profundo del bosque, entre las esporas y las piñas caídas. Pero ¿florecía? ¿De qué color era? Se puso a buscarla, consciente de que la vida de sus hijos dependía de ella.

Sin embargo, ni había empezado cuando se vio envuelta en la oscuridad. Levantó la vista y parpadeó. ¿Helios se había desplazado ese día más rápido por el cielo? No había ni rastro del sol. Miró hacia el otro lado. ¿Dónde se había metido Selene? Había plantas que sólo florecían a la luz de su luna. ¿Era eso lo que buscaba? Pero tampoco había luna, así que no logró dar con ella. Enfadada, se volvió en busca de Eos. Si Helios no estaba y Selene había desaparecido, tenía que faltar muy poco para el amanecer. Sus franjas rosadas debían de estar a punto de iluminar el cielo, lo que daría a Gaia tiempo suficiente para localizar esa planta preciosa. Pero el cielo no se iluminó ni se tiñó de rojo. Gaia no tenía una gran noción del paso del tiempo —tal vez incluso menos que los otros dioses—, pero sabía que el cielo llevaba mucho rato oscuro. Entonces comprendió lo que había ocurrido.

Zeus se había vuelto contra ella. Maldijo su nombre. El sol, la luna y el amanecer estaban escondiéndose. Antes de que hubiera suficiente luz para ver algo, él mismo habría robado la planta. Derramó gruesas lágrimas. Sus hijos estaban a punto de entrar en batalla contra todos los dioses del Olimpo sin el apoyo de nadie. Y ya ni siquiera podían contar con la protección de ella.

La Gigantomaquia

El primer golpe lo asestó el mortal. Atenea y él habían llegado a la península de Flegra y ella quería hacerse una idea del lugar en el que iba a librarse la batalla. Se encontraba en una altiplanicie, a su izquierda había una oscura fila de árboles que descendía describiendo una curva y a su derecha una empinada ladera cubierta de matorrales. Ante ella había una pendiente suave, pero no la veía porque entre donde estaba y los árboles lejanos los gigantes habían formado en línea de batalla. Esos hijos de Gaia eran enormes, casi tanto como los olímpicos, y distribuidos a lo largo de la planicie intimidarían a cualquiera, excepto a los dioses contra los que iban a combatir. Torsos formidables, brazos fornidos, muslos abultados. Atenea volvió a mirar, pues había oído a su padre llamarlos patas de serpiente y no se imaginaba qué aspecto tendrían, y vio cómo cada muslo se convertía en una espiral escamosa y musculosa. Los gigantes tenían cabeza y cuerpo de hombre, pero se deslizaban por el suelo. Atenea se sintió a la vez horrorizada y atraída por su monstruosidad. Ésa era la guerra para la que había nacido, ésa y todas las que vinieran después. Notaba cómo aumentaba la emoción en su interior. Los gigantes sacaban la fuerza de la tierra, su madre, y ella lo sabía. Y, sin embargo, tenía la sensación de estar haciendo lo mismo. El suelo fértil bajo sus pies estaba lleno de fuerza y vida, y todo era para ella. Levantó la cabeza; el sol se le reflejaba en el casco. Se dio la vuelta y buscó a la lechuza que siempre estaba posada en su hombro o en una rama cercana. No quería que se asustara por lo que se avecinaba. Luego recordó que la había dejado en el Olimpo después de susurrarle que debía quedarse allí, fuera de peligro. La sola idea de que la hirieran la inundaba de cólera. Sólo que uno de esos gigantes-serpiente pensara hacerle algo a su lechuza, ella...

Pero la frase quedó inconclusa porque los gigantes habían empezado a avanzar. Ella se había detenido lo más cerca posible de Zeus, aunque entre ellos estaba Hera en su carro tirado por cuatro caballos alados. Atenea se volvió para mirarlos a todos, a los olímpicos y a las demás deidades que habían salido con ellos y que ya se habían colocado en hilera para sofocar aquella insolente rebelión. Todos estaban listos para luchar: Apolo y Artemisa con los arcos apuntados y las flechas insertadas, su madre Leto junto a ellos con una antorcha encendida, Ares blandiendo una lanza en un carro. Hasta Deméter tenía en la mano una especie de vara hecha con un grueso tronco, y a ella difícilmente podía considerársela una luchadora. Rea avanzaba a lomos de un enorme león y Nux cargaba una tinaja llena de serpientes. Los dioses se habían dispersado a lo ancho de la planicie para que ningún gigante pudiera escapar de ellos. Mientras los caballos de Hera volaban hacia el frente, Atenea vio a su padre con una expresión de ira concentrada. Le brotaban pequeñas chispas de las manos mientras se preparaba para la batalla.

Pero a pesar de todas sus habilidades y armas, el mortal fue el primero en cobrar una vida. Atenea casi se había olvidado de él mientras se deleitaba con la fuerza de sus camaradas y la muerte inminente de todos sus enemigos. Lo había llevado hasta allí, y lo había dejado lejos de los leones y de las ruedas de los carros para que no lo aplastaran sin querer. Y, como un tábano, lo había perdido de vista antes de que picara sin previo aviso a una criatura mucho más grande que él. Aún no había caído un solo trueno y el gigante Alción intentaba agarrarse el costado, rugiendo de dolor. Tenía los ojos clavados en los olímpicos, pero ninguno estaba lo bastante cerca para haberlo herido, excepto el arquero y su hermana, y ninguno de los dos había disparado aún ninguna flecha. A Alción lo alcanzaron más flechas antes de que se desplomara y se retorciera en el suelo. Sólo entonces vio quién le había disparado y arrugó el rostro de cólera. Y de asombro. Tenía la boca abierta mientras intentaba en vano respirar; las flechas le habían perforado el pulmón.

El mortal miró a Atenea buscando su aprobación. Ella negó con la cabeza y dejó que su voz recorriera la distancia que los separaba.

—No. ¡Mira! —Y ante sus ojos Alción se arrancó las flechas de las costillas y empezó a revivir y a incorporarse—. ¿Lo ves? Saca su fuerza de Gaia. Lo hacen todos. ¿Ves esas rocas?

Atenea señaló un lugar escarpado en un extremo del campo de batalla. El mortal asintió.

—Arrástralo hasta ellas. Sepáralo de la tierra.

Y el hombre se apresuró a cumplir sus órdenes. Ella lo observó asombrada: era muy fuerte para ser humano. Y aunque en realidad no le importaba cuál de los dos moriría (ya que el hombre fallecería tarde o temprano, y el gigante perdería la vida sólo ese día), se sorprendió animando al mortal mientras arrastraba a Alción hacia las rocas. La fuerza que el gigante había tomado prestada menguaba: las heridas de flecha habían resultado fatales y había perdido la ayuda de Gaia. Uno menos, pensó Atenea.

Del otro lado del campo de batalla le llegó un chasquido ensordecedor y el cielo se partió en dos. Zeus acababa de lanzar un rayo contra Porfirión. El gigante había atacado a Hera, y estaba zarandeándola mientras intentaba arrebatarle el carro. Zeus no iba a permitirlo: alguna vez él había importunado a su esposa, pero ninguna otra criatura lo haría y saldría con vida. Un instante después cayó el segundo gigante.

De pronto se elevó un grito angustiado del lugar donde Apolo alardeaba de buena puntería. El arquero había disparado a Efialtes, primero en el ojo izquierdo y luego en el derecho. Doblemente cegado, con la sangre brotándole de las cuencas ennegrecidas, el gigante cayó de rodillas. Ni siquiera Gaia lograría salvarlo, pensó Atenea. Tal vez podría devolverle las fuerzas si se lo proponía, pero él seguiría ciego en el campo de batalla. Más allá de Apolo, Atenea observó cómo Dioniso asestaba golpes a Éurito; éstos eran demasiado seguidos para que pudiera esquivarlos el gigante, que acabó con los sesos desparramados por el fértil suelo. Hécate, a la derecha de Atenea, lanzó sus oscuras antorchas contra Clitio, que ardió en llamas. Dolorido y asustado, éste frunció el entrecejo, pero ella no titubeó y de un golpe de espada separó la cabeza atormentada del torso ardiente. Atenea advirtió que hasta el dios herrero y cojo había encontrado una forma de luchar. Lanzó grandes chorros de hierro fundido a Mimas, quien gritó mientras se quemaba.

Tres, cuatro, cinco, seis bajas.

Atenea sonrió al contemplar la carnicería que se extendía ante sus ojos: los dioses llevaban una clara ventaja, como les correspondía, la mitad de los gigantes estaban muertos, y el combate no había hecho más que empezar. No podía posponer más su intervención o todo habría terminado. Ya había elegido su blanco: Encélado, un gigante de cuello grueso que se estaba apartando la mata de pelo enmarañado de la frente e intentaba desenredarla de la barba para ver mejor. Pero nada podía prepararlo para lo que se le avecinaba.

Atenea tenía demasiado apego a su lanza para arrojársela a uno de aquellos gigantes inmundos: ¿y si se la ensuciaba con su sangre, la doblaba o la rompía con su peso al caer muerto? Sabía que Hefesto le haría otra igual de resistente, pero no quería arriesgarse. Y menos ahora, cuando iba a necesitarla en la batalla. Así que cogió una roca triangular de gran tamaño y la lanzó contra Encélado. Él no pudo escapar de su trayectoria y se vio aplastado contra el suelo. Atenea se preguntó si intentaría recurrir al poder de su madre, pero ya era demasiado tarde. Al acercarse a él, descubrió que el gigante había quedado totalmente sepultado bajo la roca. Siete.

La invadió una oleada de euforia por haber matado por primera vez en la más importante de las guerras. Pero también algo más. Una sensación extraña, como si le corretearan hormigas por la piel. Uno no era suficiente, tenía que matar más. No podía abandonar el campo de batalla habiendo logrado lo mismo que Apolo o que Dionisio. Se suponía que la guerra era su especialidad, no la de ellos. A su alrededor oía el estruendo de los truenos y el choque de metal contra metal. Pero el caos sólo aumentó su concentración; había sintonizado los sentidos con el ruido y la velocidad. Vio cómo Poseidón perseguía a un gigante por la llanura, y cómo éste se arrojaba al mar. Atenea puso cara de exasperación. ¿Qué clase de idiota corría hacia el mar para intentar esquivar a Poseidón? Los gigantes tenían mucha fuerza y un gran tamaño, pero no eran oponentes dignos. A ese idiota más le habría valido arrodillarse y ofrecer su garganta al tridente. Apartó la mirada, buscando aún su segunda conquista. Ya sabía cómo terminaría el combate de Poseidón. Ocho.

Atenea se había acercado a Artemisa mientras seguía la batalla de su tío en el mar, pero un grito desgarrador hizo que volviera su atención hacia el interior. La diosa cazadora acababa de disparar a otro gigante y sus veloces flechas lo habían derribado al suelo, donde sus patas de serpiente se retorcían por debajo de él. Tal vez Gaia lo estaba reviviendo, pero Artemisa había llevado sus perros de caza al campo de batalla. Atenea sintió una breve punzada de añoranza por su lechuza, pero no se arrepintió de haberla dejado en el Olimpo. No quería que se le ensuciaran sus bonitas alas. Aun así, no pudo menos que admirar cómo los perros se abalanzaron sobre la criatura caída. Le clavaron los dientes en la garganta, y con eso fueron nueve.

No veía a Hermes en ninguna parte de la llanura, pero sabía que estaba allí. Con el gorro de Hades que había tomado prestado —o más probablemente robado—, el dios mensajero era invisible incluso para los penetrantes ojos de pájaro de Atenea. También lo era para los del gigante que se agitaba y bramaba contra lo que parecía brisa. Pero no era el viento lo que le perforaba una y otra vez la piel, desde todas direcciones y ninguna. Gritando, el gigante hizo ademán de agarrar donde creía que estaría el dios, pero si una cualidad tenía Hermes era la rapidez. Y el gigante se movía cada vez más despacio al ir perdiendo sangre de una herida tras otra: en el antebrazo, el hombro, el cuello, el muslo, el vientre. Ya eran diez.

Y luego, a su derecha, estaban... Atenea apenas daba crédito a sus ojos. Estaban las Moiras, las tres Parcas todopoderosas que se pasaban el día tejiendo los hilos de la vida de los mortales y cortándolos cuando les llegaba su hora. No eran ni la mitad de buenas tejedoras que ella, pensó, aunque eso nadie lo mencionaba porque eran ellas las que decidían la longitud de cada vida. Pero aquel día no estaba muriendo ningún mortal, porque las Parcas se habían alejado del huso, las pesas y el cuchillo afilado. Estaban en el campo de batalla con garrotes de bronce, matando a golpes a otros dos gigantes. ¿Dónde guardaban las Parcas esas armas tan bonitas en circunstancias normales?, se preguntó Atenea. ¿Las tenían escondidas bajo la lana, por si acaso las necesitaban? Por primera vez sintió, aunque a regañadientes, cierto respeto hacia las tres hermanas; y con eso fueron once, doce.

Mientras los dioses batallaban contra sus enemigos, Zeus, por encima de todos ellos, descargó sobre Flegra una lluvia de rayos que chocaron unos con otros sin parar. Los campos arderían durante días tras la derrota de los gigantes: allá donde mirara, los árboles ennegrecían. Y con tantos duelos librándose en todas direcciones, sólo quedaba un gigante que combatir. Atenea no podía comprender cómo los demás dioses lo habían pasado por alto, porque parecía brillar en medio de la llanura, iluminado por todos lados por los rayos. Atenea lo miró y sintió algo que era nuevo para ella y que rara vez volvería a sentir. Un hambre voraz por aquel gigante.

La enorme criatura sostenía en alto el garrote, desplazando el peso de un pie al otro mientras buscaba a un olímpico al que atacar. Pero no parecía capaz de moverse en ninguna dirección: o estaba distraído por la carnicería o cegado por los rayos que estallaban a su alrededor. Y Atenea, sabiendo que esa presa era suya y sólo suya, cruzó el campo de batalla a tal velocidad que ni los demás dioses la vieron llegar. Este último gigante no podía caer en manos de nadie más. Arrojó la lanza mientras corría, y toda su preocupación por que se le ensuciara se desvaneció de golpe. Su puntería fue certera y la elegante punta se hundió en la garganta del gigante, quien se tambaleó hacia atrás con el impulso. Se llevó las manos a la herida, pero no había nada que hacer. La misma lanza que le había atravesado el cuello quedó clavada en posición vertical en la tierra caliente sobre la que él yacía. Al instante Atenea estaba a su lado. Los ensordecedores choques de metal contra metal y los rayos abrasadores se desvanecieron, y en ese momento fue como si ella y el gigante moribundo fueran las dos únicas personas en Flegra. La sangre oscura le brotaba de la garganta y le burbujeaba roja entre los labios. Atenea se quedó horrorizada por la fealdad, pero no podía dejar de mirar. Para eso había nacido, se recordó. Eso era lo que significaba luchar en una guerra. Pero eso no explicaba los impulsos contradictorios que su semblante sereno escondía: apartar la mirada de la muerte que había causado, e inclinarse y lamer la sangre caliente de los labios del gigante. Vio cómo los ojos de éste se vaciaban, primero de la rabia y luego del miedo. Movió la boca como si quisiera decirle unas palabras y ella se inclinó para intentar descifrarlas. Pero lo único que oyó fue el último aliento que brotó de sus pulmones, el último glóbulo rojo que se reventó dejando sobre su labio superior una fina película de sangre en un círculo perfecto.

Ella miró el campo de batalla en derredor y vio que todo había terminado. No sabía cuánto tiempo había transcurrido, si mucho o nada. Pero mientras observaba, el mortal disparó sus flechas a todos los gigantes, como había estipulado la profecía. Para que los dioses ganaran el combate, el hombre debía infligir una herida a todos y cada uno de los gigantes. Atenea lo vio moverse por el campo de batalla y se preguntó cómo había alcanzado a Encélado debajo de esa enorme roca. Tal vez habían asomado una o dos escamas de serpiente. Sabía que el hombre no tardaría en acercarse y arrebatarle su presa, y la embargó una oleada de ira protectora. A su gigante lo mataría ella y sólo ella. No necesitaba ayuda de ningún dios o mortal, dijera lo que dijese el Oráculo. Pero no dañaría el cuerpo. En lugar de ello sacó un cuchillo afilado de su cinto. Zeus siempre había dicho que los gigantes tenían la piel como el cuero y ella siempre había querido tener una coraza como la de su padre.

Ella misma desolló al gigante como un zapatero prepara la piel de una novilla. Así mantendría a su presa a su lado para siempre, llevándola junto al pecho. El cuerpo en carne viva yacía en el suelo sin que Gaia, incapaz de comprender la magnitud de su pérdida, lograra revivirlo. Todos y cada uno de sus hijos habían muerto en una sola batalla.

Tal y como Atenea siempre había sabido, las madres nunca hacían nada por proteger a sus vástagos. La madre del gigante no había podido salvarlo, a pesar de todas sus bobas promesas. Le había fallado. Pero Atenea no.

Dánae

El día que llegó Polidectes fue como cualquier otro hasta que Dánae oyó el ruido sordo de muchos pasos y salió de casa. Perseo y Dictis aún no habían regresado del mar, pero no tardarían en llegar —ella alzó la vista de forma refleja—, si Zeus quería. Vio entrar a un grupo de hombres en la aldea desde lo alto: no provenían del mar sino del interior. Sonaban ruidos de metal contra metal, aunque aún no se asustó. Como iban sin casco, pensó que no tenían intención de combatir. Llevaban espadas cortas pero para utilizarlas en defensa propia, como los hombres de su padre cuando cubrían cualquier distancia. Sintió una repentina oleada de pánico ante la posibilidad de que su padre se hubiera enterado de que ella y su hijo habían sobrevivido. Trató de respirar con normalidad para contener el miedo. Podía ver el cielo, Perseo estaba a salvo y Zeus no dejaría que su abuelo lo matara. Cuando los hombres se acercaron más, vio que sus túnicas no eran las que vestían los hombres cuando era niña.

Las mujeres que vivían en las casas de alrededor también salieron para ver a qué se debía todo ese estrépito. Los pescadores nunca armaban tanto jaleo; era como si los habitantes de la ciudad estuvieran invadiendo un espacio que no les pertenecía. Miraron a los hombres que se aproximaban con recelo, pero sin hostilidad. Los hombres se detuvieron en la casa más cercana y preguntaron algo. Un movimiento brusco de cabeza fue la única respuesta. Siguieron avanzando, acercándose cada vez más. Dánae se sorprendió mirando al mar, como había hecho cuando Perseo empezó a salir de pesca. ¿Dónde estaban Dictis y él? ¿Volverían pronto a casa?

Justo cuando el grupo se detenía frente a su casa pudo ver cómo los pequeños botes llegaban a la orilla. Los hombres se dispersaron, como solían hacer los guardias de su padre cuando éste recibía visitas en su palacio. Se dio cuenta de que ésa era la razón por la que le resultaban tan familiares y le hacían pensar en su vida anterior. Eran los guardaespaldas del hombre que estaba en medio de ellos. En cuanto se hicieron a un lado lo vio: pelo canoso, arrugas alrededor de la boca que hablaban de toda una vida de desaprobación. Era un hombre bajo, de cuerpo ancho y piernas débiles, y aunque ella nunca lo había visto, advirtió algo familiar en su expresión.

—¿Así que tú eres su mujer? —le preguntó, mirándola de arriba abajo como si calculara su valor.

—No. No soy la mujer de nadie. ¿Quién eres tú?

Los hombres apenas reprimieron una carcajada, como si quisieran burlarse de la ignorancia de la mujer pero no se atrevieran a hacerlo por temor a un castigo.

—¿No vive aquí Dictis? —le preguntó el hombre. Su voz era un tanto estridente y ella se preguntó si siempre sonaba tan quejumbrosa.

—Sí. —Ella lo miró fijamente—. Ésta es su casa. Pero yo no soy su mujer. No está casado.

—Me dijeron que había tomado una esposa. Y tú misma has admitido que estás en su casa.

Dánae comprendió quién era al mismo tiempo que veía con su visión periférica a dos hombres subiendo la colina desde el mar. Dictis y su hijo se reunirían muy pronto con ella.

—Estará aquí dentro de nada. Seguro que prefieres hablar con tu hermano en persona.

El hombre enarcó las cejas.

—Podría decirle que se busque un ama de llaves más educada con los forasteros.

Ella le escudriñó el rostro, buscando rastros de la frente, la nariz y la mandíbula de Dictis, y preguntándose cómo era posible que los mismos rasgos fueran tan tranquilizadores en un hombre y tan inquietantes en otro. Distinguió las dos siluetas que se apresuraban a ir a su encuentro. Dictis había visto el grupo de guardias frente a su casa y Perseo había echado a correr.

—No pretendía ser grosera.

Él resopló y abrió la boca para replicar, pero uno de los guardias se dio cuenta de que los pescadores regresaban y lo avisó con un murmullo.

Dictis tenía cara de preocupación cuando por fin apareció. Perseo corrió hacia su madre. Ella recordó la primera vez que descubrió que ya no podía ver por encima de su cabeza, y luego por encima de su hombro.

—Hermano —lo saludó Dictis—. Qué sorpresa. ¿Qué te trae tan lejos de tu palacio?

—He oído decir que tienes familia —respondió el rey—. Una mujer y un hijo. Y veo que es verdad. ¿Realmente creíste que podías tomar una esposa sin pedirle permiso a tu rey?

—Dánae no es mi esposa.

—No me parece que haya que presumir de ello —le espetó Polidectes.

Dictis siguió hablando como si no hubiera oído la interrupción

—Es mi hija adoptiva. ¿Necesitabas a todo este séquito para averiguarlo? Podrías haber enviado a un mensajero.

—¿Ah, sí? ¿Un mensajero?

Dánae entendió por qué Dictis había elegido una vida en el mar en lugar de enfrentarse a su hermano. Ella misma habría estado tentada de hacer lo mismo, y temía al mar como al río Estigia.

—Sí, hermano. —Dictis sonaba exhausto—. Aunque estoy encantado con tu visita. Pasa, por favor.

Polidectes hizo un gesto a sus hombres, señalando la modesta casa que tenía delante.

—Tendréis que esperar aquí.

Dánae dio un paso atrás y puso una mano en el brazo de Perseo, para que Dictis entrara sólo con su hermano en la casa, pero él sonrió y negó con la cabeza. También era su casa. Así que ella y su hijo dieron la espalda a los hombres y los siguieron. Dánae podía sentir la tensión de Perseo, que estaba entre asustado y enfadado con aquel hombre. Había crecido con la única compañía de los pescadores, y una demostración de fuerza como aquélla era inquietante.

Ella vertió vino en un cuenco y puso una jarra de agua a su lado. Tenían dos copas buenas, que dejó en la mesa mientras los hombres se sentaban, uno frente al otro. Luego se apartó y le indicó a Perseo que hiciera lo mismo. Los hombres se ocuparon con sus bebidas y ella se sorprendió escudriñando al rey, quien tan pronto se parecía mucho a su hermano como no. Sabía que era mayor que Dictis, pero no se notaba: los años en el mar no perdonaban. Y, aunque debía de ser cosa de su imaginación, aquel desconocido seguía recordándole a su padre. No en su aspecto, exactamente. Polidectes no se parecía en nada a él. Pero compartían el mismo rictus de amargura, como si el mundo existiera sólo para decepcionar. Cuando el rey acabó de preparar su bebida, levantó la vista hacia Dánae y ella se sonrojó, avergonzada de que la hubiera pillado mirándolo.

—¿Tu hija adoptiva? —repitió Polidectes—. ¿Quién es su padre?

Dánae notó que se ponía rígida mientras aquel hombre hablaba de ella como si no pudiera oírlo. Dictis bebió un sorbo de vino antes de responder.

—Su padre, por desgracia, enfermó. Ella y su hijo necesitaban un lugar donde vivir, y yo les abrí las puertas de mi casa.

—¿El chico no es tuyo?

—Es el nieto que me habría gustado tener —respondió Dictis, y Dánae notó cómo su hijo se serenaba a su lado e intentó hacer lo mismo.

—¡Ja! —La risa del rey pretendía sonar cruel—. Para que eso ocurriera, hermano, tendrías que haber deseado a una mujer.

Hubo un silencio. Dictis inclinó la copa y se quedó observando el reflejo de la luz en la superficie del vino.

—Sí, hermano. Pero las Parcas me trajeron una hija y un nieto a pesar de todo.

—Eres una vergüenza —replicó el rey—. Tener una mujer así en tu casa y no disfrutar de ella. —Negó con la cabeza disgustado..

—Yo no disfruto de nadie a menos que se me ofrezca libremente.

—Siempre has sido débil.

—Siempre te lo he parecido, eso seguro.

—¿Dónde está el padre del chico? —Polidectes se volvió hacia Dánae—. ¿Está vivo?

Era una pregunta sorprendentemente difícil de responder para ella, ya que no quería blasfemar, pero no estaba segura de la respuesta. Los dioses no estaban vivos, ¿no? Era más que eso, o algo distinto, desde luego.

—No. —Habló en voz baja, confiando en que el rey pensara que era un tema doloroso y lo dejara estar.

—Ya veo. ¿Así que vives aquí con mi hermano como una joven viuda, dándole la apariencia de respetabilidad que necesita?

—No. Tu hermano ya era muy respetado antes de que yo llegara aquí.

—Y sin duda lo será después de que te vayas.

—Ella no va a irse a ninguna parte. —Perseo no fue capaz de permanecer en silencio—. Nos quedaremos siempre aquí.

—¿Cómo te llamas? —El rey se volvió hacia el chico con toda la fuerza de su desdén.

—Perseo —respondió el chico—. ¿Y tú?

El rey lo ignoró y volvió a mirar a Dictis.

—¿Y tú sigues saliendo en tu bote todos los días? ¿Vives de lo que pescas?

Al ver que se encogía de hombros, Dánae lo quiso todavía más. Era un gesto insignificante que expresaba unos sentimientos demasiado grandes, para los que no tenía palabras. Por supuesto que salía en su bote todos los días: Dictis pertenecía al mar. Y por supuesto que vivía de lo que pescaba: así lo habían hecho siempre él y sus compañeros pescadores. Si uno tenía mala suerte, los demás compartían lo que habían pescado con él y su familia. Por mucho que el rey describiera esa vida como miserable, no lo era. Había en ella una dignidad que no se encontraría ni en el palacio más grande, y Dánae lo sabía. Los hombres que rodeaban a Polidectes estaban nerviosos: ¿ésa era la vida envidiable? La compañía sosegada que Dictis le había ofrecido a Dánae era el mayor regalo que podría haberle hecho un mortal. Y ahora —ella lo supo incluso antes de que se pronunciaran las palabras— estaban a punto de arrebatárselo.

—Ésta no es vida para una mujer como ella —declaró el rey—. Se vendrá conmigo.

Dictis guardó silencio, pero negó lentamente con la cabeza, y Dánae sintió que su mundo se desmoronaba.

—Soy feliz aquí —dijo. Pero las palabras murieron en el aire.

—Lo serás cuando estés casada con el rey —replicó él, y todo el mundo tuvo claro que no era una pregunta.

La mirada de Perseo iba de su madre a Dictis, intentando comprender cómo esas dos personas tan poderosas se habían vuelto impotentes de golpe. Dictis era capaz de capear un temporal inesperado, de pescar cualquier pez que el océano le ofreciera y de navegar mejor que los monstruos de las profundidades. Pero se quedó allí sentado, sin palabras. Su madre era capaz de curar cualquier herida y de arreglar todo lo que se rompía. Pero se limitó a callar mientras sus vidas se hacían añicos.

—Ella no puede casarse contigo —dijo Perseo—. Tenemos que quedarnos aquí. Yo ayudo a Dictis a pescar.

—¿Cuántos años tienes? —le preguntó el rey.

Dánae rezó al padre de su hijo.

—Dieciséis —respondió el chico, que, como siempre, se esforzaba por no parecer un niño mientras Dánae ansiaba con todas sus fuerzas que volviera a la infancia.

«Es culpa mía», pensó. Nunca le había hablado de la crueldad de los hombres, había creído que no le hacía falta enterarse. De ahí que Perseo estuviera convencido de que su respuesta haría recapacitar a aquel hombre poderoso.

—Dieciséis. —El rey asintió—. Lo bastante mayor.

—¿Para qué? —replicó Perseo.

—¿Quieres que tu madre se quede aquí contigo y con él?

Dánae casi podía paladear la maldad que su hijo ni siquiera detectaba en la voz del rey.

—Sí.

—Muy bien. —Polidectes se volvió en su silla para mirar al muchacho a la cara—. Entonces ella se quedará aquí mientras tú vas a buscar lo que voy a pedirte. Sabes navegar, eso lo sabemos. Y debes de estar fuerte de tanto cargar pescado por la colina todos los días.

—Lo estoy. —Perseo se enderezó un poco, sin ver la trampa.

—Bien, entonces podrás traerme algo que sería imposible para un joven común y corriente. —El rey sonrió—. La cabeza de una gorgona.

—Por favor, hermano —susurró Dictis.

—Claro que puedo —replicó Perseo—. ¿Y ella se quedará aquí hasta que yo vuelva?

—Bueno, no quisiera que lo pospusieras. Digamos que tienes un mes, ¿de acuerdo? O mejor dos, porque tu madre parece desconsolada ante la idea de que tengas que apresurarte. Eso debería darte tiempo más que suficiente para ir a la guarida de las gorgonas y volver. —Polidectes se levantó y dio un paso antes de volverse hacia Dánae—. Volveré dentro de dos meses. Entonces estarás preparada para acompañarme.

Y una vez que hubo destruido el hogar de los tres, se marchó.

El gorgoneion

Ahora sientes lástima por él, ¿verdad? Pobre Perseo, el héroe reticente. Defensor del honor de su madre. Bobo presuntuoso; si tan sólo hubiera mantenido la boca cerrada mientras Polidectes se pavoneaba intentando intimidarlo. Lo único que tenía que hacer era comportarse como cualquier otro súbdito del rey y decir sí y no cada vez que éste se dirigiera a él, y a estas alturas el asunto estaría solucionado. Dánae habría ido al palacio. ¿Y qué? ¿Qué hay de malo en eso? Polidectes no es un monstruo, sólo es un hombrecillo pomposo que guarda un rencor irracional a su hermano. Grecia está literalmente plagada de individuos como él. Dánae sólo habría tenido que pronunciar unas pocas palabras críticas sobre Dictis durante unos días mientras se paseaba por el palacio dejando que otras personas se encargaran de barrer las estancias, para variar, y comiendo algo que no tuviera branquias. ¿Habría sido un sacrificio tan grande tener acceso a alimentos sin escamas? Para muchas personas sería un alivio.

Polidectes habría perdido interés en ella en cuestión de semanas, probablemente días. Sólo la quiere porque su hermano la tenía, y él es el rey. Puede tomar como esposa a quien quiera. ¿La viuda de un hombre muerto (como supone) y ama de llaves de un hermano odiado? Ella no es el trofeo que está buscando. Conocer el parentesco con Zeus tal vez podría ser persuasivo. Pero también podría intimidarlo. (¿De verdad quieres ocupar el lugar del rey de los dioses en la cama de una mujer aunque éste fuera lluvia dorada cuando se le apareció?) A menudo es difícil de saber cuando se trata de hombres, ¿no?

De todos modos, ni se te ocurra sentir lástima por ese mocoso. No está salvando a su madre de un atroz tormento. La está salvando de la pequeña molestia de viajar un día o dos a caballo, y de hacer algunos comentarios sarcásticos sobre antiguos amantes hasta que el rey —que ni siquiera está interesado en ella, sólo es rencoroso— pierda la paciencia y de nuevo la envíe lejos, proporcionándole él mismo un caballo para el viaje de vuelta.

Me he opuesto a la idea de que Perseo es un héroe desde... no sabría decir cuánto tiempo. Desde que conozco su nombre. Es arrogante y consentido. No puedes culpar a Dánae por ello, pues el comienzo de su vida fue muy traumático. Siempre le ha dejado hacer lo que quiere. Supongo que Dictis podría haber impuesto más disciplina al chico. Pero es difícil cuando no es hijo tuyo. Además, estaba tan encantado de tener un niño en casa, en contra de todas sus expectativas. Por supuesto que lo malcrió; en eso siguió el ejemplo de Dánae.

Y nada de eso habría importado si Perseo se hubiera quedado pescando el resto de su vida en su pequeña aldea, sin molestar a nadie. Bueno, supongo que los peces no se habrían alegrado tanto. Pero nadie piensa en ellos.

Desde luego, no Perseo, a quien —pronto lo verás— no le interesa el bienestar de ninguna criatura que se interpone en su camino. Es un pequeño abusón despiadado y cuanto antes se te meta en la cabeza y dejes de pensar en él como un valiente niño héroe, más cerca estarás de comprender lo que pasó en realidad.

Atenea

Atenea estaba feliz con su nueva coraza, tanto como con su lechuza. No podía dejar de darle vueltas entre las manos para ver cómo se reflejaba en ella la luz. No brillaba ni destellaba como el metal. Tampoco era opaca, como la piel de los animales, que sólo se vuelve brillante con el uso y el desgaste. Tenía el delicado y hermoso acabado del mármol de Paros a la luz del atardecer. Hefesto la había convertido en la armadura perfecta para ella, aunque tenía una expresión extraña mientras la hacía. Atenea se preguntó qué le preocupaba —no era la primera coraza que fabricaba—, pero no llegó a preguntárselo porque no le importaba mucho la respuesta, siempre que hiciera lo que le pedía. Y si no quería saber de dónde había sacado ella la piel, no debería habérselo preguntado. Pero por muchas que fueran sus reservas, éstas no habían interferido en su trabajo. Más bien al contrario, lo había hecho más rápido de lo que incluso ella había previsto. Las correas eran fuertes y le encajaba a la perfección.

Ahora Atenea la llevaba puesta, y mientras tanto recordaba la batalla. Ya la había revivido muchas veces, pero nunca estaba de más volver a hacerlo. Se deleitó de nuevo con el ruido, el polvo y la sangre, y con el olor a quemado de cada rayo que había lanzado Zeus. Fue la primera vez que le pareció entender de verdad a los dioses, su forma de combatir y matar. La frialdad de Apolo y Artemisa cobraba más sentido cuando los recordaba con sus arcos y flechas en las manos. La falsedad de Hermes no tenía nada que ver con ella, estaba en su naturaleza; por eso luchaba valiéndose de trucos y engaños. Su padre hacía llover su ira casi indiscriminadamente. Poseidón acorralaba a su adversario en el mar, donde era más fuerte. Este último pensamiento le causó un malestar que no logró identificar. El mar, ¿era algo del mar? Dejó que el mar le llenara la mente y echó sus redes. No, no era eso. ¿Poseidón, entonces? Sí, puesto que el malestar aumentaba. Algo relacionado con su tío. Pero, fuera lo que fuese, no había ocurrido durante la guerra contra los gigantes, ¿verdad? Apenas habían reparado el uno en el otro, luchando en un extremo diferente del campo de batalla. Él no le había dicho ni hecho nada. Y de pronto el malestar volvió a intensificarse. Sí, era algo que él había hecho en otro lugar, a otra persona. Pero también se lo había hecho a ella. La había ofendido de algún modo. Y entonces recordó.

Él había poseído a una chica, una mortal o una ninfa, no estaba segura. Pero lo había hecho en su templo, el templo de Atenea. Donde su estatua podía verlos. Atenea montó en cólera. ¿Cómo se atrevía? ¿Cómo se atrevía cuando a muy poca distancia de allí estaban construyendo el templo de Poseidón? Allí era libre de violar o seducir a quien quisiera y ella no interferiría. Pero ¿profanar su templo y no considerarlo siquiera una afrenta digna de una disculpa?

Tendría que buscar la forma de vengarse de él. Él, como tantas veces, estaba lejos, en su reino oceánico; allí no podía alcanzarlo. Pero tarde o temprano tendría la oportunidad de humillarlo, estaba segura. Mientras tanto, necesitaba descargar su ira.

La chica. La chica le serviría.

Medusa

Sucedió de noche, de modo que Medusa nunca tuvo muy claro si lo había soñado o fue real, o si había alguna diferencia. Supo que era Atenea quien había aparecido ante ella, con su hermoso rostro consumido por la ira, el casco echado hacia atrás y la lanza en la mano. Vio cómo se movían los labios de la diosa, pero no alcanzó a oír las palabras, así que luego se convenció de que si las hubiera entendido, se habría salvado.

Se equivocaba.

Sintió un dolor punzante en todo el cráneo, como si alguien le hubiera envuelto la cabeza en un paño y se la hubiera retorcido una y otra vez.

Le ardían tanto los ojos que parecían palpitarle contra los párpados, por lo que creyó que estaba quedándose ciega.

Sintió como si le arrancaran el cuero cabelludo.

Fue al bajar la mirada hacia el lugar donde había apoyado la cabeza cuando vio el perfecto halo de pelo rizado que había dejado atrás.

Se llevó una mano a la cabeza para tocársela y se dio cuenta de que no podía.

Gritó hasta desgañitarse.

No cambió nada.

Piedra

Nadie ha visto nunca esta estatua porque descansa en el fondo del océano. Tal vez sea mejor así, porque nunca se sostendría en pie: tiene la base demasiado estrecha y es demasiado pesada por la parte superior.

Es un cormorán que se zambulle en busca de peces. Tiene el pico abierto, listo para arrebatar el pez a las olas. Parece imposible que el pico no se llene en un abrir y cerrar de ojos, que el cormorán no salga del agua con el vientre lleno. Que no caigan gotas de sus alas lisas y mojadas. Aunque es imposible, porque no es más que un pájaro de piedra.

Pero parece real. Todo su ser está concentrado en su objetivo: las alas dobladas hacia atrás para alargar el cuerpo al sumergirse en el agua, las patas dobladas debajo de ellas, apuntando al cielo. El pájaro sabe que los peces tienen ventaja en cuanto atraviesa la superficie, y hace todo lo posible para ser más raudo y aumentar sus posibilidades para atraparlos. Además, hay todo un banco de peces. El cormorán sólo necesita tener suerte una vez.

Si alguien hubiera pintado esta estatua, sería negra, pero no del todo: hay un matiz verdoso bajo la negrura de las plumas del cormorán que sólo se revela a la luz del sol más brillante. ¿Lo habría captado el artista? ¿Un verde casi negro, un negro con un toque verdoso? El pájaro tiene los ojos oscuros y vidriosos; una membrana lo recorre por el centro, representada por la más leve rugosidad en la piedra.

TERCERA PARTE

A ciegas

Casiopea

La reina de Etiopía tenía todos los motivos para admirarse cada vez que se contemplaba en el espejo que su marido había mandado instalar. Cuando se casaron, él se quedó tan deslumbrado por su belleza que se estuvo todo el día mirándola y ordenó que encendieran las antorchas para seguir haciéndolo toda la noche. Casiopea se lo contó a su madre, quien hizo una señal para ahuyentar los malos espíritus. Ningún hombre podía mantener tal intensidad de deseo, dijo. Casiopea debía asegurarse de quedarse embarazada antes de que la desenfrenada pasión se disipara.

Casiopea era muy joven en aquel momento, recordó, y tendía a temer que lo que decía su madre se cumpliera. Deseaba tener un hijo de Cefeo antes de que él se cansara de ella. Pero también quería que sus vidas continuaran como hasta entonces. No tenía ningún deseo de ver cómo su cuerpo se hinchaba y deformaba. No estaba preparada para lo que susurraban las mujeres cuando creían que su nueva reina no podía oírlas. Y a su marido no pareció preocuparle que no se quedara embarazada enseguida. Acariciándole el vientre plano, la adoraba tal como era.

Y, contrariamente a los temores de su madre, Cefeo nunca se cansó de contemplar el rostro de su esposa. Un día vio claro que debía compartir su placer con ella. Ella le preguntó qué quería decir y él sonrió de una forma que pretendía ser enigmática, pero que más bien le hacía parecer un niño esforzándose por guardar un secreto. La madre de Casiopea había decidido por fin guardarse sus consejos para sí, pero dentro de los confines de su hogar contó a sus esclavas que el rey era un crío, y que por eso la pareja no tenía prisas por engendrar un heredero.

Durante uno o dos días hubo mucho ruido y esclavos corriendo de aquí para allá con trapos para el polvo, y entonces Cefeo cogió a su esposa por ambas manos y le pidió que cerrara los ojos. La guió con cuidado —como si llevara un objeto de un valor incalculable— de su dormitorio a una habitación que nunca había parecido tener una función clara. Ella lo siguió, manteniendo los ojos cerrados incluso cuando él le advirtió que se acercaban a dos escalones o cuando se detuvo para asegurarse de que no chocaba contra la pared. Al final se volvió y le dijo que podía mirar. Ella abrió los ojos y vio la palma de la mano que él había extendido ante ella para que no la deslumbraran las antorchas. Y mientras observaba cómo se le contraían las pupilas a su esposa, él apartó la mano, dejando a la vista un estanque grande y poco profundo lleno hasta los bordes. A partir de ese momento podría contemplar su reflejo todo el tiempo que quisiera. Y ella nunca le encontró ningún defecto.

Su belleza era su mayor orgullo, más que todo el oro y las joyas con que Cefeo la había obsequiado al convertirla en su esposa y reina. Todo estaba estrechamente relacionado, por supuesto: no habría sido elegida reina de no ser hermosa. Y no tantas reinas tenían joyas como las suyas. Pero ninguna de ellas la deleitaba tanto como su largo y elegante cuello, sus hombros perfectamente proporcionados o su suave piel de ébano. Y ninguna la satisfacía tanto como la sincera inteligencia que le iluminaba los ojos. Era de sonrisa fácil porque se alegraba de lo que veía, y eso le daba una expresión desafiante y divertida a la vez. Cuantos visitaban el palacio de Cefeo rara vez recordaban algo del edificio, el mobiliario, la comida o el vino. Apenas se acordaban de lo que habían hablado con el rey, aunque siempre disfrutaban conversando con él porque era un hombre cortés que tenía un interés genuino por sus convidados y sus historias. Pero todo eso se les borraba de la mente ante la mirada espléndida de su esposa.

Justo cuando sus súbditos empezaban a murmurar que un rey feliz era preferible a uno desdichado, pero que el reino necesitaba un heredero, Casiopea descubrió que estaba embarazada. El matrimonio ya funcionaba, en su opinión, pero esta vez hasta su madre dejó de quejarse. La comadrona le aseguró que sería un varón, pero una noche, sentada junto al estanque a la luz de las antorchas parpadeantes, les pidió a los dioses una hija. Deseaba ver crecer una réplica de su belleza, porque sabía que nada podría evitar que la suya se desvaneciera.

Y cuando nació Andrómeda —las comadronas se pusieron tensas tras el parto, temiendo recibir un castigo por sus erradas predicciones de un hijo varón—, Casiopea miró su diminuto rostro y vio exactamente lo que había esperado ver: una perfecta repetición de sí misma en miniatura. No le molestaba la belleza de su hija —aunque ningún vendedor de ungüentos y cremas salía del palacio con sus productos sin probar—, más bien disfrutaba de ella. Todos los convidados decían siempre que Andrómeda se parecía a ella, y luego apartaban la mirada de la niña para concentrarse en ella. Y Cefeo nunca se cansaba de repetirle que su belleza no tenía igual en toda Etiopía. Así que, lejos de estar resentida con su hija, Casiopea la miraba como miraba su magnífico reflejo en el estanque. Otra forma de mirarse sin encontrar ningún defecto.

Y si, al hacerse mujer Andrómeda, eran más los jóvenes que se quedaban mirándola a ella un poco más detenidamente, no podían ocultar su admiración por su madre. Casiopea pensó en su propia madre, que todavía era hermosa, y sintió alivio, incluso cuando echó una segunda mirada a su reflejo para cerciorarse de que su mandíbula seguía tan perfecta como siempre. Su perfección tenía que continuar pareciendo un don divino obtenido sin esfuerzo.

Andrómeda quería a sus padres y se sentía orgullosa de ser su hija. Nunca habría admitido que la obsesión de su madre por la belleza —la suya y la de Andrómeda— le resultaba una carga. Si eso suponía que su madre pasaba más tiempo dentro de casa para evitar la intensa luz del exterior, esa costumbre sólo la equiparaba a cualquier otra mujer de estatus en Etiopía. Y Andrómeda era realista. Sus amigas siempre decían que todos los hombres miraban a la madre de una joven para ver en quién se convertiría. Ningún hombre miraba a Casiopea —incluso ahora que su hija estaba en edad de casarse— sin contener por un instante la respiración. Todo el futuro de Andrómeda era más prometedor gracias a ello; sus amigas nunca perdían la oportunidad de recordárselo. De modo que no se explicaba cómo había acabado prometida a su tío Fineo cuando podría haber tenido al príncipe etíope que hubiera querido.

¿Por qué no habían acudido por millares otros pretendientes para derribar las puertas de su padre? Intentó no ofenderse ni enfadarse. Pero los únicos asuntos importantes que se trataban en palacio se susurraban en alcobas oscuras a las que no se la invitaba a entrar. Cada vez que hablaba de ello con amigas de su edad, o con esclavas que fingían no saber, se sentía más agraviada. Cuando no pudo soportarlo más, esperó a que no hubiera invitados en el palacio y acorraló a sus padres mientras comían.

—Papá. —Sabía que al menos debía fingir que su padre tomaba las decisiones—. Quiero preguntarte una cosa.

—Claro, cariño. —Su padre estaba recostado en el sofá, con un grueso cojín debajo del codo. Su madre ocupaba el asiento contiguo, desde donde las antorchas proyectaban mejor las sombras de su elegante perfil en el suelo.

—¿Por qué tengo que casarme con el tío Fineo?

El esclavo que colocaba los platos en la mesa situada entre ambos se quedó inmóvil —apenas un instante— antes de continuar con su tarea sin levantar la vista de la comida.

—¡Andrómeda! —exclamó su madre—. ¿Qué clase de pregunta es ésa para formulársela a un rey? ¿Quién si no debería casarse con él? ¿Acaso quieres que una muchacha de otra familia esté por encima de nosotras?

—Dudo que eso sucediera, madre. —Andrómeda sabía que su madre acostumbraba a empezar cualquier discusión en un tono bastante alto y no alzó la voz—. Creo que papá cuenta con el afecto y respeto de todos los etíopes, mucho más de lo que jamás podría tenerlo su hermano. —Sintió un placer furtivo al verla parpadear con preocupación, pues no había previsto que le saliera con aquello.

Ahora su padre la escuchaba con el pecho tan henchido como el cojín sobre el que descansaba.

—No cabe duda de que eso es cierto. Pero tu madre y yo siempre hemos creído que nunca se es demasiado precavido. Si me pasara algo... —Se interrumpió para ahuyentar a los espíritus crueles que pudieran estar escuchando—. Me sucederá Fineo. Si tú te casas con él, tu madre y tú estaríais en mejor situación. No podemos permitirnos que haya una segunda rama en la familia real.

Casiopea asintió.

—Fineo podría casarse con cualquier mocosa y tener cinco hijos. Tu padre sólo vela por nuestros intereses. Harías bien en recordarlo.

—Es difícil que lo olvide —replicó Andrómeda—. No entiendo por qué tengo que renunciar a toda esperanza de felicidad.

—¿No exageras un poco, cariño? —le preguntó su padre—. Siempre le has tenido mucho cariño a tu tío, desde que eras pequeña.

—Como tío, sí. Como marido, preferiría a alguien más de mi edad.

—Me temo que no siempre tenemos lo que queremos —le espetó Casiopea.

—Tú sí —respondió su hija.

—¿Qué has dicho?

Andrómeda sabía que la discusión estaba perdida, pero sus padres habían pasado por alto sus deseos y no iba a permitir que fingieran no saberlo.

—He dicho que tú sí. Porque es la verdad. Papá nunca te lleva la contraria en nada. Hace todo lo que está en su mano para que seas feliz. Como yo y como todos. —Hizo un gesto con el brazo—. Todos queremos que tengas exactamente lo que deseas porque si no, nos haces la vida imposible. Todos lo hemos aceptado. Hasta ahora. Porque yo no pienso casarme con un hombre de la edad de mi padre, y que hasta se parece a mi padre, para que te asegures de que no te echan de palacio cuando seas mayor. Si tanto te preocupa con quién se casa Fineo, cásate tú con él.

Se levantó de un salto del sofá y, al empujarlo hacia atrás con su peso, las curvadas patas de madera chirriaron contra el suelo de piedra.

—Quiero pretendientes. Quiero que vengan jóvenes a competir por mi mano.

Era consciente de que sonaba infantil, pero no se arrepentía. Apenas había dejado atrás la niñez y su tío era viejo. Ninguna de las explicaciones de sus padres sobre ese compromiso cambiaría esa realidad.

Casiopea supo que estaba perdiendo su autoridad: su hija nunca se habría atrevido a hablarle de ese modo. Hablaría al día siguiente con su marido sobre Fineo y adelantaría la boda antes de que Andrómeda pudiera convencerlo de que lo reconsiderara. No permitiría que su posición disminuyera más de lo necesario. No quería dejar nada al azar; ¿y si Cefeo moría antes que ella? ¿Y si moría pronto? Ella no acabaría como una de esas ancianas sentadas al borde de los caminos que mendigaban a los viajeros. Eso jamás. Y ahora sabía que no podía contar con que Andrómeda antepusiera las necesidades de su madre a las suyas.

Así que, a pesar de lo que la gente pensó y dijo, fue la preocupación y no la arrogancia lo que la llevó a pronunciar las palabras que arruinaron su vida.

Atenea

Atenea estaba harta de la perfecta calma que reinaba en el Olimpo, y decidió cambiar de aires una temporada. No le extrañaba que los demás dioses se marcharan de vez en cuando —Poseidón al mar, Artemisa al monte Citerón— para romper con la monotonía. A veces paseaba por sus alrededores medio esperando encontrar a alguien con quien hablar y medio evitándolos porque no se le ocurría nada que pudieran decirle que le interesara. A veces se detenía en la fragua y Hefesto interrumpía sus martillazos para regalarle algo. Eran figuras esculpidas en mármol, arcilla, madera o bronce. Las pintaba de colores vistosos, dando vida a sus rostros diminutos. Atenea, por lo general, las tomaba y las admiraba un rato mientras paseaba. Pero luego perdía el interés por ellas y las dejaba caer al suelo.

Hefesto nunca le preguntaba qué hacía con sus figurillas, y a ella no se le ocurrió preguntarle por qué seguía fabricándolas si ella nunca las conservaba. Atenea se habría sorprendido si hubiera sabido que el dios herrero la observaba cuando salía de la fragua y anotaba minuciosamente cuánto tardaba en perder el interés por cada regalo, o que, en función de cuáles abandonaba inmediatamente y cuáles guardaba un poco más de tiempo, decidía qué esculpirle a continuación.

Le costó varios intentos tallar la figura que finalmente ella sostuvo todo el camino hasta los salones del Olimpo. No tuvo problema con los ojos ni con el ángulo inquisitivo de la cabeza, pero tuvo que esforzarse para que las delicadas plumas de la cola parecieran de verdad. Al final encontró la manera de tallar las líneas más finas para que el sólido mármol pareciera ondear en la brisa. Pintó el pájaro con un diseño moteado color crema sobre marrón, los ojos planos como discos amarillos alrededor de enormes pupilas negras. El corto pico era dorado y las patas pequeñas y fuertes acababan en garras abiertas y afiladas de color negro. Había captado la pose característica de la lechuza de Atenea, con la cabeza ladeada.

Cuando Hefesto le enseñó la talla del pájaro, ella se enfadó por un instante, como si estuviera gastándole una broma cruel. Luego se la arrebató y él temió haberse equivocado de nuevo y que ella la tirara al suelo o la estrellara contra las paredes de la fragua, como ya había hecho una o dos veces con otras figurillas que no le habían gustado.

Pero en cuanto la tuvo en sus manos, su expresión se suavizó. Él la observó en silencio mientras ella le daba la vuelta y examinaba sus alas plegadas. La levantó para ver más de cerca las patas flexionadas y volvió a bajarla para examinar la hermosa y suave línea de la frente que él había creado. Le rascó la parte superior de la cabeza y la arrulló como si pudiera oírla. No respondió. Era una talla tan realista que el espécimen vivo se enfadó y picoteó los dedos de Atenea hasta que ella lo acarició, riéndose de sus celos.

Esta figura sí la conservó.

Euríale

Esteno y Euríale nunca dormían de verdad, sólo lo intentaban para que Medusa no se sintiera en minoría cuando estaba cansada. Así que la noche que recibió la maldición y sus gritos penetraron la negrura, estaban despiertas y entraron corriendo en la cueva para intentar rescatar a su niña de lo que fuera que la estaba lastimando. Pero allí no había hombres ni animales. Euríale vio a la luz de la antorcha un escorpión que se escabullía y lo pisó para asegurarse.

La luz parpadeante cayó sobre Medusa, que ocultaba el rostro entre sus brazos cruzados. Sus manos, sin embargo, se perdían en un enjambre de serpientes. Esteno había renunciado a que Medusa tuviera el pelo de serpientes como Euríale y ella, pero ahora lo tenía. De cualquier forma, lo que fuera que había provocado el cambio le estaba causando un dolor indecible. Corrió a su lado y le rodeó los hombros con el brazo.

—¿Qué ha pasado, cariño?

Al ver que Medusa no respondía, la abrazó con fuerza. Euríale se quedó atrás, porque Esteno había dejado caer la antorcha y no quería que las tinieblas las envolvieran. Tardó un momento en notar que algo había cambiado, que ahora eran dos las cabezas cubiertas de serpientes. Siempre le habían gustado los rizos negros y apretados de Medusa. Ella era guapa, y lo más bonito que tenía era tal vez el pelo. Con serpientes retorciéndose a su alrededor en lugar de su melena lacia, ahora parecía... Intentó expresarlo con palabras. Tenía buen aspecto. Parecía una gorgona, una criatura inmortal, como sus hermanas.

Esteno abrazó a Medusa y le frotó los hombros.

—No llores, cariño. Lo sé, tu bonito pelo. Te gustaba mucho. No llores.

Euríale no quería que las nuevas serpientes se asustaran del fuego (las suyas ya estaban acostumbradas), así que volvió a contenerse. Pero Esteno alzó la vista y le hizo señas, y ella clavó la base de la antorcha en la dura arena y se acercó con cautela. No tenía por qué preocuparse: las serpientes no se levantaron ni sisearon. Se enroscaban y desenroscaban alegremente, como si todas salieran de una sola cabeza. Aun así Medusa seguía llorando temblorosa. Hasta Euríale pudo ver que aunque ella prefería las serpientes, Medusa no.

¿Y de dónde habían salido? Su hermana era mortal, las dos lo sabían. Y lo único que delataba su condición de gorgona eran sus alas. Por lo demás, siempre había parecido una humana normal. ¿Le habían brotado las serpientes de la cabeza totalmente formadas? Euríale no podía imaginarse sin ellas. Pero tampoco podía imaginar qué era el dolor. No sabiendo qué más decirle, cogió a su hermana del brazo y la estrechó contra su pecho.

Poco a poco, los sollozos de Medusa se apaciguaron.

—¿Te han salido así sin más? —le preguntó Esteno.

—No —respondió Medusa—. Ha sido cosa de ella.

—¿De quién?

—No estoy segura. Una diosa. Ha aparecido en la cueva. Parecía enfadada conmigo. Podría haber sido...

—A Medusa le falló la voz.

—Sabemos quién ha sido —replicó Euríale dirigiéndose a Esteno—. Vengativa y cruel, siempre culpando a las mujeres de lo que les hacen los hombres. Siempre ha sido así. Y lo sabes.

—Sí —aceptó su hermana. Lo sabía.

Medusa también, pero no se atrevía a expresarlo en voz alta.

—Te acostumbrarás a las serpientes, cariño —le dijo apretándole de nuevo los hombros—. Nunca te han importado las nuestras. Sé que echarás de menos tu pelo durante un tiempo, pero todo irá bien, te lo prometo.

—Lo sé. —Ella seguía con la cabeza hundida en el hueco de su brazo, pero tenía los hombros un poco más relajados.

—¿Duelen? —preguntó Euríale.

Las serpientes de Medusa se estremecieron, como si comprendieran la posible amenaza.

—No. Al principio sí me dolían, y mucho. O quizá lo que me dolió tanto fue que me arrancara el pelo. No sabría decirlo, porque todo ocurrió a la vez. Pero no, ahora ya no me duelen.

—¿Lo ves? Va mejorando —la tranquilizó Esteno—, aunque no sea bueno.

—Lo que me duele son los ojos. No puedo abrirlos.

Las Grayas

Perseo se había separado de su madre y de Dictis lleno de confianza. El anciano le había ofrecido su barca, pero él no quiso llevársela. No podía privarlo de su medio de vida; ¿y si nunca regresaba? Allí no sobraba ninguna embarcación y los pescadores echaban mano de absolutamente todos los materiales que tenían para reparar las suyas. Además, aunque Perseo hubiera contado con la suficiente madera, no habría tenido tiempo para fabricarse una barca. Sólo se le habían concedido dos meses para llevar a cabo lo imposible.

Como nadie sabía dónde encontrar la cabeza de una gorgona, su madre le sugirió que pidiera consejo a su padre. Perseo no sabía exactamente cómo hacerlo y su madre no pudo ayudarlo. Ella había atraído la atención de Zeus mientras estaba encerrada en un sótano, pero Perseo nunca lo había conseguido. Al final decidió caminar tierra adentro y buscar algún bosquecillo sagrado o un templo. Tal vez entonces podría hacer sus ofrendas a Zeus y recibir su ayuda.

Cruzó la isla, evitando los caminos trillados que podían conducirlo al palacio del rey, y preguntando a todo el que se encontraba si conocía algún lugar sagrado dedicado al rey de los dioses. La mayoría no lo sabía, pero una o dos personas le dijeron que si seguía andando llegaría al lugar que buscaba. Tras varios días de marcha lenta por caminos polvorientos, no se sentía más cerca de su padre ni de ninguna solución a sus problemas, sino más lejos. Estaba seguro de que las gorgonas no vivían en Sérifos, pues ¿por qué iba a pedirle Polidectes algo que estuviera tan cerca? Así que alejarse de la costa había sido una decisión necia. Se reprendió por haber perdido el tiempo sin descubrir nada.

Llevaba días subiendo sin descanso cuando dejó de ver el suelo bajo sus pies. Se preguntó si eso significaba que descendía de nuevo hacia el mar. ¿Había cruzado toda la isla? Le invadió la desesperación. Los árboles, que se habían vuelto más escasos con la altitud, ahora parecían aumentar de nuevo, y la maleza también se hacía más espesa. Cada vez era más difícil avanzar y no se había cruzado con ningún otro viajero en todo el día. Hasta los pájaros habían dejado de trinar, como si supieran que se había equivocado de camino y no pudieran soportar mirarlo. Se encontró en un pequeño claro. Lo rodeaban grandes árboles, pero uno de ellos había perdido una rama enorme que atravesaba el claro de lado a lado, invitándolo a sentarse y reposar.

Se acomodó en él y destapó su odre. Hacía tiempo que se le había acabado el vino, pero había llenado el odre poco antes en un manantial y el agua todavía estaba fresca. Bajó la mirada y apartó distraído unas piñas con el pie. Vio que la rama llevaba allí mucho tiempo. No olía a quemado, pero la había partido un rayo, pues el extremo seguía carbonizado. Intrigado, se acercó para examinar los daños y vio ramas más pequeñas cubiertas de piñas quemadas: ennegrecidas por fuera, pero todavía de color terracota por dentro. Se agachó para coger una y ver si se desprendía el hollín.

—¿Crees que las piñas te dirán dónde viven las gorgonas? —le preguntó una voz.

Perseo dio un respingo. No había oído pasos. Cuando caminaba, lo único que oía era el ruido de sus pies aplastando ramas y semillas. En ese momento levantó la vista y vio no a uno sino a dos viajeros. Pero de algún modo supo que no lo eran. Después se preguntaría por qué había pensado eso, pero no supo responderse. Algo relacionado con su postura o el hecho de que no llevaran nada encima. Había aprendido a evaluar a los viajeros según lo bien o mal preparados que parecían estar para afrontar cualquier eventualidad. En el caso de aquellos dos parecía que la que debía prepararse para enfrentarse a ellos era la eventualidad. Su ropa estaba impecable y sus rostros serenos, sin signos de fatiga; no se habían acostado en un lecho de hojas la noche anterior.

—No —respondió mirándolos fijamente.

Supuso que los había enviado Polidectes para seguirlo y burlarse de él por ese primer fracaso. No quería dar a esos sirvientes del rey —¿eran hermanos?; se parecían y a la vez no se parecían, no acababa de entenderlo— la satisfacción de ver lo desesperado que estaba. Sobre todo no quería que el rey descubriera que estaba haciéndolo todo mal.

—No, claro que no —intervino la mujer.

Un pájaro volaba de una rama a otra detrás de ella. Perseo parpadeó. Habría jurado que era una lechuza, aunque sabía perfectamente que era imposible verlas volar a esas horas.

—Desde luego que no nos envía Polidectes.

Perseo estaba seguro de que no había mencionado al rey. Pero tampoco había nombrado a las gorgonas. Si esas personas no venían de parte del rey, ¿cómo se habían enterado de lo que él buscaba? Un pensamiento le acudió a la mente y se sonrojó: ¿estaba todo Sérifos al corriente de lo que se proponía? Se preguntó si el rey y su séquito les habían dejado instrucciones de que vigilaran al estúpido joven aventurero que estaba haciendo el ridículo. Un segundo pensamiento reemplazó el primero: ¿los viajeros con los que había hablado le habían indicado mal el camino a propósito? La rabia le llenó los ojos de lágrimas.

—Vamos, no llores. —El desdén de la mujer aumentaba con cada palabra.

Perseo, acostumbrado al tono afectuoso de su madre, se sonrojó aún más.

—Estamos aquí para ayudarte, hijo —añadió el hombre.

Llevaba una capa fina que no podía abrigar mucho por la noche, un sombrero de paja y una simple túnica corta, y apoyaba la mano en un bastón. Las botas eran de cuero y se ataban por delante; también había unas lengüetas vueltas hacia abajo y con las puntas levantadas. Tenía el aspecto de un viajero corriente y al mismo tiempo no lo parecía en absoluto. Su hermana, si es que lo era, iba con una túnica más larga y una capa adornada con serpientes bordadas. Llevaba el pelo recogido en un moño a la altura de la nuca y una cinta sencilla alrededor de la frente impedía que los mechones sueltos le cayeran sobre los ojos. Perseo volvió a mirar la capa. Las serpientes eran tan realistas que le pareció ver que una se movía. Pero debía de ser un efecto de la luz que se filtraba a través de los árboles.

—¿Ayudarme? ¿Acaso sabéis dónde se encuentran las gorgonas?

La mujer resopló.

—Claro que sí. ¿Es ése tu plan? ¿Presentarte allí y preguntarles si puedes quedarte con una de sus cabezas? ¿En serio?

Perseo se sentía más pequeño y más débil con cada palabra que ella decía. Debería haberlo pensado. El hombre lanzó una mirada a su hermana y ella se encogió de hombros.

—Podemos ayudarte a prepararte para el encuentro. Necesitas que te asesoren, ¿no crees?

Perseo quería responder que sí, pero temía recibir una nueva dosis de desprecio de la mujer.

Ella murmuró algo sobre Zeus, pero Perseo no pudo oír el resto. El hombre dio un paso hacia él.

—Ella tiene razón. Morirás si no estás preparado. Y eso no ayudará a tu madre ni complacerá a tu padre.

—Mi padre no está enterado de lo que me propongo —respondió Perseo—. Lo he estado buscando, pero...

El hombre alargó la mano y sujetó el brazo de su hermana.

—Lo sabe. ¿Por qué estaríamos nosotros aquí si no?

—Ni siquiera las Grayas podrían ayudar a un ser tan estúpido —replicó la mujer—. Creo que lo hace adrede.

Perseo empezó a preguntar quiénes eran las Grayas y, de paso, con quién estaba hablando, pero el hombre lo hizo callar con la mirada.

—Nos ha enviado tu padre —le explicó la mujer despacio y claro—. Aunque probablemente no era consciente de lo que nos estaba pidiendo, porque no sabía que estabas peleándote con cosas tan básicas.

—¡Eso no es verdad! —Perseo ya no podía contener la humillación—. No sé quiénes sois. No sé dónde estoy. No sé qué es una gorgona. No sé qué hacer para dar con una. No quiero que mi madre se case con el rey. Necesito ayuda. No creo que eso me haga estúpido.

—¿Ah, no? Está bien, si no te importa admitir falta de conocimientos o de capacidad. Ya veo que eso no te incomoda. Simplemente pensábamos... —Ella hizo un gesto a su hermano y él asintió torpemente con la cabeza—. Pensábamos que sabías lo que hacías. Pero sólo estabas... ¿qué estabas haciendo, en realidad? ¿Subir una colina y bajar por el otro lado? ¿Esperar a que apareciera una gorgona? ¿Suele funcionarte?

—¡Estaba buscando un bosque sagrado! —gritó Perseo—. Algún lugar donde pudiera estar mi padre para pedirle ayuda.

—Entiendo —respondió ella. A Perseo empezaba a resultarle más desagradable su interés solícito que su desdén—. ¿Y pensabas reconocer el bosque por...?

—¡No lo sé!

—¿Tal vez por un árbol derribado por un rayo? —Él la miró fijamente—. Zeus utiliza muy a menudo los rayos como arma.

El hombre guardó silencio.

—Los rayos caen del cielo —añadió ella—. Son una luz muy brillante. Puede que los hayas visto en alguna ocasión.

—Sé lo que es un rayo.

—Bien, eso es un comienzo. Entonces sabrás que la rama en la que estás sentado la arrancó Zeus de este árbol con un rayo.

Perseo notó que volvía a sonrojarse. Por supuesto que se había percatado de que a ese árbol lo había alcanzado un rayo. Lo había deducido sólo ver la rama. Se había fijado en las piñas carbonizadas.

—No sabía que era un bosque sagrado. Pero ahora que lo dices, tiene que serlo.

Ella se volvió hacia su hermano.

—Bueno, lo más probable es que muera antes de que lleguemos a donde viven las gorgonas. Pero prometimos ayudarlo.

—Lo prometimos —convino el hombre—. Por cierto, yo soy Hermes. Ya que pareces preguntártelo. Y ella es Atenea.

Perseo abrió la boca y volvió a cerrarla.

—Es una suerte que ya sepamos quién eres tú —señaló ella.

—Lo siento. No estoy acostumbrado a que los dioses se me acerquen y me digan que pueden ayudarme.

—Los dioses han estado ayudándote desde el día en que naciste —respondió Hermes.

—Deberías estar más atento —añadió Atenea.

—Lo estaré a partir de ahora. ¿Has dicho que teníamos que ir a ver a alguien más?

—A las Grayas —contestó Hermes—. No te preocupes, conocemos el camino.

—¿Y me ayudaréis?

Los dioses se miraron.

—Supongo que depende de cómo lo pidas —respondió Hermes.

Perseo estaba en una ancha cornisa en medio de un acantilado. No sabía cómo había ido desde el bosquecillo sagrado hasta aquella atalaya rocosa, donde un mar embravecido se estrellaba contra la piedra gris a sus pies. Al volverse para mirar hacia arriba, tuvo que agarrarse a la roca que tenía al lado para no caerse. Probablemente podría escalarla si tenía que hacerlo, pero si perdía pie la caída sería tremenda. No habría podido llegar hasta allí sin ayuda divina, lo sabía; en el año que había estado saliendo al mar no había aprendido a amarrar un barco a un acantilado escarpado. No le extrañaba que los dioses se hubieran reído de él. Miró a izquierda y derecha, y se dio cuenta de que estaba solo.

Se estremeció de miedo y se puso de cuclillas antes de que le fallaran las piernas. Así le había enseñado Dictis a combatir el mareo en sus primeras salidas en bote. Respiró por la boca con la mirada clavada en el horizonte hasta que se sosegó. Poco a poco se sintió capaz de erguirse de nuevo, y así lo hizo. Supuso que era más probable que encontrara a las Grayas arriba que abajo, así que siguió subiendo por la cornisa del acantilado.

Era un proceso lento, intercalado por ataques de pánico cuando el viento se levantaba y amenazaba con arrojarlo al océano. En esas ocasiones volvía acuclillarse y, encogiéndose para hacerse más pequeño, se apretaba contra la pared rocosa. Sorteó un tramo a cuatro patas cuando no vio otra manera de continuar. Y mientras escalaba, intentaba convencerse de que se encontraba en la primera etapa real de su expedición, y no que era un juguete de los dioses, que lo observaban desde una posición estratégica impenetrable y disfrutaban con todo aquello.

Subió otro trecho por la cornisa, lamentando no saber lo que buscaba. ¿Vivían las Grayas en lo alto del acantilado? ¿Por qué los dioses lo habían abandonado donde lo hicieron? ¿Y si se había equivocado de camino y las Grayas se encontraban más allá de la curva en la roca que había empezado a escalar? ¿Y si se hacía de noche mientras él estaba allí encaramado? El pánico amenazaba con apoderarse de él y deseó volver a Sérifos, al lado de su madre y de Dictis. Se maldijo por haber intentado demostrar al rey que era un hombre cuando todavía se sentía como un niño.

Mientras ascendía poco a poco por la roca, le pareció oír algo por encima del rugido del viento y del estrépito de las olas lejanas que rompían a sus pies. Se detuvo y esperó a que se le acompasara la respiración; ya no se oía nada. Pero tras otra curva escarpada se encontró ante la entrada de una cueva. Se agachó y volvió a escuchar. Le pareció oír una voz. No, dos. Asustado, se aferró a la ilusión de que sonaban como voces ancianas. Sus dueños serían lentos y eso le daría ventaja. Se detuvo e intentó calcular qué más tenía a su favor. Los dioses lo habían llevado hasta allí, así que cabía suponer que no querían que muriera. Luego pensó en lo que tenía en contra. Llevaba consigo la espada corta que le había prestado Dictis, pero no sabía muy bien cómo manejarla. Las Grayas seguramente lo superarían en número. Y ellas tenían lo que él buscaba. Pero ¿no había dicho Hermes que todo dependía de cómo lo pidiera? Así que poco importaba todo eso.

Se dirigió a la boca de la cueva y advirtió que las voces enmudecían. Ya lo habían visto. De pronto se oyó un grito.

—¿Por qué te has callado? ¿Qué te pasa?

—Chitón. Creo que veo...

—De chitón nada. Tener el ojo no te da derecho a hacernos callar.

—No, ya lo sé.

—¡Déjame ver!

Se oyó un revuelo seguido de un graznido de rabia.

—¡Devuélvemelo!

—No pienso. No lo estabas usando como es debido, o habrías visto que ha venido un hombre y nos lo habrías dicho.

—Quiero ver.

—Luego.

Perseo se quedó mirando hacia la penumbra. Poco a poco se dio cuenta de que se había equivocado: había tres figuras, no dos. Apenas podía distinguir el contorno de sus figuras encorvadas y envueltas en capas. Llevaban la cabeza cubierta con pañuelos y sólo una de ellas parecía mirarlo, con la cara desencajada y aparentemente más vieja que la roca en la que vivía, más vieja que el mar.

—¿Quién eres? —le preguntó.

Y las otras dos mujeres —si es que eran mujeres— se volvieron hacia él.

—Soy Perseo —respondió.

Pero lo dijo con un hilo de voz y se despreció a sí mismo. No era de extrañar que lo recibiera una cacofonía de risas crueles.

—Eres Perseo —repitió la del centro.

—¡Déjame ver! —gritó la de la derecha—. ¿Qué aspecto tiene?

La de la izquierda guardó silencio.

—Parece joven —contestó la del medio.

—¿Podríamos comérnoslo? —preguntó la de la derecha.

Perseo, que sostenía la espada, notó que le temblaban las manos.

—No, no es tan joven —señaló la mediana—. Tal vez si lo hervimos, pero no lo creo.

De repente, la de la izquierda asestó un fuerte golpe a la del medio. Hubo un aullido de dolor y un revuelo de capas, y la del medio enmudeció.

—¿Por qué no te acercas? —le preguntó la de la izquierda.

Perseo sintió frío e intentó convencerse de que era porque tenía la espalda y el pelo empapados por el sudor de la escalada. Dio un pasito hacia los cuerpos apiñados.

—Eso —lo animó ella—. Para que pueda verte.

—¿Tiene Enio el ojo? —preguntó la de la derecha—. ¿Por qué se lo has dado a ella si me tocaba a mí?

—No se lo he dado —siseó la del medio—. Me lo ha quitado. Lo has oído perfectamente.

—¡Pero me tocaba a mí! —repitió la de la derecha.

—Cállate, Penfredo —la reprendió la de la izquierda—. Lo tendrás después.

—Siempre dices lo mismo. Lo quiero ahora. Dino siempre deja que te salgas con la tuya. No es justo.

—Me lo ha robado —insistió la del medio, que Perseo supuso que era Dino—. Era mi turno y luego habría sido el tuyo si ella no me lo hubiera robado.

Perseo no sabía qué decir. ¿Se suponía que esas extrañas ancianas, que no se ponían de acuerdo en nada, iban a ayudarlo? Los dioses debían de estar jugándole una mala pasada.

—Bueno, no nos decías lo que estaba pasando —replicó Enio—. Tenía que verlo por mí misma. No mereces tener el ojo si no lo utilizas bien. Y no, Penfredo, no podemos comérnoslo. Es casi un hombre. ¿Qué quieres?

—Los dioses me han dicho que podíais ayudarme —respondió Perseo.

—¿En qué? —El humor de Penfredo no pareció mejorar tras la confirmación de que su invitado no era comestible.

—¿Qué dioses? —quiso saber Dino.

—¿Los que nos gustan o los que no? —inquirió Enio.

—Hermes. Y Atenea.

—Ya veo. —Dino se volvió hacia Penfredo—. Ella te gusta, ¿verdad?

Penfredo se encogió de hombros.

—Supongo que no es la peor del grupo.

—A mí Hermes no me gusta —replicó Enio—. Pero nunca te acuerdas de eso, claro.

—¿Por qué no te gusta? —le preguntó Dino.

—Porque es un mentiroso y un ladrón. A ti tampoco debería gustarte.

Perseo miró a una y a otra y se preguntó a quién debía dirigirse.

—Me han dicho que os pida que me ayudéis —dijo hacia el espacio entre ambas—. A encontrar algo.

Dino echó hacia atrás su anciana cabeza y se rió. Las otras la imitaron. Perseo se preguntó si en lo único en lo que iban a ponerse de acuerdo esas viejas brujas era en burlarse de él.

—¿A encontrar qué? —repitió Enio—. ¿Qué estás buscando?

Perseo enderezó los hombros.

—Busco la cabeza de una gorgona.

Todos los alegres ruiditos cesaron.

—¿La cabeza de una gorgona? —repitió Dino—. ¿Qué les habrá hecho pensar a los dioses que te ayudaríamos?

—Tengo que llevársela a Polidectes, en caso contrario éste obligará a mi madre a casarse con él —continuó Perseo para que no lo tomaran por un ser avaricioso.

—¿Y por qué deberían importarnos los planes matrimoniales de tu madre? —le preguntó Enio.

—Ella quiere quedarse con Dictis —explicó Perseo, pero apenas le salió la voz.

—¿Qué más nos da lo que tu madre quiera o no quiera si no nos importa? —replicó Penfredo. Y añadió dirigiéndose a sus hermanas—: Todos los mortales son iguales. Creen que sus preocupaciones son las de todos.

—Entonces, ¿no vais a ayudarme? —les preguntó Perseo.

Fue Enio quien respondió.

—¿Por qué íbamos a hacerlo? ¿Qué ganaríamos?

—¿Qué queréis? Podría conseguíroslo. —Perseo no tenía ni idea de cómo iba a obtener algo para esas ancianas, entre otras cosas porque todavía no sabía cómo iba a salir de ese acantilado o regresar a él con lo que fuera que le pidieran.

—¿Qué queremos? —preguntó Dino—. Ésa es una buena pregunta. ¿Qué queremos?

Las tres hermanas cambiaron impresiones en voz baja y Perseo esperó que quisieran algo que estuviera justo fuera de la cueva.

—Otro ojo —respondió Penfredo.

—Dos ojos más —corrigió Dino.

—Uno para cada una —aclaró Enio.

—¿Cómo?

—Queremos más ojos —repitió Enio—. El que tenemos lo compartimos.

—No lo entiendo. ¿Qué quieres decir con que lo compartís?

—No es tan difícil —replicó Penfredo—. Sólo tenemos un ojo y no nos queda otro remedio que compartirlo. A unas nos toca menos rato que a otras.

—¿Y cómo lo compartís? —les preguntó él mirando fijamente hacia la oscuridad.

Había supuesto que tenían las cuencas de los ojos arrugadas porque eran viejas, pero en ese momento se dio cuenta de que estaban vacías.

—¿Una de las tres les cuenta a las otras lo que ve? ¿Es así?

—¡No! —gritó Penfredo mientras Dino y ella se abalanzaban sobre Enio.

Siguió una pelea silenciosa, y esta vez fue Dino quien se adelantó y parpadeó con su único ojo en dirección a él.

—¿Lo veis? —se quejó Penfredo—. A mí nunca me toca.

—Ayer te tocó a ti —espetó Enio—. Luego nunca te acuerdas, así que siempre montas un número por nada.

—Hoy no me ha tocado ni una sola vez —replicó Penfredo—. Dino y tú me habéis robado el turno.

Dino puso el ojo comunitario en blanco. Y Perseo se dio cuenta de que las hermanas hablaban literalmente. Se turnaban para usar el globo ocular. Se estremeció al pensarlo, y luego esperó que Dino no lo hubiera notado.

—¿Nunca habéis tenido más de un ojo? —le preguntó Perseo.

No tenía ni idea de dónde podía encontrar más ojos para esas ancianas.

—¡Claro que no! —exclamó Enio—. ¿Crees que teníamos más y los dejamos olvidados en alguna parte? ¿O que los hemos perdido? —Volvió su rostro ciego hacia sus hermanas—. Esto es una pérdida de tiempo. No nos ayudará. No puede. Es tonto.

—No soy tonto —replicó Perseo, que ya se había sentido bastante menospreciado por un día—. Simplemente no lo he entendido. Nunca había conocido a nadie como vosotras y quería saber más antes de atender vuestras peticiones.

Se hizo un silencio, pero esta vez fue distinto, y hasta Perseo se dio cuenta. No había rastro de burla ni de crueldad en él, y sí algo más: un atisbo de esperanza.

—Siempre hemos tenido un solo ojo —aclaró Dino.

—Y un solo diente —añadió Penfredo.

—Por eso no sabíamos si podíamos comerte —señaló Enio—. Tenemos que turnarnos para comer y para ver. Y nunca podemos ver lo que estamos comiendo.

—Entonces, ¿no podéis tener el ojo y el diente a la vez? —les preguntó Perseo.

—¿Quién los devolvería si lo tuviera todo? —le explicó Dino.

Por primera vez desde que había entrado en la cueva, Perseo sintió algo más que miedo y repugnancia. Tener tan poco, llevar una vida tan miserable que turnarse por un diente y un ojo lo fuera todo. Y justo cuando empezaba a embargarle la compasión, supo qué hacer.

—¿Puedo ver el ojo, por favor? —les preguntó—. ¿Y el diente?

—¡Claro que no! —gritó Dino—. ¿Por qué íbamos a enseñarte el ojo o el diente? Podrías quedártelos y no devolvérnoslos nunca. Todos los mortales sois iguales: codiciosos, traicioneros y crueles. Lo sabe todo el mundo. ¿Cómo te atreves a pedírnoslo?

Pero Perseo se dio cuenta de que las otras dos no compartían su indignación. Al no estar en posesión del ojo en ese momento, tenían menos que perder.

—Me costará mucho menos encontrar ojos para vosotros si me lo dejáis ver. Si no, no sabré exactamente lo que busco. Y estoy seguro de que los dioses me han enviado hoy aquí para ayudaros.

—No —respondió Dino.

160

—¿Y el diente? —preguntó Penfredo—. ¿Te ayudaría ver el diente?

—Sí, claro.

—Dámelo, Enio.

—No quiero —replicó su hermana—. Antes quiero comer algo. No es lo mismo el diente que el ojo. No te sirve de nada si no es para comer. No vuelves a acordarte de él hasta la siguiente comida.

—Hemos comido poco antes de que llegara el chico —señaló Penfredo—. No tengo hambre. Dale el diente.

—No.

—Podemos arrebatártelo si no quieres renunciar a él —la amenazó Dino—. Yo no pienso darle el ojo, así que tendrás que darle tú el diente.

—No podréis. Soy más fuerte que vosotras.

—No eres más fuerte que nosotras dos juntas —repuso Penfredo—. No si te sujetamos mientras el chico te saca el diente.

Perseo amaba a su madre con lo que creía que era una devoción incondicional, pero esperaba con toda su alma que ésa no fuera la única forma de encontrar la cabeza de una gorgona.

—Está bien —accedió Enio, y se llevó la mano a la boca.

Se sacó un diente grande y lo sostuvo en la mano. Dino la giró hacia Perseo para que pudiera ver bien el diente. Con todo el cuerpo rígido para disimular su espanto, Perseo dio un paso adelante y cogió el diente de los dedos curtidos de Enio. Retrocedió de nuevo y, sosteniéndolo a la luz mortecina, lo examinó.

—Ah, ya veo.

—Debe de ser una sensación agradable —murmuró Enio.

161

—Me refiero a que ya sé dónde encontraré más. Lo ideal es que tuvierais uno cada una, ¿no? ¿O quizá más de uno?

El cambio de humor de las hermanas fue más que evidente. El silencio que siguió estaba teñido de esperanza.

—¿Más de uno? —preguntó Dino por fin.

—¿Cada una? —preguntó Penfredo a su vez.

—Hay personas con más de un diente —les explicó Perseo—. Creo que facilita la masticación.

—Seguro —repuso Enio.

—Más de uno —pidió Penfredo—. Para cada una. Y lo mismo puede decirse de los ojos.

Las otras dos asintieron.

—Eso es —intervino Dino—. Dos ojos cada una y tantos dientes como puedas encontrar.

—Estoy seguro de que encontraré dientes para vosotras —afirmó Perseo—. Pero no sé si me apañaré con los ojos.

—Si no lo haces —amenazó Enio, con calma—, Dino te matará y yo recuperaré el diente y roeré la carne de tus huesos.

—Yo quiero encontraros más ojos, y lo haré si puedo. Pero sin el ojo original no sabré exactamente de qué tamaño los estoy buscando. No tiene sentido que os traiga unos ojos que no os encajen, ¿verdad?

—Dale el ojo —insistió Penfredo.

—Dáselo tú cuando te toque, si quieres.

—A mí nunca me toca. Y si le das el ojo ya no hará falta que nos turnemos.

—Tiene razón —afirmó Enio—. No tendríamos que volver a compartirlo.

Se hizo un silencio.

—Está bien —accedió Dino—. Pero si vuelve con unos ojos demasiado pequeños y no nos sirven, será mi turno, ¿de acuerdo?

—Sí —respondió Enio.

—Sí —respondió Penfredo.

Perseo se las arregló para contener las arcadas al oír cómo la sustancia gelatinosa del ojo se desprendía de su cuenca. Lo cogió de la mano de Dino cuando ella se lo tendió. Lo más repugnante no era la textura viscosa, recordaría años después, sino lo caliente que estaba.

—Sólo me queda una pregunta y saldré a buscar lo que necesitáis —les dijo—. Sé que podríais decírmelo cuando vuelva, pero me preocupa que se me olvide con la euforia de los nuevos ojos y dientes.

—¿Qué es? —quiso saber Dino.

—Necesito que me ayudéis en mi otra misión. La de la cabeza de gorgona.

—Para salvar a su madre —le recordó Enio—. De la muerte.

—¿Era de la muerte? —preguntó Penfredo.

—Del matrimonio —la corrigió Perseo.

Penfredo se encogió de hombros.

—Las ninfas tienen lo que necesitas —contestó Dino.

—¡No se lo digas! —le gritó Enio—. ¡Las gorgonas son nuestras hermanas!

—¿Cuánto hace que no las vemos? ¿Cuándo fue la última vez que se ofrecieron a encontrarnos un diente o un ojo a cada una? ¡A cada una!

—Tiene razón —admitió Penfredo—. Las Hespérides podrán ayudarte.

—¿Y eso es todo lo que podéis decirme? —insistió Perseo.

—Ellas tienen lo que necesitas —respondió Enio—. Ahora tráenos los ojos y los dientes.

Pero Perseo ya los había tirado al mar que rugía al pie del acantilado, y cuando las Grayas se dieron cuenta de que nunca volvería, los dioses ya se lo habían llevado muy lejos y sus aullidos de angustia se perdieron en el estruendo de las olas y el viento.

El gorgoneion

No puede ser. No puede ser que todavía lo compadezcas. ¿Por qué? Nadie le dijo que tocara el ojo o el diente. Él les pidió a las Grayas que se los dieran. Las engatusó de mala manera. Tú mismo lo viste, ¿no? Supongo que te pareció una jugada inteligente. ¿El inteligente de Perseo valiéndose de su ingenio para derrotar a unas ancianas repulsivas? No puedes dar crédito a tus propios ojos, pero al menos los tuyos están a salvo en tu cabeza. Bueno, tienes suerte. Ser compasivo con alguien que no es tan afortunado como tú sería demasiado esfuerzo, ¿no? ¡Claro! Así que cuando termines de felicitar a Perseo por sus triquiñuelas, tal vez podrías pararte a pensar en la vida que llevaron las Grayas después de que él se marchara.

Una vida dominada por la ceguera y el hambre.

Atenea

Atenea se dio cuenta de que a Hefesto le pasaba algo, pero no sabía qué. ¿Qué hacía de pie delante de su fragua con una sonrisa tan extraña?

No era tan raro lo que le había pedido. Una lanza y un escudo nuevos.

—¿Por qué sonríes?

—Lo siento —respondió él, y apartó la mirada.

—No he dicho que tengas que disculparte. Sólo te he preguntado por qué.

—Me alegro de verte.

Atenea se quedó pensativa.

—Ya veo. ¿Y me harás la lanza?

—Claro. Será un honor.

—Bien —contestó ella creyendo que él no diría nada más.

Pero volvió a abrir la boca.

—He estado hablando con tu tío.

—¿Cuál de ellos?

—Poseidón.

—¿Por qué?

—Le he pedido consejo —le respondió Hefesto—. Puedes sentarte, si quieres.

Señaló el ancho tocón de un árbol que Zeus había destruido hacía mucho tiempo. Hefesto lo había tallado en forma de asiento, con un delicado dibujo de hojas en el respaldo, aunque Atenea nunca había visto a nadie más en la fragua y jamás había visto al herrero sentado.

—¿Por qué?

—Para probarlo. Me gustaría saber si te parece cómodo.

Ella asintió y se acercó al árbol, en el que ya no quedaban rastros de hollín. Se sentó en la suave curva del asiento y se apoyó en el respaldo.

—Es muy cómodo.

—Lo he hecho para ti —respondió él.

Atenea se estaba hartando de preguntarle por qué decía y hacía cosas tan raras, y decidió fingir que no lo había oído. Ella nunca le había pedido una silla.

—¿Quieres saber qué me ha aconsejado Poseidón?

Atenea reflexionó un momento.

—La verdad es que no.

Hefesto se acercó a ella cojeando.

—Me gustaría decírtelo.

—No sé por qué me lo preguntas entonces.

—Lo siento. —El herrero se acercó un paso más—. Te lo he preguntado como una manera de introducir el tema, porque no quería contarte sólo lo que él me ha dicho.

—¿Te ha dicho él que me hagas una silla de madera? Porque puede que no te haya dado el mejor consejo.

Hefesto se colocó frente a ella y miró con cariño su obra.

—Mira, hay sitio para los dos. —Se volvió torpemente sobre su tobillo bueno y se dejó caer pesadamente a su lado.

167

Atenea empezaba a arrepentirse de no haberle encargado las armas a otro herrero, aunque fuera mortal. Hefesto no solía comportarse así, y a ella no le gustó y se apartó de él.

—No te vayas, por favor.

—No estoy yendo a ninguna parte. Sólo me muevo porque te has sentado tan pegado que nuestras caderas se rozan y no me gusta.

—Lo siento. ¿Puedo hablarte de Poseidón?

—¿Es muy largo? —preguntó ella.

—No.

—¿Podrías contármelo al mismo tiempo que me haces la lanza?

—No, tengo que decírtelo aquí —replicó él—. Tu tío me ha dicho que debo pedirte que te cases conmigo.

Ella se quedó mirando al dios herrero con la cabeza ligeramente inclinada, como si intentara ver qué locura se le había metido entre ceja y ceja.

—Pues se ha equivocado.

—No. —Hefesto le cogió la mano y se la estrechó.

Atenea sabía que podía correr más rápido, pero él tenía unos brazos y unas manos recios como el hierro que forjaban. Se preguntó qué sería más eficaz, pisarle el pie bueno o el malo.

—No me gusta que me toquen.

—Lo sé —respondió Hefesto—. Es una de las mil cosas que me encantan de ti.

—Pero me estás tocando, aun sabiendo que no me gusta.

—Porque quiero ser la excepción.

—Pues no lo eres. ¡Nadie lo es!

—No te importa cuando tu lechuza revolotea hacia ti y se te posa en el hombro. Más bien le tiendes el brazo.

—Es una lechuza.

—Creo que podrías amarme a mí así.

—No podría.

Él le tiró de la mano para atraerla.

—Ya se lo he preguntado a Zeus y aprueba la boda.

—No importa si la aprueba o no, porque no habrá boda.

—Te deseo. —Hefesto se inclinó, atrayéndola más hacia él.

A ella le llegó el olor del metal caliente que se desprendía de su piel.

—Yo no. Déjame.

Se retorció para zafarse y notó cómo él se ponía tenso. Tiró con más ahínco y él, de repente, la soltó. Ella se levantó de un salto y echó a correr, volviendo la cabeza para ver si la seguía. Pero él se había quedado sin fuerzas. Al reparar en la odiosa expresión de satisfacción en su rostro, Atenea bajó la vista a donde él estaba mirando.

Notó el calor de su semen antes de verlo y, arrancándose un trozo de la fina tela de su capa, se limpió el muslo con él y lo tiró al suelo, asqueada. Quería gritarle que lo odiaba y que nunca se casaría con él, que nunca se casaría con nadie, que iría a ver a Zeus y le contaría lo que le había hecho. Pero al abrir la boca supo que sólo era una verdad a medias. Lo odiaba y nunca se casaría, pero no le contaría nada a Zeus porque estaba demasiado avergonzada. Sabía que estaba siendo absurda porque ella no había hecho nada de lo que avergonzarse. Pero al ver a Hefesto con los ojos cerrados y una expresión relajada, se dio cuenta de que él no sentía ninguna vergüenza por lo que había hecho. Y, sin embargo, era un acto vergonzoso, y lo que correspondía era reaccionar con repugnancia y desprecio. Si Hefesto no se sentía así lo haría ella por él. A algún lugar tenían que ir esos sentimientos.

De modo que huyó de la fragua, bien lejos del Olimpo, odiando a Hefesto, a Poseidón y a Zeus tanto como a sí misma.

Medusa

Le vendaron los ojos a Medusa con paños húmedos esperando que disminuyera el dolor como había disminuido la jaqueca. Pero lejos de remitir, la sensación de ardor aumentaba cada día que pasaba. La oscura maraña de serpientes se le arremolinaba alrededor de la cabeza, con cuidado de no mover las vendas. Ella se movía a tientas por la cueva; a esas alturas la conocía tan bien que tardó muy poco tiempo en aprender a orientarse. A veces tenía frío y, palpando la pared con los dedos, se acercaba a la salida de la cueva. Se sentaba con el sol en la cara, la espalda apoyada en la roca caliente y las manos hundidas en los montones de algas secas que cubrían la orilla. A veces se las llevaba a los labios y probaba el sabor del mar.

No le importaba tanto la oscuridad como lo que había perdido. Echaba de menos todo lo que oía y muchas más cosas que no llegaba a oír. Los continuos chillidos de los pájaros la reconfortaban, y le recordaban cómo descendían sobre las olas formando arcos. Oía a los cormoranes discutir con las gaviotas y sabía exactamente en qué rocas se habían posado antes de empezar a pelearse. Oía a las ovejas murmurar entre ellas y sonreía. Euríale condujo a un par hasta Medusa para que hundiera las manos en la gruesa lana de sus pechos. Ella sentía el movimiento de la hierba marina y las suaves curvas que el viento trazaba en la arena bajo sus pies. Todavía tenía mucho, se recordó. Pero echaba de menos el espectáculo de los peces dando vueltas alrededor de sus pies cuando los sumergía en el agua brillante. Quería contemplar el grácil vuelo de los pájaros y no sólo oírlos discutir. Quería entornar los ojos para protegerlos del sol y observar el cambio de las estaciones. Echaba de menos el rosa intenso de los pétalos de ciclamen en lugar del rojo oscuro que era todo lo que alcanzaba a ver tras las vendas.

Cuando el dolor del cráneo arreciaba como una tormenta, se apretaba las cuencas de los ojos con las manos para intentar calmarlo.

—¿Cómo es? —le preguntaba Euríale.

Ni Esteno ni ella comprendían realmente el dolor. Medusa no creía que sus hermanas fueran capaces de sentirlo. Había oído decir que algunos dioses —algunos del Olimpo— podían sentir las heridas, al menos por un tiempo. Pero ellas tenían la piel curtida, un rostro temible y unos dientes largos y afilados. ¿Quién se atrevería a atacarlas? Y en el caso de que alguien las atacara, ¿qué podría hacerles?

—No sé con qué compararlo —respondía Medusa—. Se parece a la sensación de fuego bajo la piel, sólo que sin fuego.

—Entiendo —respondió Euríale, que no lo entendía porque no sentía nada cuando apagaba una hoguera con las manos.

—¿Serviría de algo que le quitáramos estos paños y comprobáramos cómo tiene los ojos? —preguntó Esteno—. Quizá podríamos hacer algo para aliviarle el dolor.

Euríale asintió y luego se sintió tonta.

—De acuerdo.

Medusa miró a sus hermanas a través de la oscuridad e imaginó sus rostros. La frente de Esteno arrugada por la preocupación, la boca entreabierta, los hombros levantados para abrazar y proteger. Euríale mirando hacia otro lado porque no quería que Medusa se sintiera en minoría. Su cara de culpabilidad porque se había olvidado y había asentido. A Medusa le habría gustado decirle que, de alguna manera, alcanzaba a percibir sus gestos aunque no los viera. Pero no quería que se sintiera aún más cohibida. Y notaba la tensión de Euríale porque quería luchar contra algo, pero no podía atacar a quien había hecho daño a su hermana.

¡Cuánto le gustaría volver a verlas, aunque sólo fuera una vez más!

Esteno extendió sus garras y dio unas palmaditas en el brazo de su hermana, y Medusa supo que ambas esperaban su respuesta. Reflexionó un momento, pero no quería arriesgarse.

—No. Creo que sería un error.

Gaia

Gaia, sobre quien había caído el semen del dios cuando Atenea lo apartó de un empujón, se encontraba ante un dilema. Pensó en sus hijos perdidos, en todos los gigantes que los olímpicos habían matado, uno tras otro. Recordó cómo había reunido sus cuerpos destrozados tras la batalla, cómo los había abrazado, cómo había llorado ríos y lagos. Si algún mortal cruzara tambaleante el campo de batalla vería el suelo chamuscado por los rayos. Pero por mucho que buscaran, no encontrarían los cuerpos de sus hijos. Gaia había abierto la tierra para tragarse sus huesos y protegerlos en la muerte como no había sabido hacerlo en vida. Pero antes los había examinado detenidamente buscando marcas para averiguar qué dios había matado a qué hijo.

Quería vengar la muerte de todos ellos, aun sabiendo que no estaba en su naturaleza castigar y destruir. Ella era la tierra, estaba destinada a dar y preservar la vida. Pero volvió a pensar en los cuerpos de sus hijos —quemados por rayos, atravesados por flechas— y le entraron deseos de destrozar todos los árboles de todas las montañas, obstruir todos los arroyos, arruinar todas las cosechas.

174

Sin embargo, sabía que con ello sólo conseguiría castigar a los mortales que la amaban y que habían temido y respetado a su descendencia. ¿Serviría de algo lastimar a los dioses perversos que habían causado un daño tan incalculable? No. Tal vez uno o dos templos se hundirían en el mar, pero todos tenían tantos templos, y eran tan codiciosos...

Y aquí estaba el pequeño trozo de lana que la diosa había arrojado a la tierra. El semen de él, visible para todos. El roce de ella, visible sólo para Gaia. Pensó en Atenea huyendo del herrero con el rostro desencajado por el desprecio. Vio la vergüenza de la diosa mientras se escondía en sus templos, la ira mientras contemplaba el mar y pensaba no en una sino en las dos ofensas crueles que su tío Poseidón le había infligido. La sensación de impotencia al darse cuenta de que aún no tenía forma de castigarlo por haber alentado a Hefesto. Y Gaia también recordó a la diosa eufórica cuando le había arrancado la piel a su hermoso hijo.

Todos los días observaba a Hefesto en su fragua preguntándose por qué Atenea no acudía a recoger sus nuevas armas. Lo veía cogerlas para quitar una mota de polvo del escudo o comprobar de nuevo el perfecto equilibrio de la lanza. Lo veía intentando en vano distraerse con otros encargos.

Y entonces Gaia —que no podía destruir sino sólo sustentar— supo exactamente qué haría para vengarse.

Panopea

¿Recuerdas dónde estás? En el lugar donde Etiopía se encuentra con Océanos: la tierra más remota y el mar más lejano. Más allá de las Grayas y las gorgonas, a las que ahora conoces mejor. Estas hijas del mar se sienten a la vez atraídas y repelidas por él. Las Grayas ciegas dicen que temen por su seguridad en su lúgubre isla gris. Pero nadie las ha obligado a instalarse allí; fueron ellas las que encontraron la isla y la convirtieron en su hogar. Y Esteno y Euríale quisieron quedarse en la costa para que sus padres pudieran llegar hasta ellas si alguna vez decidían hacerlo (nunca lo han hecho). ¿Cuánto tiempo ha de transcurrir para que aceptes que no va a venir ningún dios del mar? Bueno, Forcis les hizo una breve visita a su trozo de costa cuando les entregó a su extraña hermana mortal. ¿Se quedaron las gorgonas junto al agua por si le daba por llevarles otra?

Medusa nadaba en el mar todos los días y de pronto dejó de hacerlo. Algunas Nereidas sostienen que fue Poseidón quien la ahuyentó del agua, otras señalan a Atenea. Acosada por el primero, maldecida por la segunda. Yo creo que fueron ambos. Pero ni siquiera ella se aparta del mar, pase lo que pase. Su hermana dio una nueva forma a la costa para complacerla y alejó así al mismísimo Poseidón. Ella no se irá, pero hace tiempo que no sale de la cueva. Nunca lo dirías, pero continúa aquí.

¿Y dónde estaba yo? O, mejor dicho, ¿dónde estabas tú? Estabas en el punto más alejado al que se puede navegar, donde el océano besa al sol poniente. Hermoso y triste a la vez, pues no encierra ninguna de las promesas que trae el amanecer si se viaja en sentido contrario. Un lugar donde todo llega a su fin. Los mortales no encajan en él porque les provoca melancolía.

Pero tal vez tú eres testarudo. O estás desesperado. Quizá tienes alguna razón acuciante que supera el rechazo natural que te produce estar donde no debes.

Así, en vez de volver al lugar del que vienen los mortales, sigues los estrechos meandros por donde el mar se adentra en la tierra. No es un trayecto para hacer a pie, no pasarías del primer tramo. Es un recorrido arduo y peligroso incluso en barco: te acecharían todo tipo de peligros. Realmente sería más seguro volar. Entonces llegarías antes al lugar donde el mar se despliega en un último gran círculo. Hay una isla en medio, y desde el aire no sabrías decir en qué dirección corre el agua. Nunca ha llegado ninguna criatura mortal a la isla, al menos hasta ahora. La custodia ferozmente la estrecha lengua de mar.

Aunque encontraras la forma de acercarte lo suficiente, no la verías. Estos meandros lo envuelven todo en una bruma densa, sin importar qué viento sople ni con qué intensidad arda Helios. Creerías que has llegado a un lugar deprimente, a ese lago lúgubre al que nunca le toca el sol. Te envolverías mejor en tu capa e inclinarías la cabeza para caminar contra el viento. El alivio que sentiste al principio —la tierra que lo rodea, árida y cocida, es de un rojo oscuro— enseguida desaparecería. Ni siquiera podrías saciar la sed porque la única agua que encontrarías es salada y la escupirías. Te alejarías a toda prisa de allí, jurando no volver nunca más.

Y como no verías la isla, nunca podrías decir a nadie que estaba allí. Sus habitantes siguen en ella sin que los mortales interfieran. Al menos así ha sido hasta ahora.

Las Hespérides

Nadie estaba muy seguro de cuántas ninfas había. Unos creían que tres, otros que cuatro y un entusiasta llegó a contar hasta siete. Pero la disparidad de las respuestas era fácil de explicar: las Hespérides vivían en un lugar aislado, nunca viajaban y no alentaban a las visitas. Por eso, la mayoría de los rumores que corrían sobre ellas como certezas no lo eran en absoluto. Así fue como Perseo se encontró sin saber qué hacer, con el consejo de las Grayas resonándole aún en los oídos mientras escalaba hasta lo alto del acantilado. No tenía ni idea de si estaba haciendo lo que debía, ni de cómo iban a localizarlo de nuevo sus compañeros divinos, ni de por qué no aparecían ya, antes de que se lastimara las manos con que se aferraba a la pared rocosa, se cayera al agua o se estrellase contra las rocas de abajo. Pero no podía quedarse donde las Grayas lo oyeran, aunque ya no fueran capaces de verlo ni de comerlo. Y parecía más arriesgado bajar hacia el agua que alejarse de ella escalando.

Su alivio se esfumó de golpe cuando, al llegar por fin a la cima, lo recibió un vendaval que casi lo derribó. Se tumbó boca abajo sobre la roca y se aferró a ella con toda su alma. No supo cuánto tiempo permaneció allí, pero fue más que suficiente para creer que lo habían abandonado para siempre en aquel lugar desolado.

—¿Qué te han dicho? —le preguntó Hermes mientras se acercaba a él con Atenea.

Perseo levantó la cabeza todo lo que pudo sin soltarse de la roca.

—¿Qué haces ahí tumbado? ¿Tan cansado estás? —Atenea sonrió triunfante a Hermes, encantada de haber aprendido algo sobre los mortales que poder compartir.

—Pues sí. Ha sido una escalada muy larga y dura.

—¿En serio? —le preguntó Hermes.

—Sí. Y encima Eolo ha desatado todos los vientos sobre esta roca y tengo miedo de que me arrastre hasta el océano si me levanto.

Atenea daba brincos de alegría.

—¿Lo ves? Hablan del tiempo. Les gusta.

—No me gusta —aclaró Perseo, nervioso por contradecirla—. Simplemente no quiero caerme.

—Creo que lo entiendo —admitió Hermes—. Pero ¿has hablado con las Grayas antes de tumbarte aquí?

—Sí.

—¿Y les has sonsacado algo?

—Lo que necesito lo tienen las Hespérides —respondió Perseo.

—¡Claro, las Hespérides! —exclamó Atenea—. Se nos podría haber ocurrido.

Hermes asintió pensativo mientras Perseo parpadeaba para contener las lágrimas que el viento le arrancaba de los ojos.

—Sí. No hay duda de que podría habérsenos ocurrido.

—¿Hay alguna razón por la que no habéis pensado en ellas? —Perseo intentaba parecer más interesado que crítico, pero se le estaban entumeciendo los dedos y le costaba agarrarse.

—No lo sé —respondió Hermes.

—¿Podemos ir allí ahora? —le preguntó Perseo.

—¿Adónde?

—Adondequiera que estén las Hespérides.

—¿No les has preguntado a las Grayas dónde encontrarlas? —replicó Atenea.

Una ráfaga particularmente beligerante casi lanzó a Perseo por los aires.

—No, esperaba que vosotros me lo dijerais.

—No podemos hacerlo todo por ti —replicó Atenea—. Tal vez deberías volver y preguntárselo a ellas.

Perseo se planteó soltarse y dejar que los vientos se lo llevaran.

—No creo que me lo dijeran.

—¿Las has hecho enfadar?

—Las he engañado. Para que me soltaran lo que necesitaba saber.

—Ya veo —contestó Hermes.

Atenea y él se miraron.

—Esperábamos que hicieras algo más.

—Intentaré hacerlo mejor la próxima vez. Si es que hay una próxima vez.

—No sé si te animaría a embarcarte en otras misiones —objetó Atenea—. No lo estás haciendo nada bien, ni siquiera para los niveles de un mortal.

De no haber estado lagrimeando por el frío intenso, Perseo se habría echado a llorar.

—Lo siento.

—¿Qué piensas? —le preguntó Hermes a Atenea.

—Es lo que Zeus espera de nosotros. Que lo ayudemos.

—Supongo que es nuestro deber.

—Gracias —balbució a duras penas Perseo, que tenía la mandíbula agarrotada.

En un instante los vientos inclementes amainaron, la espuma del mar se evaporó, y las rocas puntiagudas desaparecieron.

Perseo parpadeó y se llevó las manos a la cara para secarse las lágrimas. Los dedos se le engancharon en el pelo acartonado por la sal; ni siquiera cuando Dictis y él quedaron atrapados en una tormenta se había encontrado en semejante situación. Delante de él vio un arroyo que corría suavemente. Ahuecó las manos para beber, pero enseguida escupió el agua.

—Es agua de mar —le advirtió Atenea.

—Ya me he dado cuenta. Me ha parecido que era un río.

—Mucha gente cometería ese error, pues esta corriente llega muy tierra adentro, pero sigue siendo parte del mar.

Los dioses habían permanecido impertérritos ante el embate del viento y del mar, y Perseo pensó que tampoco les afectaría la sed.

—¿Sabéis si hay agua dulce cerca? —les preguntó.

—Seguramente. En alguna parte.

—Iré a echar un vistazo, si no os importa.

—Claro que sí. Podrías volver a llenar el odre, ¿no? —Una vez más, Atenea miró a Hermes, encantada consigo misma.

Perseo había estado tan concentrado en no morirse, en interrogar a las Grayas y luego otra vez en no morirse que se había olvidado por completo de que tenía un odre. Tiró de la correa de cuero que lo sujetaba a su cuerpo, y cuando apareció junto a sus costillas, alargó la mano para cogerlo e hizo una mueca de dolor.

—¿Estás herido? —le preguntó Hermes.

—No —admitió Perseo.

Cuando escapó del acantilado de las Grayas descubrió que tenía cortes y magulladuras, pero nada muy grave. Lo que más le dolía eran los bíceps y las pantorrillas, y pensó en todas las veces que había ayudado a Dictis con las redes o había cargado hasta la casa lo que habían pescado. Siempre se había considerado un hombre fuerte, pero su expedición ya lo había dejado en evidencia. Desenroscó el odre y bebió un largo trago. Quiso echarse agua sobre los párpados cubiertos de sal, pero temió necesitarla más adelante para saciar la sed.

—¿Dónde estamos?

—En la isla de las Hespérides, por supuesto —respondió Atenea—. ¿Adónde creías que te llevábamos?

Hermes negó con la cabeza despacio. No era de extrañar que, cada vez que entregaba un mensaje de Zeus a los mortales, desapareciera. Eran muy pesados.

Perseo miró alrededor. Después de la desolada isla de las Grayas, se sintió aliviado. Las Hespérides vivían en un lugar más atractivo. Las orillas del río que no era un río estaban cubiertas de algas y nopales, y luego había una arena suave sobre la que se había sentado para beber agua del odre y disfrutar del calor del sol. Lo confundía un poco no ver nada más allá de la otra orilla, ya que una espesa niebla lo envolvía todo. Pero intentó no preocuparse, porque cuando se volvió para mirar hacia el otro lado vio vegetación exuberante de todas las variedades. Sobre la tupida hierba crecían árboles de hojas gruesas, y entre las más oscuras asomaban flores rojas y violetas tan brillantes como los peces que Dictis y él solían ver en las aguas más profundas. Acostumbrado a vivir cerca de la arena y el mar, no creía haber visto nunca tantos colores.

—¿Qué está haciendo? —le preguntó Atenea a Hermes.

Él se encogió de hombros.

—¿Mirar?

—¿Qué?

—No lo sé.

Los dos dioses siguieron la mirada del joven, pero no vieron nada destacable.

Atenea se acercó y se inclinó hacia él.

—No son las Hespérides —dijo muy despacio—. Sólo son plantas.

—Son preciosas —murmuró Perseo. Y se puso torpemente de pie, conteniendo un gemido. Le dolían los músculos de las pantorrillas.

—Qué bien. Estoy seguro de que las ninfas se alegrarán de que te gusten. —Hermes miró a Atenea por encima de la cabeza de Perseo—. Volveremos.

La bruma marina pareció elevarse y llevárselos, porque Perseo lo vio todo borroso y luego nada, y descubrió que volvía a estar solo. Tenía la sensación de que irritaba a sus compañeros divinos, pero no sabía muy bien por qué ni cómo dejar de hacerlo. Así que, aunque le asustaba lo que le esperaba, fue un alivio cuando se marcharon.

Recordó lo que le habían dicho las Grayas: las ninfas tenían algo que él necesitaba. Y ellas seguramente no serían tan repugnantes como aquellas brujas. Apartó el recuerdo de su ojo caliente y escurridizo entre los dedos. Luego dio unos pasos hacia el interior y se preguntó qué camino tomar. Si la isla era de las ninfas, podían estar en cualquier parte. ¿Y qué tamaño tendría la isla? Sérifos también era una isla, pero se tardaban muchos días en recorrerla. Y no le quedaban tantos, se recordó mientras los músculos de las piernas le suplicaban que volviera a sentarse. Se detuvo y escuchó. Había tantos pájaros revoloteando entre los árboles que sólo oía sus trinos. Se preguntó si reconocería la voz de una ninfa si la oyera. Por supuesto, no podía ni sospechar que las Hespérides ya sabían que estaba allí y que se reían de él desde sus escondites.

Las Hespérides no se escondían porque temieran la llegada de ese hombre mortal; ellas no le tenían miedo a nadie. Se escondían porque vivían en el paraíso y hacía tiempo que se les habían agotado las ocupaciones interesantes. La llegada de un hombre —¿o era un niño?— había sumido en la confusión un día previsiblemente perfecto, y todas estaban encantadas. Algunas se escondieron entre los manzanos, otras desaparecieron en las aguas del hermoso lago del centro de la isla. Observaron cómo Perseo se paseaba por sus pulcros jardines mirando detrás de las rocas y en las copas de los árboles, y se rieron de su estupidez e ignorancia. ¿Nunca había visto una ninfa? Quizá creía que eran del tamaño de un armiño. De vez en cuando Perseo se paraba, miraba en torno a él y respiraba hondo antes de gritar: «¡Salid, ninfas!», lo que sólo las hacía reír más fuerte.

—¿Son así todos los mortales? —se susurraban unas a otras.

Convencieron a los pájaros para que se pusieran a revolotear alrededor de él de tal forma que no supiera si lo estaban atacando o le estaban cantando una serenata. Al final Perseo encontró el lago e interrumpió la búsqueda, bebió agradecido y llenó de nuevo el odre de agua. Contemplando su reflejo ondulante decidió tomarse unos minutos para bañarse, puesto que no parecía que las ninfas estuvieran por allí. Le picaba todo el cuerpo a causa de la sal. Se quitó las sandalias y se desató la capa, y, dejándolas en la orilla, se metió en el lago esperando que el agua estuviera tan fría como la que acababa de beber. Pero, por alguna razón, la sintió caliente contra la piel y se sumergió más hasta hundir su cansada cabeza bajo la superficie. Observó a los peces moteados que se alejaban en todas direcciones y aunque sabía que era absurdo, pensó que se burlaban de él, al igual que antes los pájaros. Pero el contacto con el agua lo relajó; era tan agradable notarse la piel limpia y la ropa sin sal que enseguida se le fue el enfado. Dio unas cuantas brazadas. Se sentía tan bien que nadó un poco más rápido, alejándose más y disfrutando de cómo el agua le tiraba de la túnica. Que se la quedara si tanto la deseaba. Estiró los brazos y la túnica se alejó flotando. No recordaba haberse sentido nunca tan libre. Volvió a sumergirse y se impulsó con fuerza hacia la superficie, cerrando los ojos mientras notaba el agua en la cara. Salió de forma explosiva, gritando de alegría y alivio. Y sólo cuando abrió los ojos vio a las Hespérides sentadas sobre las rocas que había a lo largo de la orilla, como si hubieran estado allí todo el tiempo.

Perseo se sonrojó y volvió a meterse en el agua para ocultarse. Pero el agua era tan transparente que no se sintió menos desnudo. Buscó con la mirada su túnica, que no podía estar muy lejos. Pero no la vio. Lo invadió una oleada de pánico, que no hizo más que aumentar cuando vio una forma blanca que se parecía mucho a su túnica revoloteando sobre las rocas frente a él, y se dio cuenta de que había dos ninfas sentadas encima.

Hacía un momento se había sentido como los delfines que veía saltar alegremente desde la barca de Dictis. Ahora que intentaba caminar por el agua hacia las Hespérides, se sintió como un hombre que llevara pesadas piedras dentro de los zapatos.

—Es más fácil nadar que caminar por el agua —señaló una de las ninfas.

—Tiene miedo de que veamos más parte de su cuerpo desnudo si se pone a nadar —añadió otra.

—No creo que podamos ver más de lo que ya hemos visto —replicó una tercera—. Aunque estaré encantada de volver a verlo.

Todas se rieron y se quedaron mirando a Perseo, y él no supo qué decir ni qué hacer. Si se alejaba, ellas podrían volver a desaparecer y él habría perdido su única oportunidad de obtener ayuda. Tanto las Grayas como los dioses parecían creer que no era capaz de proseguir su expedición sin la ayuda de las ninfas. Pero se burlaban de él, y le habían quitado la túnica. Se sacudió las gotas de los ojos. Otra, al parecer, le había robado las sandalias. En Sérifos los hombres iban desnudos cuando querían, por supuesto, pero las mujeres no se quedaban mirándolos. Tampoco se sentaban sobre sus túnicas. Ni se ponían sus zapatos e imitaban la poca agilidad con que se movían. Las ninfas eran, sin duda, mucho más hermosas que las Grayas, pero Perseo no tenía claro de si estaba más a salvo en compañía de ellas.

—¿Serías tan amable de pasarme mi túnica? —le dijo a la ninfa que estaba sentada encima.

Todas las demás se echaron a reír al oír su voz. Él no podía saber exactamente cuántas eran, porque cada vez que intentaba contarlas, todas parecían desaparecer y reaparecer en otro lugar, sin que pudiera verlas desplazarse. Cada ninfa era muy hermosa a su manera. Y, sin embargo, no podía calcular cuántos rostros perfectos y dorados, brazos largos y dorados y cabellos sueltos y dorados estaba viendo. Intentaba memorizar a una belleza inmortal, y luego miraba a otra que era igual de exquisita y se olvidaba de la que había estado contemplando apenas un momento antes. Le habría gustado ponerlas en fila para mirarlas una a una y compararlas con sus hermanas. Pero, sobre todo, quería dejar de estar desnudo delante de ellas.

—¿Quieres que te la pase? —preguntó la ninfa dorada—. Enseguida te la damos. Es que estaba mojada, igual que tú, y la hemos extendido sobre esta roca para que se secara. Pensamos que te alegrarías.

Volvió la cara un poco hacia abajo y lo miró a través de sus pestañas largas. Perseo se quedó aterrado pensando que la había hecho enfadar y que estaba a punto de echarse a llorar.

—Y me alegro. Estoy muy contento. Contento y agradecido. Pero no tengo nada más que ponerme, así que...

—¿No me digas que tienes frío? —le preguntó otra ninfa.

O al menos, a él le pareció que no era la misma. Estaba sentada en otra roca. Pero ella también tenía unos ojos enormes y claros que parecían a punto de llenarse de lágrimas.

—Nuestro jardín ha sido admirado por dioses y diosas casi desde tiempos inmemoriales. ¿Y te parece que hace frío?

—No, no, para nada. —Perseo tropezó con una roca al intentar tapar parte de su desnudez con unas hojas grandes que colgaban sobre el agua de unos árboles que crecían en la orilla—. Por supuesto que no tengo frío. Vuestro jardín es perfecto en todos los sentidos.

—¿Qué es lo que más te gusta de él? —le preguntó otra ninfa.

La verdad era que Perseo habría preferido estar menos expuesto antes de contestar esa pregunta, entre otras cosas porque parecía contrariarlas con facilidad.

—Me gusta... —Se detuvo para pensar en una respuesta sincera—. Me gustan los pájaros, nunca había visto tantos ni había oído tantos trinos diferentes.

—No le gustan las flores. —Una ninfa rodeó los hombros de su hermana con un brazo—. No sé qué más podrías haber hecho.

—¡Pero si que me gustan! —exclamó Perseo.

—Los árboles frutales no le interesan en absoluto —replicó otra—. Aunque la propia Hera tiene aquí su manzano.

—¡Sí me interesan! —Perseo no entendía en qué se estaba equivocando tanto—. Los he admirado en cuanto los he visto. No estaba seguro de qué frutas eran, porque nunca había visto un manzano dorado, pero a pesar de eso me han interesado mucho. —Al ver que a otra ninfa se le mudaba la cara, se corrigió—. A pesar de ello, no. Precisamente por ello.

—Supongo que es demasiado esperar que te hayas fijado en las bonitas y delicadas algas sobre las que estás —señaló otra, y Perseo ya no podía saber si ésta se había dirigido a él antes o si ofendía a una ninfa diferente cada vez.

—A mí también me han gustado. Bonitas y blandas.

—Pero ¿no estás disfrutando del lago? —le preguntó la que en esos momentos estaba sentada sobre su túnica.

—Ya lo creo que sí. Pero me daría la impresión de que me dirijo a ti con más respeto si estuviera a tu lado en la orilla y, ya sabes, vestido.

—Entiendo —respondió otra, y esta vez él se volvió para intentar seguirla—. Estarías más a gusto si todas estuviéramos en la misma situación.

—Sí —contestó, justo antes de darse cuenta de que en realidad se sentiría mucho menos cómodo si de repente estuvieran todas desnudas y a su lado en el agua.

Se preguntó si era posible morir de vergüenza. El sonido que producía un número indeterminado de mujeres de una belleza inhumana riéndose a la vez de él era casi tan molesto como el de las Grayas peleándose entre sí. Intentó acercarse a la roca y recuperar la túnica, pero de repente la tenía una ninfa que se estaba secando con ella. Perseo se preguntó si seguirían riéndose de él si se echaba a llorar y concluyó que sin duda lo harían.

—Devuélveme la túnica, por favor —le rogó—. Me la hizo mi madre y quizá no vuelva a verla nunca más.

—Oh, pobrecito. Perder a su madre tan joven.

—¿Cuándo vimos nosotras a la nuestra por última vez? —le preguntó su hermana.

Por el rostro de la primera ninfa corrían gruesas lágrimas. Perseo quiso consolarla, pero temió que se malinterpretaran sus intenciones si salía ahora del agua.

—La has disgustado —le dijo otra de las Hespérides.

—Lo siento. Pero si pudiera recuperar mi túnica...

Pero ninguna de ellas le hizo caso. Se acercaron a su hermana y la abrazaron. Sin saber qué más hacer, Perseo subió a la orilla, descubrió su capa cerca de donde la había dejado y se envolvió con ella. Cuando una de las Hespérides se dio cuenta, también se echó a llorar y las demás tuvieron que consolarla. Perseo se preguntó si debía volver a pedir su túnica, pero temía la respuesta. Decidió cambiar de estrategia.

—Siento haber causado tanta aflicción. —Y volvió a soltar una risita.

Sabía que su actitud podía parecer pomposa y necia, o en todo caso, similar a la de Polidectes, pero no sabía cómo dirigirse a las Hespérides. Eran poderosas, pero también hermosas; inmortales, pero emotivas. No tenían nada en común con las chicas con las que había crecido en el pueblo pesquero.

Las Hespérides, mientras tanto, empezaban a cansarse del juego. Había sido muy divertido ver a ese hombre mortal que Atenea y Hermes habían decidido llevarles, y esconderse, robarle la ropa y burlarse de él. Pero había algo muy aburrido en los mortales, y ésa era una de las muchas razones por las que solían guardar las distancias. El muchacho quería algo y se lo pediría, y ellas se lo darían o se lo negarían. Pero ¿qué sacarían ellas del encuentro?

Habían disfrutado bastante viéndolo desnudo, pero ¿era realmente más atractivo que las criaturas que vivían en su jardín? Egle parecía pensar que sí (ella era siempre la más emotiva, hasta el punto de que era capaz de llorar cuando quería). Pero a Aretusa no le habría importado que se ahogara en el lago con tal de que diera a los peces algo que mordisquear. Eritea, por su parte, prefería las serpientes que enrollaban sus musculosos cuerpos alrededor de los manzanos dorados, aunque se divirtió probándose los zapatos del hombre. Hesperia ni siquiera se había molestado en bajar a recibirlo: habría tenido que quitarse su bonita cinta del pelo que la diferenciaba de las

191

demás. Y después de haberse tomado la molestia de haber elegido una tan bonita con un estampado a cuadros, era poco probable que se la quitara sólo para gastar una broma a un hombre insignificante. Le había llevado mucho tiempo sujetársela bien, justo por debajo del nacimiento del pelo. Crisótemis le preguntó si no quería que el mortal la viera y la admirara, pero ¿qué le importaba a ella que le admirara el pelo o no? De todos modos, pronto estaría muerto. Lípara, por su parte, estaba segura de que el hombre había roto una ramita de su laurel favorito al cruzar el jardín. Estaba sentada con Aretusa sobre la túnica, preguntándose si debían empujarlo de nuevo al agua y sumergirlo durante un buen rato. Ninguna de las dos recordaba si eso era fatal para los mortales, pero era tal el peligro que los acechaba que quizá merecía la pena intentarlo. Luego estaba Anteia, de pie junto a los olivos, mirando al hombre con franca avidez. Si él le hubiera pedido una manzana (cuando alguien pedía algo a las Hespérides, solía estar relacionado con las manzanas), ella le habría entregado un árbol entero.

—¿Qué quieres? —le preguntó finalmente Crisótemis al muchacho, y éste murmuró algo sobre las Grayas y una misión. Se atrabancó al hablar y lo mezcló todo, pero al final las ninfas averiguaron lo que había sucedido.

Buscaba la cabeza de una gorgona para apaciguar a un mortal que, si no se la daba, se casaría con su madre. Incluso a Aretusa la intrigó ese factor: ¿cómo podía una cabeza de gorgona compensar a un hombre por perder a una esposa? Seguramente el regalo más apropiado sería una novia que se sintiera más atraída por él de lo que aparentemente estaba la madre del muchacho. Las ninfas murmuraron entre sí, sabiendo que él no podía oírlas a menos que ellas quisieran. Todo era muy peculiar. ¿Qué habían hecho las gorgonas para verse envueltas en los asuntos familiares de ese joven? Nada, fue la respuesta. Por lo que veían, él no parecía haber pensado en las gorgonas en absoluto. Había recibido la orden de buscar la cabeza de una y se había embarcado en esa empresa sin pensar en lo que a la gorgona le parecería renunciar a ella. ¿Debían despedirlo con las manos vacías? Ésa era la respuesta más obvia. Sin embargo, Atenea y Hermes lo habían llevado allí, y dos dioses trabajando juntos sólo podía significar que estaban cumpliendo la voluntad de Zeus. Y aunque las ninfas opinaban lo mismo sobre Zeus, no podían ignorar por completo lo que el viejo lujurioso quería. Sobre todo si enviaba a Atenea, tan observadora y rencorosa, y a Hermes, tan proclive a chivarse si lo ninguneaban.

Luego estaba el asunto de las Grayas. Las viejas hermanas no se dejaban impresionar tan fácilmente. Y el muchacho debía de haber hecho algo para que ellas lo ayudaran. Él se mostró bastante vago. Hesperia —que se había sumado a la discusión, aunque le traía sin cuidado el resultado— comentó que debía de haber sido muy persuasivo para que lo ayudaran los dioses, además de sus hermanas. Así que tenían que ayudarlo en su misión, ¿no? Lípara, en cambio, estaba bastante segura de que no, al menos hasta que su laurel hubiera recuperado la rama partida. Él había mencionado la cantidad de días que faltaban para que el hombre se casara con su madre, al margen de su expedición. Pero ¿quién recordaba cuántos días tardaba en crecer un laurel?

Fuera lo que fuese lo que sentían las ninfas por Perseo, decidieron que eso no podía influir en su decisión. La presencia de los dioses o la involucración de las Grayas eran factores demasiado importantes para pasarlos por alto. ¿Qué necesitaba un mortal para decapitar a una gorgona? Evidentemente, no tenía sentido preguntárselo al chico, pues ni siquiera había sabido que las necesitaba a ellas hasta que las Grayas se lo dijeron. Así que lo resolvieron entre ellas mientras él se quedaba allí, impotente y esperanzado. Una espada, como es lógico. Él ya tenía una, pero era como la que utilizaría un niño para practicar, aunque todas las Hespérides coincidieron en que él estaba lejos de sospecharlo. Sostenía la espada con gran seriedad, pero parecía un muchacho jugando con el arma de su padre. Así que necesitaba una más apropiada para llevar a cabo su misión: una *harpē*, con su cruel hoja curva, serviría. Y algo para transportar la cabeza una vez cortada. Discutieron sobre las opciones. En alguna parte había un morral llamado *kibisis*; eso soportaría el peso. De acuerdo, ya tenían la espada y el morral; ¿qué más? Tendría que moverse mucho más rápido de lo que suelen hacerlo los mortales si quería dejar atrás a las gorgonas. Y tendría que esconderse de ellas. Las ninfas consideraron detenidamente esos requisitos. Las sandalias aladas que solía llevar Hermes serían perfectas: el dios mensajero podría prestárselas al muchacho, pues era capaz de viajar perfectamente sin ellas; no eran más que un adorno. Pero había algo más que podía servirle a Perseo y que, después de mucha discusión, acordaron dejarle. Las ninfas se habían apoderado, no sabían muy bien cómo, de un gorro que había pertenecido a Hades. Nadie podía imaginar para qué había necesitado éste un gorro que arrojaba oscuridad a su alrededor, haciendo invisible a quien lo llevaba. Hades vivía en el Inframundo y sólo de vez en cuando hacía una incursión en el Olimpo. En ninguno de esos lugares necesitaba pasar inadvertido. Tal vez por eso se lo había dado a la ninfa que lo había llevado a la isla. O ella lo había cogido creyendo que Hades ya no lo necesitaba. Y, hablando de quién necesitaba qué, si Perseo tomaba prestadas las sandalias aladas de Hermes, las ninfas seguramente podrían quedarse con sus sandalias. ¿Deberían preguntárselo antes de que se pusiera en camino? Él las había dejado tiradas junto a su lago, en su isla, lo que significaba que prácticamente ya eran de ellas. Una ninfa ya se las había probado y otra las había escondido debajo de una roca. Echaron un vistazo a Perseo y quedó perfectamente claro que se iría descalzo antes de pedirles que le devolvieran las sandalias.

Cuando Atenea y Hermes fueron a recogerlo, lo encontraron sentado donde lo habían dejado, con expresión aturdida. Tenía el pelo alborotado y llevaba la túnica al revés, y con la mano izquierda sujetaba las correas de un morral dorado. Éste era grande y resistente, decorado con borlas plateadas. Ninguno de los dos dioses tuvo que preguntar para qué era. En la mano derecha sujetaba una espada curva que —los dos dioses, una vez más, lo sabían— había pertenecido a Zeus. Éste debía de sentir mucho aprecio por el mocoso para haber permitido que las Hespérides le regalaran esa espada. En su regazo, el muchacho tenía un gorro alado, que Hermes reconoció porque él mismo lo había llevado muchas veces. Hades nunca sabía dónde tenía nada; realmente debería ser más cuidadoso.

—¿Dónde has dejado las sandalias? —le preguntó Atenea.

Perseo se miró los pies descalzos como si los viera por primera vez.

—No estoy seguro.

—Típico —murmuró Hermes—. Ésas arramblan con lo que sea.

—Por eso no suelo venir por aquí —replicó Atenea—. No respetan nada.

—Habrías necesitado lanzas nuevas si nos hubiéramos quedado más tiempo —señaló Hermes.

Ni él ni Perseo advirtieron la expresión de horror que apareció fugazmente en el rostro de la diosa.

—Creo que dijeron que tú me prestarías tus sandalias —comentó Perseo, y movió la cabeza lentamente, como si intentara desalojar un sueño extraño o recordar un nombre olvidado hacía mucho tiempo.

—¿Ah, sí? —Hermes miró a Atenea y ella se encogió de hombros—. Pero me las devuelves en cuanto hayas acabado con las gorgonas. —Se agachó y, a regañadientes, se soltó las tiras de los tobillos.

—Sí, claro.

—Lo digo en serio. —El dios mensajero hizo ademán de dárselas y en el último momento las retiró—. No vuelvas aquí con ellas, ¿entendido?

—Sí.

—Porque si lo haces no volveré a verlas. Ésas se quedan con todo. —El tono de Hermes daba a entender que nada estaba a salvo con las Hespérides.

—Puede que me devuelvan las mías.

Perseo dirigió la mirada hacia los árboles y el lago donde las ninfas jugaban. Luego se volvió hacia Hermes con expresión interrogante.

—Seguro que lo considerarán —intervino Atenea—. Pero tendrás que darles algo a cambio, y son capaces de aceptarlo y quedarse con las sandalias de todos modos.

Perseo se ató las sandalias de Hermes, y acarició las alas que ahora tenía a ambos lados de las pantorrillas.

Hermes lo fulminó con la mirada. Atenea sujetó con más fuerza su escudo.

—¿Y ahora qué? —les preguntó Perseo.

—Irás hasta las gorgonas —respondió Atenea—. Sólo hemos venido para asegurarnos de que tienes todo lo que necesitas.

—¿Están cerca? —Perseo miró bobamente a un lado y a otro, como si de repente pudiera aparecer una cabeza de gorgona.

—No estoy segura de cuánto se tarda. Pero si vas por ahí las encontrarás. —Ella señaló al otro lado del río que no era un río, en una dirección perdida en la niebla.

—No sé... —empezó a decir Perseo, pero hablaba con la brisa.

Una nereida sin nombre

Bueno, éste podría ser el insulto más ofensivo que cualquiera de nosotras haya soportado jamás, y somos inmortales, por lo que tiempo ha habido. Las Nereidas somos cincuenta y somos las hijas del océano. Lo repetiré, porque parece que no todos los mortales han estado atentos. Las Nereidas somos inmortales y somos cincuenta, por lo que si nos insultas como grupo, insultas a cincuenta diosas a la vez. Tú sabrás si es una buena idea.

Y luego piensa si no es un poco arrogante que te compares con nosotras. Los mortales tienen una expresión para este tipo de arrogancia que lleva a una persona a creer que puede compararse favorablemente con una diosa. Lo llaman orgullo desmedido. Y aunque soy partidaria de la precisión a la hora de describir algo, ¿puedo sugerir que sería preferible no incurrir tan a menudo en algo tan peligroso como para necesitar una expresión específica con que referirte a ello? Quizá sería mejor aumentar el autocontrol en lugar del vocabulario.

¿Qué podría haber imaginado ella que le pasaría? Me refiero a Casiopea. ¿Es posible que no te hayas enterado? Casiopea, la reina de Etiopía. Seguro que la conoces. Por lo visto, es famosa por su belleza (según los criterios de los mortales). Se casó con un rey que la adoraba, la apreciaba y la consentía, y le permitió creer que podría conservar su apariencia sin importar la edad. Casiopea se lo creyó, y con los años no se volvió más humilde sino más ansiosa. Cada vez estaba más aterrorizada de que su belleza se desvaneciera, y tenía más necesidad de que la tranquilizaran y de creer que los cumplidos que le dedicaban su marido y sus esclavas seguían siendo ciertos. Y todos los días miraba su reflejo y se convencía de que, de alguna manera, la edad no la había afectado a ella como a cualquier otra criatura viviente. Miraba a su hija —que, como recordarás, se llama Andrómeda— y daba por sentado que tenían el mismo aspecto. Y a esa ilusión añadió otra: que ella —y su hija— eran tan bellas como las Nereidas. O puede que más.

¿Te lo imaginas siquiera? Albergar tal pensamiento denota locura y temeridad en gran e idéntica medida. Y expresarlo en alto equivale a una sentencia de muerte.

Tal vez estés pensando: si la mujer era tan tonta y tan ilusa, ¿qué importaba lo que dijera? Los dioses seguramente lo habrían pasado por alto; ¿por qué iban a preocuparles las palabras de una mujer necia? Si sé tanto sobre ella, sobre su fragilidad y su forma de envejecer, ¿por qué estoy enfadada? Sigue así y yo también perderé la paciencia. Las Nereidas no somos deidades menores y no nos dejaremos tratar como tales. Somos las hijas del mar. Apuesto a que ni siquiera puedes nombrar a una.

Típico. ¿Tú no te molestas en aprenderte cincuenta nombres —no es tan difícil; sabes contar hasta cincuenta, ¿no?—, pero yo debo pasar por alto todas y cada una de las ofensas?

Ni hablar.

Las Nereidas no permitiremos que afirmaciones como ésta queden sin respuesta ni castigo. Casiopea ya no es tan bella como una diosa y nunca lo ha sido, ni siquiera a la edad que tiene ahora su hija. Y Andrómeda tampoco es tan bella como una diosa. Tiene un aspecto aceptable para ser mortal. Eso es lo máximo que puede decirse de ella. Mis hermanas y yo nos hemos reunido y hablado del asunto, y hemos llegado a varias conclusiones.

La primera es que las mujeres mortales probablemente no tendrían esos delirios de belleza inmortal si los dioses no se dedicaran a seducir a algunas. Por supuesto, esto también es orgullo desmedido. Pero casi se entiende que algunas hayan podido convencerse de que rivalizan con nosotras en belleza si son objeto del deseo de Zeus, Poseidón o Apolo. Casi. Así que será Poseidón quien se alce para castigar a Casiopea. De lo contrario su existencia se convertirá en una prueba constante hasta que haga lo que le pedimos. Sí, es un dios poderoso, el soberano del océano. Pero nosotras somos cincuenta y todas estamos furiosas.

La segunda es que estos desaires contra nosotras tienen que acabarse. Y Casiopea recibirá, por tanto, un castigo que resonará a través de los tiempos. Los mortales parecen haber olvidado el poder de las Nereidas. No volverán a hacerlo.

La tercera es que el mayor castigo para una mujer mortal es el que se inflige a su descendencia. Las mujeres mortales aman a sus hijos. Incluso Casiopea, la más egoísta de las mujeres, ama a Andrómeda.

La cuarta es que en el mar hay algo más que peces y Nereidas.

La quinta es que algunas tienen hambre.

Medusa

Medusa esperó a que sus hermanas estuvieran fuera de la cueva para aflojarse las vendas que le cubrían los ojos. No quería que vieran lo que había debajo por si no podían disimular su reacción. Esteno lo intentaría si veía un par de cuencas arruinadas. Apretaría los labios detrás de los colmillos y luego le aseguraría que, por lo que ella veía, tenía buen aspecto. Euríale no se asustaría ni experimentaría el horror que Esteno se esforzaría tanto por ocultar. Medusa las conocía bien. Y no quería que lo vieran.

Así que esperó a que Esteno se pusiera a hacer pan y Euríale saliera con las ovejas para desatarse el nudo de la nuca. Los cuerpos delgados y musculosos de las serpientes se apartaron, siseando débilmente. Ella desenrolló poco a poco la tela intentando medir cualquier cambio en la intensidad del dolor que sentía. Al disminuir la presión se dio cuenta de que podía parpadear detrás de la tela. Así que aún tenía párpados; no las había tenido todas consigo. Se los tocó a través de la tela que quedaba: ¿no era extraño que las vendas estuvieran secas? Medusa siempre había llorado a mares, pero ya no. Notó cómo le caían en las manos los últimos trozos de tela.

Parpadeó una y otra vez. Quizá necesitaba más tiempo para que se le acostumbraran los ojos a la oscuridad de la cueva. Esperó, pero no había más que oscuridad. No sabía exactamente dónde estaba sentada. Podía probar de volver la vista hacia la parte más luminosa si lograba determinar en qué dirección estaba. Intentó orientarse palpando la roca, pero no sirvió de nada. Ya no reconocía esa cueva que había creído conocer con los ojos vendados. Oyó pasar algo y volvió la cabeza, pero no fue lo bastante rápida. Fuera lo que fuese, había zumbado por su lado sin que ella lo viera. No habría podido explicar cómo sabía que esa cosa se había adentrado en la cueva en lugar de salir de ella, pero lo tenía claro. Así que se movió despacio en la otra dirección, esperando que la oscuridad se volviera menos profunda.

Sin embargo, siguió estando oscuro. Empezó a dudar de sí misma: tal vez se estaba alejando de la luz, después de todo. Aunque sabía que no era así, porque el aire era cada vez más caliente y olía más a sal. Parpadeó de nuevo. ¿Había algo? No podía estar segura, pero de pronto la negrura se tiñó ligeramente de rojo. Se detuvo un momento y esperó a que los ojos se le acostumbraran a la sensación. Todavía le escocían, pero cuanto más se esforzaba por ver, menos dolor sentía.

Había rojo, en efecto. Y al cabo de mucho rato también oro, por los bordes. Helios no la había abandonado, después de todo: era su luz la que percibía. Movió la cabeza muy despacio, oyendo cómo las serpientes se enrollaban y desenrollaban alrededor de ella. Sabía que ellas querían estar al sol. Era la primera vez que le comunicaban algún tipo de deseo, pero el mensaje era bastante claro. Las serpientes anhelaban sentir el calor del sol en las escamas. Anhelaban —y de algún modo ahora ella también— sentir la arena caliente en el vientre. Si se tumbaba boca arriba en la orilla lo harían, y ella sabía que eso era lo que querían.

Poco a poco vio más: un núcleo más brillante y una circunferencia más oscura. Cuando movía la cabeza, el núcleo no se movía con ella; la diferencia no estaba en sus ojos, sino en la imagen que éstos veían. Miraba la entrada de la cueva. Aun así esperó a que la imagen finalmente se desarrollara más. Además del oro, ahora veía una luz más oscura y fría. El mar.

No sabía cuánto tiempo llevaba allí de pie, contemplando el mundo y viendo sólo su más tenue contorno. Pero esperaría lo que hiciera falta. Las serpientes también eran pacientes. Le pareció advertir un cambio entre la luz del fondo de sus ojos y la de lo alto. A la derecha estaba el sol, el disco dorado más brillante. ¿Y a la izquierda? Volvió a mover la cabeza con cuidado. Había una línea inmóvil y supo que estaba mirando el horizonte.

Oyó que Esteno la llamaba por su nombre. Abrió la boca para responder. Y, sin previo aviso, las serpientes se convirtieron en una masa sibilante que se retorcía de miedo y de ira. Medusa no tenía ni idea de qué las había asustado y ellas no le dieron la oportunidad de averiguarlo. Palpitaban alrededor de su cráneo, frenéticas y desesperadas. ¿Qué pasa?, les preguntó. ¿Qué queréis? ¿Qué puedo hacer? Las serpientes continuaron agitándose, hirviendo de indignación. Medusa no les tenía miedo y, al mismo tiempo, sabía que tenía que hacer lo que le pedían. Pero ¿qué era? No lo entendía. Se llevó las manos a las sienes y sintió una repentina oleada de energía. Sí, eso es.

Todavía tenía las vendas en las manos. Y del mismo modo que había sabido que las serpientes querían tumbarse en la arena, ahora supo que querían que se vendara de nuevo los ojos. No intentó razonar con ellas. No intentó entender por qué preferían que tuviera los ojos cerrados ni cómo se lo estaban diciendo. No podía llevarles la contraria, pues ahora formaban parte de ella. Cogió los paños que tenía en las manos y se cubrió los ojos de cualquier manera. No bastó para aplacarlas del todo, pero sí para que dejaran de retorcerse. Se enrolló la tela alrededor de la cara una vez, y otra.

Cuando Esteno se acercó, Medusa volvía a estar sumida en la oscuridad. Pero el sol brillaba sobre las serpientes y sobre ella.

Cornix

¡Cras, cras! Nunca adivinarás lo que acabo de ver. Nunca, aunque te deje todo el día para pensar. Vamos, inténtalo. ¿Lo ves? Sabía que no lo conseguirías. ¿Quieres otra oportunidad? Puedes tener tantas como quieras, pero no servirá de nada. El cuervo que te habla lo sabe y tú no.

Está bien, te lo diré: Atenea tiene un hijo. No es exactamente suyo, por supuesto; tal como pensabas, la diosa es virgen. Pero Gaia le entregó el niño y le pidió que se hiciera cargo de él. No se veía con fuerzas de criar a otro hijo después de haber perdido a todos sus hermosos gigantes en la guerra contra los dioses. Así los describió ella, no yo: hermosos. Si te soy sincero, yo nunca he encontrado hermosos a los gigantes. Pero nunca se lo diría a Gaia. No hay necesidad de decir algo hiriente si puede evitarse, y a veces no puedo, pero en esta ocasión sí.

El niño es hijo de Hefesto: ¿te acuerdas del día en que intentó persuadir a Atenea para que se casara con él? ¿Y cómo, cuando ella lo rechazó, la retuvo hasta que eyaculó en su muslo? (Lo siento, ¿te he ofendido? Los cuervos no siempre sabemos la medida de las cosas.) Ella se limpió con un trozo de lana que luego tiró al suelo, y Gaia lo recogió. Ella puede crear vida de la nada, de modo que podía crear un niño a partir de eso. Y así lo hizo, y luego se lo dio a Atenea.

Y Atenea, al principio, no sabía qué hacer. Te lo imaginas, ¿verdad? ¿Qué sabe ella, o quiere saber, de criar a un niño? Pensé que se lo llevaría a Hefesto y le diría que se ocupara él. ¿Por qué no? Pero no fue eso lo que hizo. Ella es muy buena tejiendo, ¿lo sabías? Seguro, porque va pregonándolo por ahí. Bueno, pues se llevó al niño a un río, tejió una cesta con varillas de sauce y lo metió en ella; ¿te lo imaginas? Siguió tejiendo hasta que la cesta quedó cerrada. Luego arrancó un puñado de juncos del agua y los utilizó para rellenar todos los huecos, a fin de que nadie, ni siquiera un cuervo de vista aguda, pudiera ver lo que había dentro. Por último les dio la cesta a las hijas de Cécrope; ¿las conoces?

Supongo que no necesitas saber nada de ellas, aparte de que la diosa las escogió para proteger la cesta. Cécrope es un rey de Atenas (con tres hijas) y a Atenea le gusta Atenas, por eso probablemente fue allí y les entregó a ellas al niño. Pero si te soy sincero, te estoy dando estos detalles sólo porque me gusta que sepas que los sé. No influyeron mucho en lo que pasó después; o tal vez sí, ahora que lo pienso.

Las hijas de Cécrope se llaman Herse, Pándroso y Aglauro. A las tres las eligió una diosa para vigilar una cesta. Y ésta, antes de marcharse, les dio una orden: bajo ningún concepto debían abrir la cesta y averiguar qué había dentro. Por si dudas de mi historia y te preguntas cómo sé tanto, yo estaba escondido en un olmo cercano y lo vi todo con mis propios ojos. También lo oí todo. Atenea les dijo que era un secreto y que confiaba en que lo guardaran.

Y dos de ellas lo hicieron. Verás, aquí es cuando creo que tal vez sí importa que escogiera a las hijas de Cécrope. Si hubiera escogido a alguien con sólo dos hijas, todo podría haber sido distinto. Pero las escogió a ellas, y Herse y Pándroso hicieron lo que se les ordenó. Escondieron la cesta y luego se olvidaron de ella. Exactamente lo que Atenea esperaba.

Un momento, pareces inquieto. ¿Te preocupa que muera el bebé? ¿Que se asfixie o se muera de hambre o algo así? La prole de los dioses y la tierra misma no es tan frágil como las de los mortales. ¿Te acuerdas de cuánto costó matar a los gigantes? La descendencia de Gaia no está hecha de cualquier cosa. Así que no te preocupes por el bienestar del recién nacido, porque dentro de nada descubrirás que has estado preocupándote por quien no toca en esta historia.

Aglauro quería saber qué había dentro de la cesta y no se apartaba de ella. Volvía una y otra vez para mirarla y darle vueltas, preguntándose qué había dentro. No podía entender que sus hermanas acataran las órdenes de Atenea. Ella no soportaba no saberlo todo. Miró la cesta sosteniéndola a la luz e intentó separar los juncos para ver lo que había dentro. Se dijo a sí misma que, una vez satisfecha su curiosidad, lo dejaría estar.

Pero Atenea teje de tal modo que no es posible mirar por los huecos. Ella no deja huecos. ¡Cras, cras! Así que Aglauro no vio nada. Eso debería haber bastado para advertirla del peligro que corría, pues si la diosa hubiera querido que alguien viera lo que había dentro de la cesta, lo habría permitido. Pero la curiosidad de la joven boba no hizo sino aumentar. Cogió el extremo de uno de los juncos e intentó aflojarlo con cuidado, empujándolo y tirando de él hasta que un pequeño filamento se quedó erguido. Continuó y esta vez consiguió agarrarlo con más facilidad. Ya estaba suelto, pensó. ¿Por qué no desprenderlo del todo? Pero no lo humedeció antes y se le partió entre los dedos. Un cuervo podría haberle indicado cómo hacerlo; debería habérmelo preguntado a mí. Pero ella se dijo que siempre podría reemplazarlo, así que continuó. Desprendió un junco, y luego otro, y otro. Pero ni por ésas consiguió ver algo. Diciéndose que ella era valiente y sus hermanas cobardes, fue deshaciendo la cesta hasta que la parte superior pareció un nido de pájaros abandonado. Por fin estaba abierta y podía ver lo que había dentro.

Gritó y dejó caer la cesta al suelo. Sus hermanas se acercaron a toda prisa, pero era demasiado tarde. La serpiente salió y mordió a Aglauro en el pie. Herse y Pándroso corrieron hacia su hermana, que se agarraba el tobillo gritando de dolor. El golpeteo de pies enfureció tanto a la serpiente que mordió a las dos también antes de desaparecer entre la maleza.

Yo mismo le llevé la noticia a Atenea. A ella siempre le hemos gustado los cuervos; y le gustamos porque somos listos y porque lo sabemos todo. Pero esta vez no se quedó contenta. Supongo que se enfadó con el mensajero porque el mensaje la hizo enfadar. Cras. Así que anunció que ya nunca recibiría a los cuervos con los brazos abiertos como a las lechuzas. ¡Las lechuzas! No sólo la suya, la que le dio Zeus. Todas las lechuzas. Aunque no sean ni la mitad de brillantes que nosotros los cuervos y no vean ni la cuarta parte de lo que nosotros vemos porque se pasan el día entero durmiendo. Pero así lo ha decidido ella y los cuervos tienen que pagar por el crimen de las hijas de Cécrope. Así que ya no le llevo las noticias a ella. Te las llevo a ti. ¡Cras, cras!

Piedra

Éste es pequeño y no estoy segura de que lo quieras. Lo han captado a la perfección mientras corría, y sus patas articuladas parecen congeladas en el tiempo. No tiene el aguijón levantado, en posición de atacar. Supongo que el escultor quiere hacernos creer que lo pilló por sorpresa. Si es que los escultores piensan en su público, claro. Quizá estas estatuas no fueron concebidas para ser expuestas y sólo se hicieron por el puro placer de crearlas. Quizá ni siquiera se suponía que debían ser tan realistas como lo son y hasta al mismo escultor le sorprendió su habilidad. El caso es que si alguien viera ésta sin previo aviso, temería por su vida.

El gorgoneion

Me pregunto si todavía piensas en ella como un monstruo. Supongo que depende del significado que le des a esa palabra. ¿Cómo son los monstruos? ¿Horribles? ¿Aterradores? Las gorgonas son ambas cosas, desde luego, aunque Medusa no siempre lo haya sido. ¿Puede un monstruo ser bello si es aterrador? Quizá dependa de cómo se experimente el miedo y se juzgue la belleza.

¿Y un monstruo siempre es malo? ¿Existe el monstruo bueno? Porque ¿qué ocurre cuando una persona buena se convierte en un monstruo? Puedo decir sin temor a equivocarme que Medusa era una mortal buena: ¿ha desaparecido toda esa bondad? ¿Se le cayó junto con el pelo? Porque creo que ya sabes por qué razón las serpientes estaban tan ansiosas de que ella se tapara los ojos cuando oyeron que se acercaba su hermana. (Ésa es otra pregunta para otro día, supongo: ¿tienen emociones las serpientes? ¿Son capaces de sentir ansiedad? Pero centrémonos en la cuestión que nos ocupa.) Supieron antes que Medusa que su mirada ahora era letal.

Ella lo descubrió uno o dos días después, cuando intentó quitarse de nuevo las vendas de los ojos. Dirigió su mirada hacia algo que veía moverse por el suelo frente a ella. Una raya oscura que se desplazaba veloz sobre la arena dorada y se detuvo en seco. Ella alargó la mano y lo cogió, y lo dejó caer enseguida al darse cuenta de que tenía un escorpión en la mano. Volvió a cogerlo cuando comprendió que estaba muerto.

Tardó un momento en averiguar lo que pasaba. No tenía la textura de un escorpión. Ella nunca había tenido uno en las manos; quizá no haga falta decirlo, pero por si acaso. Sabía que su picadura podía ser mortal. Pero también lo brillantes que eran y lo resbaladizos que parecían sus caparazones. Y ése era más áspero al tacto de lo que sería un escorpión. Y seguramente también pesaba demasiado, dado su tamaño. Lo cogió y se lo guardó, pensativa.

Pero no se fiaba de sus propios ojos: ¿quién podía culparla después de haber sufrido semejante agresión? Se preguntó si lo había visto moverse, si no sería una escultura diminuta de un escorpión que las olas habían arrastrado hasta la orilla. O tal vez una de sus hermanas la había encontrado en un asentamiento humano cercano y la había cogido para enseñársela, y luego se había olvidado. Ninguna de esas explicaciones le parecía menos verosímil que la verdad: que había mirado al escorpión y éste se había convertido en piedra.

Tendrían que pasar dos días más y morir otros dos pájaros, un cormorán y un abejaruco, para que comprendiera la verdad.

CUARTA PARTE

Amor

Atenea

Su mayor deseo era hacer daño a Hefesto. Los días en el Olimpo, tan monótonos antes, ahora se distinguían claramente porque se le iban en discurrir cómo vengarse. Así, cada día se convertía en un tortuoso recorrido por el laberinto de lo posible y lo imposible: tenía que hacerle algo al herrero porque el honor se lo exigía. Y al mismo tiempo no podía porque lo protegían Hera y Zeus.

No siempre había sido así, claro. Hera desdeñó a su hijo al descubrir que había nacido cojo; Atenea había oído hablar al arquero y a su hermana de ello en más de una ocasión (la inmortalidad y el excesivo amor propio los hacían proclives a repetirse). Así que Hera no sintió afecto por Hefesto hasta que éste se lo ganó con su despliegue interminable de regalos y lisonjas. Pero eso fue mucho antes de que Atenea naciera de la cabeza de Zeus, y ya no había vuelta atrás, concluyó de mala gana, regresando al principio del laberinto.

Pero si bien Hefesto contaba con el afecto de Hera, Atenea seguramente podría aislarlo de Zeus. Ya se había vuelto contra su hijo una vez, que ella recordara. Una vez que había acabado perdiendo los estribos con su esposa y, ciego de ira por las conspiraciones y críticas de ésta, lanzó un poderoso rayo que habría mutilado hasta a una diosa. Pero falló, lo que sólo aumentó su ira. Avanzó bramando hacia ella, decidido a castigarla de algún modo. Los demás dioses retrocedieron, bien porque lo temían demasiado para intervenir, bien porque les traía sin cuidado que aniquilara a Hera. Sólo Hefesto, el leal sabueso, apoyó a su madre: se interpuso entre ambos y les rogó que hicieran las paces. Zeus había cogido al herrero por el pie cojo y lo había arrojado por la montaña, y Hefesto había resultado gravemente herido; Atenea se estremeció de placer al pensarlo. Ojalá pudiera encontrar la manera de volver a provocar la ira de su padre contra él.

Pero ¿cómo? Ésa era la parte del enigma que la tenía dando vueltas en círculos: parecía prometedor, pero siempre acababa en un callejón sin salida. ¿Qué podría provocar a Zeus tanta cólera? Sólo Hera en su peor faceta. ¿Y por qué ésta querría enemistarse con él para ayudarla a ella? Nunca hacía nada por nadie más que por sí misma. Atenea tal vez podría irritarla lo justo para crear cierta fricción entre los dos, pero no sería suficiente. ¿Podría engañar a Hefesto haciéndolo creer que su madre estaba una vez más en peligro? ¿Podría inducirlo a enfrentarse de nuevo con Zeus? Pero eso levantó otros dos muros de piedra: Hefesto haría cualquier cosa para evitar un conflicto con Zeus, a menos que su madre estuviera en peligro. Él nunca empezaría nada por sí mismo. Y, por otro lado, Atenea no podría empujarlo a ello sin hablar con él, y no quería volver a dirigirle la palabra nunca más.

Así que dio la vuelta al laberinto y lo abordó desde una nueva perspectiva. Si por el momento no tenía forma de perjudicar a Hefesto, se iría a otra parte con su venganza y ya destruiría algo que le doliera más tarde, cuando se presentara la oportunidad. Tenía toda la eternidad para vengarse. Sí, le habría gustado hacerlo ahora, pero podía esperar. Mientras tanto, volvería su ira contra un dios que ya la había herido dos veces.

Anfitrite

Poseidón, cómo no, había complacido a las Nereidas. En realidad nadie puso en duda que lo haría. Cincuenta Nereidas ofendidas eran cincuenta más de las que podía ignorar. Lo intentó, pero por poco tiempo. Se fue y se escondió en alguna parte. Su esposa no había podido decirles a sus hermanas dónde exactamente. ¿En el Olimpo? ¿En Atenas? Nadie estaba seguro, pero tampoco parecía preocuparles. Sabían que, tarde o temprano, tendría que volver al mar. Al fin y al cabo, era su dominio: no podía abandonarlo durante mucho tiempo. Y tampoco podía pasar de las Nereidas.

Ellas sabían exactamente qué castigo exigir porque todas sabían lo que quería Poseidón. Había perdido una pequeña franja de su reino cuando la gorgona creó la falla con los pies. Anfitrite estaba segura de que su marido se merecía ese escarmiento, aunque nunca se lo preguntó, claro. Pero él volvía al mismo lugar día tras día, y se quedaba contemplando la orilla elevada y el mar que retrocedía. Parecían arderle los ojos con cada nuevo grano de arena seca. Anfitrite, cansada de su humor sombrío, había intentado consolarlo, aunque con poco entusiasmo. Todos los dioses sufren de vez en cuando una pérdida de poder, le dijo. Pero él gruñó y se alejó entre las olas, dejándola con su gran colección de perlas exquisitas como única compañía. Una de sus hermanas Nereidas le dejó caer a Anfitrite que ella prefería las cosas así, pero Anfitrite no respondió. Hasta cuando Poseidón estaba ausente, era capaz de oírlo todo. ¿Quién sabía qué pez o qué criatura marina la traicionaría esta vez? No correría riesgos.

Pero las otras Nereidas hicieron planes en ausencia de Poseidón, incluso mientras Anfitrite permitía que las olas hablaran por ella. Si el dios del mar estaba tan dolido por la pérdida de una pequeña parte de su reino, se prestaría a reparar ese dolor. ¿Y cómo mejor que extendiendo su océano hacia otros lugares? Si las gorgonas lo habían rechazado e insultado, él podía inundar otra tierra y mejorar así su estado de ánimo. Las Nereidas, por su parte, querían vengar su honor, ya que la reina de Etiopía, en su arrogancia, las había ofendido al sostener que ella misma y su hija las igualaban en belleza. La solución era sencilla. El único problema sería convencer a Poseidón de que era idea suya. E incluso eso no sería muy difícil, porque era arrogante y siempre se había creído tan astuto como sus hermanos, Zeus y Hades. Las Nereidas, y Anfitrite, en particular, lo habían animado a creerlo. Así que ahora lo único que tenían que hacer era sugerir, y esperar.

Poseidón vagaba por el mar, inquieto e irritable. No tenía nada con lo que disfrutar ni nada que esperar. Contó los chascos que se había llevado recientemente: la monotonía de la vida en el Olimpo, que había intentado en vano romper gastando una broma a Hefesto y a Atenea. El dios herrero no se había percatado de que era una broma y había intentado realmente declararse a su sobrina. Ninguno de los dioses parecía saber exactamente cómo lo había rechazado ella, pero el encuentro había creado una niebla sobre los salones sagrados que no se disiparía fácilmente. Hefesto estaba destrozado y Atenea furiosa. Poseidón no podía confesar a los demás dioses que todo había sido idea suya, porque hasta él se daba cuenta de que no lo verían como un triunfo del ingenio. No sabía cómo, pero no tenía ninguna duda de que Atenea planeaba vengarse. ¿Su ira se dirigiría sólo contra Hefesto? ¿O éste le habría dicho que Poseidón le había alentado a declarárselo? Por un momento pensó que Atenea podría haber creído que su tío era sincero y quería que él se casara con ella porque a sus ojos hacían buena pareja. Pero cada vez que recordaba la mirada de desdén de Atenea sabía que era improbable. No le tenía miedo, por supuesto. Pero era aprensivamente consciente de que si ella dirigía su ira hacia él, no saldría del todo indemne.

Luego estaba su decepción porque la joven gorgona no se había quedado deslumbrada ante su ingenio ni humillada por su poder. Sí, la había poseído, pero no había obtenido mucha satisfacción. Ella no había disfrutado del juego, ni lo había admirado, ni le había dado nada de sí misma. Sólo había tomado la decisión de salvar a las jóvenes mortales de la muerte, y Poseidón —todo un dios del mar con sus sentimientos— no había logrado penetrar su mente. Él era para ella una fuerza de destrucción, nada más. Eso le había dejado rabioso y vacío por dentro. ¿Por qué a nadie le importaba lo que él sentía?

Ahora se arrepentía de lo ocurrido. La joven se había esfumado una vez que la había violado. Ni siquiera sabía si había vuelto con sus hermanas: desde el agua no podía verla. Y eso lo llevó a su siguiente preocupación: su océano era cada vez más reducido. No sabía cómo lo habían hecho las gorgonas, pero habían logrado hacer retroceder su dominio, alejándolo de la costa y de la cueva donde ellas vivían. Y aunque se había quejado a Zeus de que su reino había disminuido y de que lo habían ofendido, su hermano no había mostrado ninguna preocupación real. De todos modos, ir al Olimpo había resultado agotador, porque su sobrina lo fulminaba con la mirada cada vez que la veía. No tenía ni idea de qué la había amargado tanto, ni veía por qué tendría él que preguntárselo. Por eso había decidido gastarle una broma a Hefesto. E incluso eso había resultado contraproducente. Se le negaba hasta el más simple placer.

Poseidón salió a la superficie junto a una gran roca. Los pájaros volaban en todas direcciones mientras el agua del mar salpicaba por todas partes. Él se levantó de las olas y se tumbó sobre la piedra caliente. Nunca se había cuestionado su grandeza. Pero al admirar su poderoso tridente que brillaba bajo el violento sol, sintió un breve escalofrío. ¿Qué era aquello? No podía ser frío: los dioses no sentían ni calor ni frío. Desde luego, no era un terremoto: ¿cómo iba a temblar el océano sin que él hubiera golpeado el lecho marino con su tridente? Era otra cosa, algo interno. Se sentía —frunció el ceño por el esfuerzo de intentar poner nombre a aquella extraña sensación— incómodo. Como si pudiera verse a sí mismo con los ojos de Atenea. Eso era tan absurdo que lo descartó. Tenía un aspecto magnífico: el rey de todos los mares, descansando sobre esa hermosa roca, completamente relajado. Y de pronto le volvió a asaltar la extraña sensación de que algo iba mal. Por un instante se preguntó si no parecía una foca repantigada. Pero eso era imposible. Él era un dios todopoderoso y de su barba caían gotas grandiosas de su hermoso océano. Pero el pensamiento volvió: ¿parecía una vulgar foca tomando el sol encima de una roca?

Sacudió la cabeza, arrojando agua en todas direcciones. Un dios poderoso.

Una criatura marina mojada e irritable.

Miró alrededor de él; oteó el horizonte. Atenea no estaba allí. Su mirada despectiva no estaba fija en su tío; podía ser astuta, pero no era invisible. Pero si no estaba allí, ¿por qué tenía la sensación de que lo observaba?

La apartó de la mente de una vez por todas. Sabía que ella conspiraba contra él, pero no podía hacer nada hasta que le revelara su plan. Sólo podía esperar y estar preparado para enfrentarse a ella.

Esperó a que se le pasara el malestar. Hacía tiempo que confiaba en su propio instinto, y ahora que había escuchado su consejo de vigilar a Atenea seguramente lo dejaría en paz. Ella iba a intentar arrebatarle o destruir algo que él amaba. Ésas eran las dos únicas posibilidades. Y estaba preparado.

Poseidón se dio la vuelta para mirar al sol. Los únicos ojos que había en ese momento sobre el dios del mar eran los de Helios, que volaba por encima de él con su luz resplandeciente. Podía disfrutar de ese rato fuera del agua, lejos de su esposa, que vivía en las profundidades oceánicas, de su sobrina, que se encontraba en las alturas olímpicas, y del resto de las Nereidas, que estaban enfadadas por algo que había dicho una mujer y que le exigían que los castigara a ella y a su marido. Tendría que darles lo que querían; ni siquiera un dios tan poderoso como él podía ignorar a cincuenta Nereidas durante mucho tiempo. Metían demasiado ruido.

La inquietud no había remitido. No se debía a Atenea, ni a Anfitrite, ni a las otras Nereidas. Si era sincero consigo mismo, sabía de quién eran los ojos que notaba clavados en él. Lo que no sabía era que habían cambiado hasta volverse irreconocibles.

Cuando Poseidón regresó con disimulo al lado de su esposa, ella supo que le preocupaba algo, pero no le preguntó nada ni le ofreció consuelo. Él suspiró y gimió, y Anfitrite lo ignoró. Cuando se tumbó junto a ella y apoyó la cabeza en su hombro, sus mechones verdosos la envolvieron como algas.

—¿Estás cómodo, amor mío? —le preguntó ella moviendo un poco el brazo para ver cómo la luz moteada se desplazaba sobre su pálida piel.

—La verdad es que no.

Ella intentó no suspirar, porque sabía que él se lo tomaba como algo personal. Además, eso todavía era una oportunidad.

—Vuelves a estar melancólico.

—Lo estoy.

—Por algún desaire.

Él se acercó un poco más.

—Sí.

—No me extraña que te sientas herido en tus sentimientos. Yo misma me he sentido así por ti. —Le pasó suavemente los dedos por el pelo de algas, desenredándolo sin que se le enganchara.

—¿Sí?

—Claro que sí. —Anfitrite sabía que le encantaba que lo masajeara—. ¿Qué clase de esposa sería si no sintiera nada cuando te insultan y te rechazan?

Ella notó que se ponía un poco rígido y comprendió que temía que supiera lo de la muchacha gorgona. Pobre Poseidón, pensó. Siempre tan seguro de su discreción y tan errado. Pero continuó como si no se hubiera dado cuenta.

—¿Cómo pueden ser tan insensibles los otros dioses? —Anfitrite sintió que se relajaba a su lado—. Te tienen envidia, amor mío.

—¿De verdad lo crees?

—Por supuesto. Tu reino es enorme.

—El de Zeus lo es más.

—Supongo que es cierto. Si te van los cielos vacíos y las condiciones atmosféricas, y este tipo de cosas.

—A los otros olímpicos les gustan. Mi reino les parece oscuro y húmedo.

—Porque si pensaran en lo que es en realidad, un vasto mundo repleto de vida y gobernado por ti, tendrían más envidia aún. Supongo que eso podría explicar... —Le acarició el pelo, dejando la frase inacabada.

—¿Podría explicar qué?

—Por qué se alegran al ver que Zeus se ha quedado parte de tu reino.

—Me lo han robado las gorgonas —gruñó él—. Zeus no lo reclamará.

—Estoy segura. Supongo que no podrías... No, estoy segura de que no querrías.

—¿Qué no querría? —Poseidón se incorporó y miró a su mujer—. ¿Qué podría hacer?

—¿No podrías quedarte con alguna cosa, o algún lugar, a cambio?

—Ya sabes cómo es Zeus —gimió él—. Él no lo dejaría pasar y estaríamos en guerra durante generaciones.

—Supongo que hay una forma de evitarlo. Pero estoy segura de que tienes razón. No le demos más vueltas.

—Exacto, no le demos más vueltas. ¿Cómo podría evitarse?

—Quizá si te vieran castigar a un mortal por su orgullo desmedido —apuntó ella—. Zeus difícilmente podría oponerse a ello, ¿no?

Poseidón negó con la cabeza con tanta fuerza que las olas se estrellaron en todas las costas, convirtiendo en restos flotantes los lejanos barcos pesqueros.

—No. Zeus es partidario de castigar la arrogancia. ¿Estás pensando en alguien en particular?

—¿Sabes? Tengo a la persona idónea.

Andrómeda

Andrómeda sabía que estaba a punto de ocurrir algo horrible, y lo sabía de la misma manera que cuando un terremoto era inminente o una tormenta horrible estaba a punto de desatarse. Su padre le decía que era vidente, y aunque se reía, sólo bromeaba a medias. Pero Andrómeda sabía que no tenía poderes especiales, porque nunca estaba segura de lo que iba a ocurrir, sino de que iba a suceder algo. Al principio pensó que no era más que la justa respuesta a la insistencia de sus padres en casarla con su tío, Fineo. Pero a medida que el sol se elevaba en el cielo y el aire se volvía más denso, sintió que había algo más.

Casiopea, encerrada en sus aposentos, se negaba a hablar con su hija o con cualquiera. Cefeo le había suplicado que abriera las puertas, había enviado esclavos para ofrecerle todos los dulces que quisiera. Las otras veces que su esposa se había enfadado, los ruegos y los sobornos habían funcionado.

—¿Qué vamos a hacer? —le preguntó el rey a su hija durante otra comida de conversación a trompicones.

Andrómeda no supo qué decirle. Siempre se había valido del mismo medio que su padre para aplacar a su madre: darle lo que deseaba hasta que le mejoraba el humor.

—¿Sabes exactamente por qué está enfadada? —le preguntó. Las palabras «esta vez» flotaron entre ambos.

—No. Sé que tu rechazo a Fineo la llenó de frustración, pero no creo que se hubiera encerrado en su habitación por eso. Al menos, no durante tanto tiempo.

—Si fuera eso me habría encerrado a mí en sus habitaciones.

—Sí.

Los dos se quedaron sentados en silencio.

—Es raro que no lo haya hecho —añadió Andrómeda.

—Sí.

Esta vez el silencio se prolongó más mientras los dos meditaban sobre lo podía haber sucedido. Casiopea se había enfadado tanto por la negativa de su hija a casarse con Fineo que era inconcebible que no la hubiera encerrado. ¿Y si huía? Su madre nunca habría corrido semejante riesgo. Ni siquiera Cefeo podía fingir que ella había dejado el asunto en las manos de su marido.

Seguían ensimismados cuando oyeron los gritos y el sonido de pasos acelerados.

Elaia

Es cierto que al principio no estábamos aquí, pero estuvimos al final, ¿y qué es más importante? No puede haber un principio sin un final. Y en el momento crucial estábamos allí. De hecho, fuimos cruciales.

Todo empezó cuando Atenea quiso un lugar propio. Los dioses son celosos de su espacio de una manera que cuesta entender. Seguramente ahora te preocupa que la hayamos ofendido. No temas, ella nunca nos haría daño. Además, ¿por qué iba a ofenderse? Ella sabe que es cierto. Nosotros estamos en todas partes, al otro lado de Hellas y más allá. ¿Cómo esperas que comprendamos lo que significa llamar hogar a un solo lugar?

Aunque si llamáramos hogar a algún lugar sería Atenas, la ciudad que ahora es de ella. Le pusieron su nombre: probablemente esto lo saben hasta los humanos. Pero olvidan que no siempre fue suya. Se la ganó a pulso.

Por cierto, ese clamor es el del mundo entero dándome la razón.

Porque Poseidón también había echado el ojo a Atenas. Bueno, a saber a qué no le habrá echado el ojo ése. Pero no pongas esa cara de terror: aquí él no puede hacerte nada. Estamos lo bastante lejos del mar, y no creerás en serio que podría destruirnos con un terremoto, ¿verdad? Bueno, supongo que eres más frágil que nosotros. Pero seamos serios.

Además, sabes que tengo razón. Él nunca es feliz. Nunca se da por satisfecho, ni siquiera como señor de todos los mares. Ni siquiera con su tridente y sus Nereidas y su... lo que sea que tenga. ¿A quién le importa si todo está debajo del agua? No es de extrañar que sea tan codicioso. Y cuando se enteró de que Atenea quería apropiarse del Ática, exigió que se la entregaran a él. Porque, según alegó, las gorgonas le habían arrebatado una parte minúscula de su reino. ¿Qué hicieron?, le preguntamos. ¿Se la bebieron? ¿Cómo es posible perder parte de un reino? Los mares vuelven a llenarse cada vez que llueve.

No hace falta decir que Poseidón no se dignó a respondernos. Seguramente se lo impedía su estatus. Y poco importaba que no hubiera perdido nada importante; como siempre, se las compuso para sentirse agraviado. Así que reclamó Atenas y, puestos a pedir, a Atenea, pero Zeus se negó a arbitrar entre ambos. (No, no te preocupes: no haremos ningún comentario sobre el rey de los dioses. Sus rayos pueden caer desde cualquier lugar y hasta a nosotros nos imponen respeto.) Los olímpicos decidirían, decretó Zeus. Atenea y Poseidón podrían exponer sus argumentos, y luego elegirían a uno de los dos siguiendo la consigna: un dios, un voto.

Incluso entonces, Poseidón exigió ser el primero. Ni siquiera había pensado en la península de Ática hasta que Atenea se interesó por ella, pero ahora su deseo de poseerla era tan imperioso que necesitaba exponer sus argumentos de inmediato. Tal vez se había dado cuenta de que la mitad de los olímpicos estarían encantados si se retiraba a alguna cueva submarina lejana y no volvían a saber de él. Las quejas que cualquiera está dispuesto a escuchar tienen un límite, de modo que los quejicas tienen que aprovechar cualquier oportunidad para lamentarse de sus males.

Si Atenea estaba molesta con Poseidón por la forma en que la ninguneaba, apoderándose de lo que ella deseaba, no lo demostró. Lo cual, francamente, significa que no lo estaba, porque esta diosa no es muy dada a ocultarnos sus sentimientos. Quizá sabía que tenía que practicar la paciencia. De nuevo, ése no siempre es uno de sus puntos fuertes, pero no soporta a Poseidón y le encanta ganar, así que se contuvo.

Él hizo exactamente el tipo de gesto pesado y ostentoso que cabría esperar de un dios que lo pide todo, pero no sabe por qué. Llegó a la acrópolis y se detuvo un momento para asegurarse de que todo el mundo lo miraba, y entonces golpeó el suelo con su tridente.

Los dioses olímpicos intentaban estar atentos porque Zeus acababa de encomendarles a ellos la decisión de quién debía quedarse con el Ática. Ni siquiera Apolo y Artemisa bostezaban, y eso requiere cierto esfuerzo. Pero cuando un nuevo mar burbujeó por debajo del tridente (bastante por debajo, naturalmente: tiene que ser un dios del mar quien decida que hay que formar un océano en el punto más alto de una llanura, pero no todos están igual de dotados), los dioses arqueros empezaron a darse codazos y a reírse. ¿Qué ha sido eso? ¿Un mar pequeñito?

A decir verdad, a nosotros nos pasó lo mismo.

Poseidón extendió los brazos y agitó el tridente por encima de la cabeza. Uno de nosotros está convencido de que gritó: «¡Mirad!», pero los demás preferimos concederle el beneficio de la duda. En cualquier caso, todos miramos su nuevo estanque, nos lo pidiera o no. Y la mayoría no quedamos muy impresionados.

Atenea suele tener una expresión bastante plácida: probablemente la habrás visto en sus estatuas. Parece tranquila y paciente, con la lanza en la mano y el casco echado hacia atrás en ese ángulo tan característico. Puede que no lo sepas, pero ésa es la imagen que le gusta ofrecer, pase lo que pase en su corazón. ¿Cómo lo sabemos? ¿Cómo crees que lo sabemos? Ella nos dice mucho más a nosotros que a sus sacerdotes y peticionarios humanos. Sabe que la apoyamos y que, además, sabemos escuchar.

Sólo si conocieras a Atenea tan bien como nosotros, y estuvieras en tan buena posición para observarla como nosotros, podrías haber visto lo que nosotros vimos: el desdén que dejó entrever su rostro. No tenía nada que temer de ese oponente.

Observó cómo Poseidón se hundía en sus pequeñas olas y dirigió su atención a la acrópolis donde él había estado momentos antes. Miró la tierra desnuda y árida, y la vio desértica. Vio a los animales que buscaban la sombra y a los humanos que suspiraban por una nueva cosecha que valorarían por encima de todo lo demás. Miró el mar que se retiraba y guardó silencio.

Luego miró a los demás olímpicos, que tenían cierta curiosidad en ver qué pensaba hacer para ganar a Poseidón. Y todos se quedaron perplejos cuando ella se arrodilló para plantar un árbol.

¿Cómo iba a competir un árbol con un océano?, podrían haber pensado. Pero ¿cómo iba un dios a pensar algo tan tonto? En el Ática no escaseaban los océanos, pero faltaba algo; Atenea había visto lo que necesitaba la tierra. Necesitaba el ruido del viento agitando las finas hojas verde plata. Necesitaba un tronco elegante y pálido, y frutos de un verde intenso.

En pocas palabras, nos necesitaba a nosotros.

Andrómeda

Andrómeda miró hacia su izquierda, y tuvo la extraña sensación de verse la mano como si no le perteneciera. ¿Por qué iba a tenerla atada a un árbol? Miró a su derecha y vio lo mismo: una mano atada que parecía estar unida a ella, pero que no podía ser suya, porque apenas dos días antes había estado sentada frente a su padre en el palacio, hablando sobre qué le pasaba a su madre enfurruñada. Y hasta ese momento había sido una princesa muy privilegiada de un país rico, lo que nunca había supuesto estar atada a un par de árboles muertos sin ningún motivo.

Tenía ganas de gritar y llorar, pero había demasiadas personas mirándola. No quería humillarse más, así que respiró hondo y decidió repasar los dos últimos días. Lo haría en silencio y, sobre todo, sin bajar la mirada, pasara lo que pasase.

Una exhalación. Intentó recordar qué había oído primero: ¿el golpeteo del cuero contra la piedra cuando los hombres cruzaron a todo correr los salones del palacio, los gritos de terror cuando las olas los persiguieron, o el ruido del agua misma, que de repente y de forma inexplicable llenaba el tramo de tierra entre el mar y su casa? Los gritos y alaridos, concluyó. Luego los pies calzados con sandalias. Y por último la marea enfurecida. Sintió que la invadía una oleada de miedo y trató de mantener la compostura. O tal vez fue el mar lo primero que oyó, pensó. Pero no había sido capaz de identificar ese ruido retumbante y profundo, tan ensordecedor como indistinguible, por lo que no se había dado cuenta hasta después.

Una inhalación. Y llegó el pánico, que se extendió por todo el palacio más rápido que el agua, más rápido que los hombres que corrían y gritaban. El agua era tan destructiva que se llevaba por delante todo lo que tocaba. Pero cuando, sentada en el tejado observando con horror fascinado cómo se elevaba, el agua le lamió los pies, le pareció caliente y delicada. Esperaba morir junto a sus padres en cualquier momento. Pero al poco rato el agua se retiró con la misma rapidez con que había inundado la casa.

Una exhalación. El agua no retrocedió muy lejos. El palacio quedó cubierto de montones de madera astillada, cerámica rota, telas empapadas y malolientes, y una fina costra de sal que cristalizó a lo largo de las paredes. Pero sin duda el palacio fue la parte menos afectada del área que abarcaba la casa de Andrómeda hasta lo que antaño había sido la costa. Gran parte de esta extensión de su reino estaba ahora bajo el agua. Hogares, ganado, personas: todo se había perdido por culpa del carácter codicioso y usurpador de Poseidón.

Una inhalación. Habían intentado apaciguarlo, por supuesto. Habían ido corriendo a su templo, que el agua no había tocado siquiera —evitando la colina sobre la que se alzaba—, y Cefeo había concedido a sus sacerdotes todo lo que le pedían: el ganado escaseaba ahora, pero sacrificaron de inmediato diez reses al dios del mar. El rey difícilmente podría haber hecho otra cosa cuando sus súbditos supervivientes se hallaban ante una inmensa llanura de agua que se había tragado vivos a sus seres queridos. ¿Qué dice el dios? Andrómeda volvió a percibir el pánico en la voz de su padre. Un hombre para quien todo había resultado fácil no estaba hecho para afrontar una crisis de esa envergadura. Estaba empequeñecido, castrado.

Una exhalación. Y su mujer —que se había salvado gracias a las puertas cerradas de sus aposentos que sólo habían permitido que entrara un hilillo de agua—, lo observaba todo en un silencio poco habitual en ella. Cefeo le había pedido consejo, pero aquella mujer que siempre tenía las ideas claras no le había ofrecido ninguno. Andrómeda podía ver a su padre esforzándose por tomar decisiones sin las habituales aportaciones de su madre. Creyendo que debía cumplir con su deber en ausencia de ésta, empezó a hablar con su padre sobre cuestiones prácticas: ¿dónde iban a dormir las personas que habían perdido su hogar? ¿Cómo se alimentarían ahora que habían muerto tantos animales? ¿Qué comerían más tarde, ahora que se había perdido tanto grano? Se sentía totalmente incapaz de aconsejar, pero sabía que su padre la necesitaba y no lo defraudaría.

Una inhalación. Y por la noche los tres se sentaron juntos en una cámara sucia que ella no recordaba haber visto nunca. Por las semillas que había amontonadas en los rincones —barridos a toda prisa con una escoba— supo que había sido un almacén. Pero estaba más seca que cualquier otra habitación que había revisado, y no olía tanto a humedad. Junto a una pared había una jarra de aceite volcada, sorprendentemente intacta. La mesa la habían reparado los esclavos a toda prisa, y Andrómeda observó cómo al coger una copa mellada llena de vino sin diluir, a su padre se le enganchaba la manga. Siempre tan quisquilloso con su ropa, ni siquiera se percató del desgarrón. El mayordomo del palacio les sirvió pan quemado por los bordes y una sopa hecha con lo que no se había llevado el agua: cebollas, comino, garbanzos.

Una exhalación. Al intentar comer, porque parecía de mala educación negarse a hacerlo entre tantas pérdidas, Andrómeda descubrió que estaba hambrienta. Observó cómo el mismo pensamiento se traslucía en el rostro de su padre, aunque su madre picoteaba el pan sin interés. Andrómeda se preguntó dónde iban a dormir y luego se sonrojó en la penumbra por estar pensando en algo tan insignificante cuando la mitad del reino estaba bajo el agua.

Una inhalación. El estruendo de pasos corriendo por los pasillos, su padre que se volvía mientras se levantaba de un salto del taburete de tres patas, que caía ruidosamente al suelo. Pero los hombres no corrían para avisar de otro maremoto. Andrómeda, a diferencia de su padre, percibió la diferencia entre resolución y pánico. El mayordomo había regresado, pero esta vez lo acompañaban dos sacerdotes del templo de Poseidón. Uno de ellos llevaba un tocado ornamentado y se conducía como un hombre que se esfuerza por parecer cómodo hablando con su rey en un almacén de palacio. El segundo hombre estaba justo detrás de él, como una sombra temible. Cefeo los reconoció a ambos y les hizo señas para que entraran, pero ellos se detuvieron en la puerta. Andrómeda no sabía si ponerse de pie, pero al ver que su madre, con los ojos vidriosos, no hacía ademán de moverse, se quedó sentada para no llamar la atención.

Una exhalación. ¿Traéis noticias del dios?, les preguntó su padre. Así es, respondió el sacerdote principal. Recorrió el lugar con la mirada buscando cualquier posible vía de escape. El mensaje nos ha llegado de Poseidón y es inconfundible. Inconfundible, repitió el segundo hombre. Se nos castiga por un crimen que se ha cometido en este palacio, continuó el primero. ¿Aquí? El desconcierto de Cefeo era total. ¿Qué crimen? ¿Cuándo?

Sentada detrás de él, su mujer dejó escapar un grito estridente y lastimero.

Elaia

Oh, vamos. Te habrás dado cuenta de que Atenea obtuvo Atenas por un olivo. Somos una parte esencial de la identidad de la ciudad. Incluso aparecemos en las monedas. Bueno, justo detrás de la lechuza. Seguimos creciendo aquí y nos conoce todo el mundo: nuestro olivar es un lugar sagrado, lo ha sido desde aquel día. Y somos importantes no sólo para Atenas sino para todo Hellas. ¿Qué te viene a la cabeza cuando piensas en Grecia? No finjas. Bueno, puede que imagines mares azules lamiendo playas de arena, sí. Pero cuando alguien quiere recrear mentalmente Atenas, lo que ve son olivos y lo que paladea es el aceite de oliva. Pretender otra cosa es absurdo y ofensivo.

¿Por dónde íbamos? Pues eso, fue decisión de los dioses. Los olímpicos contemplaron el mar que Poseidón había creado y el magnífico olivo de Atenas. Vieron otra extensión de agua salada, como si en alguna parte de Hellas se necesitara una gota más. Y vieron un árbol robusto con las hojas plateadas. Luego —porque son dioses— nos vieron en primavera, cubiertos de estrellitas blancas. Y nos vieron en otoño, con las ramas combadas con el peso de los frutos. Vieron las prensas de aceitunas. Vieron sus templos iluminados a la parpadeante luz de las antorchas que ardían con aceite de oliva. Vieron ofrendas que consistían en panales de miel y uvas rociadas de aceite. Vieron los cuerpos de los atletas untados de aceite, vieron ritos funerarios realizados con aceite. Vieron a hombres consumiendo el aceite y cocinando con él. Vieron ánforas enormes llenas de oro líquido. Y comprendieron que esta ciudad no tenía futuro sin nosotros.

No, ya que lo preguntas, no fue una decisión unánime. Pero es evidente que debería haberlo sido. Y a todos nos quedó perfectamente claro que los dioses que votaron por Poseidón tenían un motivo oculto.

Atenea votó por nosotros, obviamente.

Poseidón lo hizo por su estúpido mar.

Deméter por nosotros, porque ¿cómo iba a dejar de votar por el mejor árbol una diosa de la agricultura? Ella nos quiso desde el momento en que nos vio.

Afrodita votó por el mar. Con sus ojos límpidos llenos de hipocresía aseguró que se lo debía a Poseidón, puesto que ella misma había nacido de sus espumosas profundidades. Si te parece que eso es motivo para votar lo que sea, no tenemos más que hablar.

Apolo votó por nosotros. Siempre ha tenido debilidad por los árboles. Pregúntale a Dafne, ella te lo podrá decir. Bueno, no, supongo que no te lo dirá, puesto que se convirtió en un árbol justo antes de que la violara el arquero. E incluso entonces él no pudo resistirse a pellizcar sus hojas. Los árboles tienen una palabra para ese tipo de comportamiento.

Artemisa votó lo mismo que su hermano, cómo no. Los dos son casi inseparables en el Olimpo, pero cuando no están juntos, ella deambula por las montañas de Beocia con sus mujeres y su manada de ciervos salvajes. ¿Sabes lo que les gusta comer a los ciervos? Hojas. Así que no podía dejar de estar de nuestro lado.

Ares apostó por el mar. ¿Por qué? Te lo diré: somos sacrosantos en la guerra. ¿Lo has oído? Somos tan preciosos y tan irreemplazables que cuando un ejército invade un territorio, queman las cosechas y decapitan a los hombres como si fueran tallos de trigo, pero no tocan los olivos porque somos demasiado bonitos y perfectos. Así que el dios de la guerra nos guarda rencor. Es penoso.

Hefesto votó por nosotros mientras se acercaba a Atenea con una expresión esperanzada en el rostro. Ella le dio la espalda y se alejó.

Hera apostó por el mar, por el resentimiento que sentía hacia Atenea. ¿Por qué iba a cambiar a esas alturas? A Hefesto le entró de pronto la preocupación de no haber hecho lo que debía, pero ya no pudo cambiar su voto.

Hestia votó por Poseidón. No pudimos probarlo, pero no creo que haya habido un ejemplo más claro de alguien que no ha entendido la pregunta. Nuestra leña arde incluso cuando está húmeda. ¿Qué más podría pedir la diosa del hogar?

Zeus votó por Atenea porque la quería más que a Poseidón, porque era su hija y se quejaba menos, y también porque nosotros éramos claramente la mejor opción.

Hermes vio que podía hacernos empatar si se ponía de parte de Poseidón. Y así lo hizo, porque es un dios mezquino que no cae bien a nadie.

Zeus suspiró al darse cuenta de que su estrategia había fracasado. Hizo un ademán y, de repente, apareció una figura más en la ladera, junto a nuestro hermoso tronco. El hombre no se presentó, pero ya sabíamos quién era: Erictonio, el primero de los atenienses auténticos. El niño que Hefesto engendró y que Gaia alimentó. El que Atenea llevó hasta allí en una cesta para que lo criaran las hijas de Cécrope.

No me digas que ya lo has olvidado. Entiendo que es muy confuso que alguien pase de bebé a adulto en un instante, pero ya debes de haber ligado que los dioses no tienen la misma noción del tiempo. Para ellos, una vida dura lo que un suspiro para ti. Así que habían pasado algunos años sin que ninguno de los dioses hubiera pensado en él y ya era un hombre.

Por cierto, las historias que tal vez has oído sobre él son falsas (en su mayoría). No tenía cola de serpiente, como decían. Eso fue sólo el rumor que se extendió por toda la ciudad cuando las hijas de Cécrope murieron de una forma tan repentina. Unos decían que la cesta que habían abierto tan imprudentemente estaba llena de serpientes (lo cual era una verdad a medias). Otros que el niño era un híbrido de hombre y serpiente (lo que no era cierto). Y había quien sostenía que estaba maldito (obviamente falso). O que era divino (medio cierto). Pero todos creían que Atenea lo protegía, y que era ella quien había enviado serpientes para destruir a las jóvenes que la habían desobedecido. Así que los atenienses lo admiraban tanto como lo temían, y cuando derrocó al anterior gobernante lo nombraron rey. Y se sintieron un poco más cerca de su diosa guardiana y se preguntaron si podría llegar a ser suya.

¿Lo sabía Zeus cuando llamó a Erictonio a la colina sagrada para que actuara de juez? Por supuesto que sí: Zeus sabe todo lo que elige saber. Y quería que su hija fuera feliz, o al menos lo bastante feliz para no volver a tratar ese asunto con ella. Poseidón enseguida estaría quejándose de otra cosa, así que Zeus no ganaba nada intentando complacerlo ahora, o cuando fuera. En cambio Atenea le estaría agradecida —o lo más parecido a agradecida— por esa intervención. Además, ya había votado por sus árboles y no veía razón para quedarse en el bando perdedor. Los otros dioses deberían haber seguido su ejemplo.

Erictonio era un hombrecillo pulcro que, según Zeus, sería un rey perfectamente adecuado. En esa ocasión parecía algo aturdido, pero a los mortales siempre les pasaba lo mismo cuando los dioses interactuaban directamente con ellos, así que a nadie le sorprendió que de momento guardara silencio. Zeus le explicó la contienda y el empate de votos (lanzando una dura mirada a Hermes), y él asintió con valentía. Erictonio, un simple mortal, se encontraba de repente en una posición de juzgar que lo situaba por encima —Zeus tuvo que repetírselo— de su propia diosa protectora o del dios del mar.

Y aunque Erictonio parecía estupefacto, sabía que no podía tomar esa decisión si no estaba protegido de sus consecuencias. Sin saber que todos los dioses, incluso nosotros, podían oír hasta la última sílaba, le dijo a Zeus en voz baja:

—Si escojo a una de estas deidades, ¿qué impedirá que la otra me ahogue acto seguido?

La emoción se extendió por toda la colina: elegiría a Atenea.

Poseidón levantó su poderosa cabeza y se irguió todo él.

Erictonio tembló, pero no se derrumbó.

Zeus frunció el entrecejo. No se le había ocurrido que pudiera haber alguna consecuencia para el pequeño rey, más allá de la recompensa inmediata de su diosa protectora. Pero vio su expresión y notó que temblaba incontrolablemente; por alguna razón, el rey estaba aterrado. Reflexionó un momento e hizo la promesa de que no sufriría ningún daño por la decisión que tomara.

Y Erictonio nos eligió a nosotros. Eligió a Atenea. Poseidón estrelló su tridente contra el suelo y varias ciudades lejanas se hundieron bajo sus olas furiosas y desaparecieron de la faz de la tierra para siempre. Luego se zambulló en su reino resuelto a vengarse en alguien, ya que no podía castigar a Erictonio.

Atenea plantó el resto de este olivar para celebrar su victoria. Por si no lo sabías, los vencedores de las competiciones que se realizan en Atenas —deportivas, teatrales, etcétera— siguen recibiendo de premio una corona de olivo. Somos los árboles más asociados al júbilo y todo el mundo nos quiere por ello.

Los otros dioses desaparecieron al perder la esperanza de que se produjera un nuevo conflicto. A ninguno le preocupó mucho que Poseidón se enfadara, pero todos deseaban estudiar las posibles consecuencias de su fallido intento de tomar la ciudad.

Erictonio se convirtió en el primer rey de Atenas (no contamos los que lo precedieron, pues no fue realmente Atenas hasta que perteneció a Atenea y hasta que nosotros estuvimos aquí). Gobernó bien, contrajo un buen matrimonio y lo sucedió su hijo.

Atenas floreció como no lo había hecho ninguna ciudad antes ni lo haría después. Levantaron un templo enorme a Atenea en el lugar más propicio y la colosal estatua de Atenea que colocaron en su interior se hizo famosa en toda la Hélade. Construyeron un templo más pequeño a Poseidón en una colina más baja, más alejada y con unas vistas extraordinarias de casi toda la ciudad y del templo de su sobrina.

Zeus se felicitó por haber salido airoso de una situación tan incómoda.

En las salobres profundidades del mar, Poseidón acechaba y aborrecía a todos los mortales y a la mitad de los olímpicos. Buscaría la forma de perjudicar a alguien, por mucho que Zeus protegiera ahora a los odiados atenienses.

Atenea se preguntó cómo castigar a los dioses que habían votado en su contra. Pero, sobre todo, se deshizo en muestras de afecto hacia sus nuevos árboles por haberla ayudado a humillar a su tío.

Andrómeda

Andrómeda dio un respingo al oír aquel sonido tan poco humano. Vio a su padre reaccionar del mismo modo y casi se rió al ver aparecer la misma alarma en su rostro. Como imágenes invertidas en un espejo, los dos se volvieron hacia la fuente del ruido, su madre, cuyo rostro era una máscara de dolor y miedo.

—¿Qué pasa, cariño? —le preguntó Cefeo.

Pero ni él ni su hija se acercaron a ella. No había nada en su expresión ni en su postura que sugiriera que los recibiría con los brazos abiertos. Al final se le quebró la voz y tras un breve silencio rompió a sollozar convulsivamente. Andrómeda nunca había visto a su madre afligida; siempre se mostraba serena. Y a ella también le habían entrado ganas de gritar cuando vio el agua correr por los pasillos, llevándose consigo cuerpos y pertenencias.

Pero su madre ahora estaba entumecida por la conmoción y la fatiga. Los sacerdotes se quedaron en silencio en la puerta junto al mayordomo, sin apartar los ojos de la reina. ¿Era posible que la hubiera aplastado el peso de los acontecimientos de ese día? Se abanicaba con las manos mientras respiraba entrecortadamente. Andrómeda sintió cómo se apoderaba de ella la rabia. Sólo su madre era capaz de provocar por sí sola un desastre de esa magnitud.

Cefeo había salido de su estupor y, arrodillándose ante su esposa, le tomó la cara entre las manos.

—Por favor, cariño, basta ya. Ha sido un día largo y duro. Pero estás a salvo y hemos salido ilesos, y mañana empezaremos a reconstruir nuestro reino.

Los sollozos desgarradores de Casiopea empezaron a remitir. Cefeo la miró a los ojos y le acarició el pelo.

—Estos hombres nos dirán qué hay que hacer para apaciguar a los dioses. Todo irá bien. —Guardó silencio un instante—. O al menos, todo mejorará.

Andrómeda se sentía como su padre: ya no estaba segura de nada. Su madre reanudó el llanto, y ella se preguntó si debía pedir al mayordomo que condujera a los sacerdotes a un lugar lo bastante seguro y seco, y les ofreciera un tentempié. Pero le incomodaba dar órdenes delante de sus padres; la funesta proposición matrimonial había dejado en evidencia que no esperaban que decidiera nada por sí misma. Así que se quedó ahí de pie incómoda mientras Cefeo murmuraba palabras de consuelo a su esposa.

—Dime cómo puedo ayudarte. Estoy seguro de que los sacerdotes no querían angustiarte.

Andrómeda observó a los visitantes en silencio. No la tranquilizaron.

—El delito se ha cometido aquí—señaló el sacerdote principal—. De eso no hay duda.

—¿Qué delito? —le preguntó Andrómeda.

Los dos hombres la miraron alarmados; aunque fuera hija del rey, no estaban acostumbrados a que una joven se dirigiera a ellos.

—Blasfemia —respondió el de más edad.

—Provocación —corrigió el más joven.

—¿Alguien ha ofendido a Poseidón? —les preguntó ella deseando que hablaran de una vez.

Ellos asintieron con vigor.

—¿De palabra o de obra?

—Hablar es obrar —señaló el más joven.

Andrómeda se preguntó cómo aguantaba el dios a semejantes sirvientes. Luego se preguntó si ése era el tipo de cosas que contaba como blasfemia.

—¿Con qué palabras lo han ofendido? —quiso saber su padre, gimiendo ligeramente al levantarse de nuevo.

—Ella lo sabe —respondió el hombre mayor.

Andrómeda sintió una punzada de miedo, pensando que se refería a ella. Pero los hombres miraban fijamente a su madre. Casiopea se echó a temblar, primero con las manos y luego con todo el cuerpo. El taburete en el que estaba sentada repiqueteaba contra el suelo de piedra. Andrómeda no pudo soportarlo y se acercó a ella; la abrazó con fuerza hasta que el temblor remitió.

Se dio cuenta de que a su padre no le gustaban los sacerdotes y quería echarlos a los dos del palacio, pero no se atrevía a tratar con tan poco respeto a los emisarios de Poseidón.

—Cuando hables de la reina te referirás a ella como reina —lo reprendió Cefeo.

—Mis disculpas. —El sacerdote de más edad rezumaba desprecio—. La reina sabe de qué estoy hablando. Ha ofendido al rey de las olas y a su esposa.

—Lo remediará —contestó Cefeo, y Andrómeda sintió cómo el cuerpo de su madre se tensaba—. Haremos ofrendas en el templo. ¿Por qué no las estáis haciendo ya?

—Las hemos hecho —replicó el más joven—. Así es como hemos averiguado qué le ha ofendido.

—Esto es lo que nos has pedido que hagamos —señaló el mayor—. No es culpa nuestra si no te gusta la respuesta que te damos.

—Entonces mi esposa hará las ofrendas —replicó Cefeo—. Ofrecerá sus mejores joyas mientras vosotros sacrificáis cien bueyes.

Hubo un silencio. Andrómeda ni siquiera sabía si su padre todavía tenía cien bueyes, o si a su madre le quedaba una sola joya. Poseidón había arrasado con todo: quizá ya había tomado lo que se suponía que su madre debía darle de forma voluntaria.

—No es suficiente —puntualizó el sacerdote más joven.

Andrómeda veía cuánto disfrutaban los dos hombres de ese momento, ejerciendo su cometido con suma crueldad. Se preguntó por qué odiaban a su madre.

—Entonces, ¿qué? —le preguntó Cefeo. Sonaba tan cansado que Andrómeda temió que se desplomara allí mismo—. ¿Qué has dicho, amor mío? —le preguntó a su esposa.

Andrómeda esperaba que su madre volviera a gritar o se pusiera a temblar, pero no lo hizo. En lugar de ello se levantó y miró fijamente a los hombres que tanto estaban disfrutando con su caída. Ambos intentaron en vano sostenerle la mirada.

—He cometido un error —admitió ella.

Andrómeda no recordaba haber oído nunca a su madre pronunciar esas palabras.

Cefeo asintió.

—Bueno, la verdad es que todo el mundo comete errores. ¿Qué dijiste?

—Le dije a mi reflejo que era más hermosa que una nereida.

Andrómeda advirtió el espasmo de miedo y tristeza que cruzó el rostro de su padre.

—Ya veo.

—Entiendo lo que he hecho —continuó Casiopea—. Debo pagar por mi arrogancia, por supuesto.

—Por supuesto —repitió el anciano sacerdote, incapaz aún de mirarla.

—Me entregaré al mar. —La reina se mantuvo erguida y orgullosa, y en ese instante Andrómeda pensó que Casiopea tal vez no se había equivocado. Sin duda era más hermosa que cualquier diosa o mortal.

Su padre cerró los ojos. No podía salvarla ni mirarla.

—No será necesario —replicó el sacerdote más joven, quien aderezó esas palabras tranquilizadoras con la sonrisa más cruel.

Cefeo comprendió; Andrómeda vio cómo se le hundían los hombros.

—No es a ti a quien quieren.

Medusa, Esteno y Euríale

Medusa no se atrevía a salir de la cueva. No se quitaba las vendas de los ojos; sólo se las aflojaba para dormir e incluso entonces las tenía al lado, ligeramente enrolladas alrededor de las manos. Por mucho que sus hermanas la tranquilizaran, la atormentaba un pensamiento: ¿y si las convertía en piedra?

—Eso es imposible —replicó Esteno. Después de tantos años temiendo por su hermana, ahora no podía darle miedo.

—Somos inmortales —añadió Euríale—. Tu mirada no tendría más impacto que una espada que se clava o un cuchillo que se retuerce.

—No lo sabéis —repuso Medusa volviendo la cabeza hacia la pared.

Y tenía razón; no lo sabían.

Así que Medusa tenía que escoger entre exponerse a hacer daño a una de sus hermanas o dejar de verlas para que no corrieran ningún peligro. Ella lo tenía claro, pues no compartía la confianza de éstas en que serían inmunes a su mirada letal.

La magnitud de su pérdida era innegable. Echaba de menos el sol, la arena, los pájaros, el cielo, las ovejas y, sobre todo, los rostros cariñosos de sus queridas hermanas gorgonas. Había aprendido a disfrutar de los chillidos de las gaviotas y del repiqueteo de las pezuñas sobre las rocas, pero se sentía muy aislada en la oscuridad. Y no tenía a nadie a quien contárselo, porque si alguna de sus hermanas hubiera sospechado lo inmensamente sola que se sentía, no le habría dejado pasar un día más con los ojos tapados. Así las cosas, Euríale seguía sugiriéndole experimentos para calibrar el poder de su mirada. Prueba a mirar el ala de un cormorán, le decía. Necesitamos averiguar si sus ojos tienen que encontrarse con los tuyos o basta con que lo mires.

—¿Y si convierto una de sus alas en piedra? —le preguntó Medusa.

—Entonces sabremos más de lo que sabíamos antes.

—¿Qué ha hecho el pobre cormorán para merecer un ala de piedra? ¿Y cómo puedo estar segura de que no miro algo más?

Medusa no dio su brazo a torcer; sabía, aunque no habría podido explicar cómo, que sus ojos tenían que encontrarse con los de su presa para convertirla en piedra. Pero ella no quería tener ninguna presa más. Tampoco quería responder a más preguntas sobre cómo funcionaba su nuevo poder. Rechazó las ideas de su hermana alegando que, de todos modos, la luz le provocaba dolor de cabeza y no quería que fuera a más si podía evitarlo. Esteno le puso una mano en el hombro a Euríale y sugirió que dejaran a Medusa hacer lo que le pareciera mejor.

Pero era muy duro, después de lo mucho que la habían cuidado, que su hermana hubiera sufrido a manos de Poseidón y luego de Atenea.

Euríale quería que Medusa se aprovechara de su poder letal. A las gorgonas siempre les había dolido ver a su hermana como una criatura frágil que necesitaba de su protección. Ahora tenía la manera de defenderse.

—Puede convertir en piedra a cualquier criatura viva —le murmuró una noche Euríale a Esteno después de que Medusa se hubiera dormido. Daba vueltas en las manos al escorpión de piedra, recorriendo con las garras el cuerpo segmentado—. A cualquiera.

—Eso creo.

—Pero ¿entiendes lo que significa? Significa que tiene una fuerza tan poderosa como la nuestra. Por fin.

—Es cierto. —Pero la voz de Esteno sonaba titubeante.

—¡Puede protegerse por sí sola! —Euríale no entendía por qué su hermana no se alegraba tanto como ella. ¿Por qué ninguna de sus dos hermanas parecía alegrarse?

—No puede hacer otra cosa —siseó Esteno.

—¿Qué quieres decir?

—El poder es algo que puedes controlar. Medusa es capaz de convertir cualquier cosa en piedra, es cierto. Pero no puede dejar de hacerlo si no quiere.

—¿Por qué no querría hacerlo? No entiendo adónde quieres llegar.

Esteno guardó silencio unos momentos para poner en orden sus ideas.

—Lo que digo es que no puede evitar convertir cualquier criatura en piedra. Aunque no quiera, la mira y la mata.

—¡Sí! Es un gran poder.

—Y una gran maldición. Porque no puede mirar a ningún ser vivo sin destruirlo.

Euríale dejó de dar vueltas al escorpión de piedra y se quedó pensativa.

—Sólo es un escorpión. Hay muchísimos en las cuevas. Cientos, probablemente.

—Y Medusa podría matarlos a todos con sólo volver la cabeza.

—Siempre nos ha preocupado que le picara un escorpión —insistió Euríale. Empezaba a entender adónde quería llegar su hermana, pero no deseaba renunciar a la sensación de vértigo que sentía—. Ahora ya no podrán hacerle daño.

—Es cierto, ya no podrán picarle —coincidió Esteno—. Pero Medusa ya no podrá volver a mirar a un pájaro. O a una de nosotras. O a una joven mortal. No podrá hacerse amiga de nadie ni amar a nadie a menos que sea ciega para ellos. Porque si trata de entrever siquiera a algún ser vivo, lo matará.

—Lo petrificará —puntualizó Euríale.

—Exacto. Por eso se esconde en la cueva y se tapa los ojos, y se consuela pensando que nunca volverá a ver.

—Podría mirarnos a nosotras.

—No lo hará. Le aterra matarnos.

—No puede. Sabe que no morimos.

—Ella sabe que su nuevo poder proviene de una fuente imperecedera, pero no sabe cómo nos afectaría. Por eso se ha vendado los ojos, para asegurarse de que no nos hace daño.

—Podría probarlo —insistió Euríale.

—No lo hará y lo sabes. Nos quiere y nunca se arriesgará a hacernos daño a una de las dos.

—Pero no puede vivir eternamente en la oscuridad.

—Eso es exactamente lo que se propone.

Euríale soltó un gemido grave.

—¿Cómo sabes todo esto? Ella no habla.

—Por la misma razón por la que tú lo sabes.

Atenea

El acantilado se partía y resquebrajaba ante sus ojos, y Perseo no tenía ni idea de hacia dónde dirigirse. Vio una roca bastante plana y se sentó en ella, jadeando. Helios estaba alto y lanzaba sus rayos más brillantes sobre su cabeza dolorida. Perseo pensó en Hermes y en el sombrero de paja de ala ancha que llevaba cuando se encontraron en Sérifos, en el bosque sagrado de Zeus. Lo veía tan lejano —en el tiempo y en el espacio— que lo invadió una melancolía repentina. No creía haber fracasado aún en su misión, pero era muy difícil llevar la cuenta de los días. ¿Cuánto había tardado en llegar hasta las Grayas? ¿Y de allí al jardín de las Hespérides? Le había parecido un instante, como si el mundo se hubiera reordenado ante él. Pero había llegado a cada nuevo lugar agotado, hambriento y deshidratado. Así que tal vez el viaje había durado muchos días y los dioses simplemente lo habían desorientado.

Casi podía percibir el desdén corrosivo que habría impregnado la voz de Atenea si le hubiera leído el pensamiento. Como si le cupieran más burlas de la diosa. Una lagartija de un verde intenso se le cruzó en el camino y dio un respingo. Le habría gustado tener el sombrero de ala ancha de Hermes en lugar del gorro que llevaba en el morral. Pensándolo bien, también le habría gustado no llevar el morral. Pesaba tanto que le magullaba los hombros. Tenía la túnica cubierta de finas marcas blancas que la sal del sudor había dejado debajo de las correas, de modo que hasta cuando no cargaba el morral se acordaba de él. Aunque siempre lo llevaba encima, pensó, aparte de cuando dormía o descansaba. La primera noche había intentado usarlo como almohada poniendo la capa doblada encima. Había pasado muchas noches desagradables desde que se embarcó en la expedición, pero ésa se llevó la palma. Decidió que el morral lo odiaba. No quería estar en sus manos ni que él lo utilizara. Cada hora que pasaba se hacía más evidente, y la única causa que se le ocurría era el resentimiento.

Sacó el odre del morral y se lo llevó a los labios. El agua estaba tan caliente y arenosa que seguía teniendo sed cuando lo tapó y lo guardó. Tarde o temprano encontraría un arroyo, pero no sabía cuándo ni dónde. Notó que le ardían las mejillas, pero no debido al calor del sol, sino a la vergüenza que sentía constantemente por ser tan poco apto para la aventura. No podía dejar de pensar en que otro expedicionario habría sabido hasta dónde había llegado y qué camino debía tomar a continuación. Tenía la sensación de ir de un lugar a otro dando tumbos hasta que intervenían los dioses. El hecho de que éstos intervinieran en su favor era un signo de su propia heroicidad, se recordó. Un hombre inferior no tendría aliados tan poderosos. Pero eso no le levantaba el ánimo por mucho tiempo. Zeus lo había engendrado, era cierto, pero eso se debía a su madre, a quien el dios amó. Él, Perseo, era casi anecdótico. Ni siquiera había conocido a su padre.

Y ahí estaba ahora. Podía descolgarse por las rocas que parecían acercarlo al mar. O seguir subiendo con la esperanza de encontrar agua dulce y provisiones tierra adentro. Volvió a preguntarse a qué distancia se hallaba de las gorgonas y sintió otra oleada de rabia por saber tan poco cuando esperaban tanto de él. Murmuró una plegaria breve pero sentida a su padre.

—Bueno, entonces no deberías haberlo elegido a él, ¿no es cierto?

Perseo dio un respingo al oír a Atenea. Se volvió y perdió el equilibrio, y cayó de la roca a la que se había encaramado antes de darse cuenta, aliviado, de que la diosa no le gritaba a él. Tampoco lo miraba, lo que significaba que podía levantarse sin avergonzarse aún más.

—No es posible que te importe. —La incredulidad que traslucía la voz de Hermes contrastaba con la indignación de Atenea.

—¡¿Cómo que no?! —replicó ella a gritos—. ¿Por qué no iba a importarme? Era mi ciudad y tú has intentado dársela a él.

—No he hecho nada de eso. Mi voto no era suficiente para cambiar nada, y lo sabes.

—¡Sirvió para que hubiera empate! Así que padre tuvo que pedir a un juez independiente que decidiera.

—No tan independiente —murmuró Hermes, y ella le sostuvo la mirada—. Además, mi voto no valía ni más ni menos que el de los demás. ¿Por qué no les pegas la bronca a ellos?

—Porque no están aquí —gruñó ella—. Y tú fuiste el último en votar y te regodeaste porque hubiera empate.

—Todo el mundo se regodeó con el empate. ¿Qué más da que yo fuera el último?

Perseo comprendió que debía guardar silencio.

—Pero yo pensé que podía ganar —replicó Atenea—. Pensé que me elegirías a mí, después de todo lo que hemos viajado juntos.

—Soy el dios mensajero. He viajado con todo el mundo.

—Bueno, pensé que yo te gustaba.

—¿Por qué?

Ella guardó silencio un momento.

—No lo sé.

—¿Qué cambia si me gustas o no?

—Pero ¿te gusto?

Perseo levantó la vista del suelo pedregoso, que había estado observando con detenimiento. Hermes estaba frente a Atenea, con una sonrisa menos pronunciada que de costumbre. Atenea tenía la misma expresión de siempre, pensó Perseo, pero aún más acusada.

—En realidad no. Creo que Zeus te malcría. Y eso hace que seas quejica y gritona.

—Pues a mí tampoco me gustas —soltó Atenea.

—¡Entonces no te puede importar a quién he votado ni por qué!

Ella se volvió y miró a Perseo.

—¿A ti te gusto?

Perseo se preguntó si no debería tirarse por el acantilado antes de que las cosas empeoraran.

—Sí —respondió.

Atenea se volvió hacia Hermes

—¿Lo ves? Soy simpática. Él no piensa que grito. ¿Verdad que no?

—No, a menos que quieras que lo piense.

Hermes se echó a reír.

—Te tiene miedo. Dirá lo que cree que quieres oír.

—¿Me tienes miedo? —le preguntó ella.

—Sí.

—Bueno, pero tú no crees que sea una gritona.

—No. Supongo que no podéis volver a ayudarme, ¿verdad?

Atenea puso cara de exasperación.

—Sabía que Zeus nos había enviado aquí por alguna razón. ¡¿De qué se trata ahora?!

Perseo intentó contener una mueca de dolor mientras ella le gritaba.

—No sé por dónde tengo que ir —admitió—. Ni lo lejos que está el camino. Ni dónde puedo conseguir agua fresca. O si se pueden comer esas bayas.

Atenea miró a Hermes.

—Así que según tú soy yo la quejica, ¿eh?

—No, es él. —A continuación Hermes se volvió hacia Perseo y habló lentamente—: Sigue la costa, como te indicó Atenea. Sabrás que has encontrado a las gorgonas cuando las veas.

—Pero no sé cuánto falta —insistió Perseo—. ¿Y si no las veo?

—¿Crees que podrías pasar junto a las gorgonas sin darte cuenta? —le preguntó Atenea.

—No lo sé. Quiero decir que no sé... —Al ver que los dos dioses fruncían el ceño, se interrumpió. Quizá no era el momento.

—¿No sabes qué? —le preguntó Hermes.

—Nada.

—Zeus nos ha enviado aquí por alguna razón —le explicó Atenea—. Seguro que hay algo que necesitas saber.

—Bueno, es sólo que nadie me ha dicho cómo son las gorgonas y yo no lo sé.

Hermes y Atenea se miraron, olvidando su animadversión.

—¿No lo sabes? —repitió el dios mensajero.

—No.

—¿De modo que estás buscando la cabeza de una criatura que no sabrías identificar? —insistió Hermes.

—Sí.

—¿No se te ocurrió preguntárselo a alguien antes de salir? —intervino Atenea.

—No.

Hermes negaba con la cabeza.

—¿Y no te pareció que te haría falta saberlo?

—Sí. Pero no sabía a quién preguntárselo.

—¿Por qué no al rey que te embarcó en semejante misión? —le sugirió entonces Atenea—. Polidectes. ¿Lo recuerdas?

Perseo parecía horrorizado.

—No podía preguntárselo a él. Me habría tomado por estúpido.

—Ya veo. Y eso te habría desanimado —replicó Hermes—. Podrías habernos dicho que no tenías ni idea de lo que estabas haciendo cuando te encontramos.

—Ahora que lo dices, parecía el tipo de persona capaz de embarcarse en la búsqueda de una cabeza de gorgona sin saber qué era una gorgona —señaló Atenea.

—Ya pensabais que era idiota. No quería empeorar las cosas.

—Pues ahora están peor —respondió Hermes—. Ahora creo que eres mucho más estúpido de lo que me habría pensado si lo hubieras dicho al principio.

—Ya.

—Yo probablemente no —puntualizó Atenea—. Pero eso es porque cuando nos conocimos me pareciste tan increíblemente estúpido que no había demasiado margen.

—Ya. Te lo agradezco.

—Entonces, ¿has recorrido la costa preguntándote si lo que veías podía ser una gorgona? —ratificó Hermes.

—Sí.

—¿Como las gaviotas, las ovejas o las tunas? —le preguntó Atenea.

—Bueno, todo eso lo conozco. Pero por lo demás, sí.

—¿Así que acabas de pedir ayuda a Zeus y lo que necesitas es saber qué aspecto tiene una gorgona? —insistió Hermes.

—Lo siento.

—No, sólo quería estar seguro. Entonces, ¿podría darte cualquier respuesta y me creerías?

El pánico inundó el rostro de Perseo. Si los dioses decidían engañarlo no tendría forma de saberlo hasta llegar a Sérifos. Ya podía ver el desprecio cruel en los ojos del rey mientras se deleitaba con su fracaso y oír las burlas de sus cortesanos. Se dio cuenta de que seguía faltándole el aliento aunque se había sentado en la roca para recuperarse de la escalada. Tal vez Zeus intervendría para salvarlo, pensó. O, en su defecto, tal vez Polidectes tampoco sabría qué era una gorgona y él podría echarse un farol. Aun mientras lo pensaba, reconoció que era poco probable.

—Las gorgonas son criaturas inmortales —le explicó Atenea—. ¿De verdad no lo sabías?

—No. Bueno, sí, supongo que habría adivinado que eran algo así, porque las Grayas mencionaron que eran sus hermanas.

Perseo intentó en vano reprimir el escalofrío que lo recorría cada vez que pensaba en aquellas odiosas brujas.

Si hubiera sido lo bastante valiente, le habría dicho a Atenea que esperaba que fueran exactamente como las Grayas, porque entonces no tendría dificultad en decapitar a una.

—En efecto, son hermanas de las Grayas —corroboró Hermes, y Perseo supuso que su pomposidad formaba parte de su naturaleza y había que tolerarla.

—Pero son mucho más mortíferas —puntualizó Atenea.

Eso no era lo que él esperaba oír.

—¿Más mortíferas? ¿Como cuánto más?

—Bueno —respondió Hermes apoyándose en su bastón—. Mucho más. Las Grayas son viejas y ciegas, y sólo tienen un diente entre todas. Mejor dicho, tenían. Las gorgonas, en cambio, son depredadoras.

—¿Como los gatos salvajes? ¿O las águilas?

—No —intervino Atenea—. Como criaturas peligrosas que te tragarán entero si las haces enfadar.

—Ya veo. Suerte que las Hespérides me dieron esta espada. —El *harpē* era lo único de lo que Perseo no se había quejado desde que la tenía.

—Creo que sólo te la prestaron —señaló Hermes—. Es de tu padre y querrá que se la devuelvas.

—¿Qué aspecto tienen? —les preguntó Perseo.

—Hay que preocuparse por los colmillos —señaló Hermes—. Tienen unos dientes enormes y afilados con los que podrían triturarte los huesos en un abrir y cerrar de ojos.

—De acuerdo. Evitar los dientes.

—También tienen alas —indicó Atenea.

—Entonces, ¿pueden volar hacia mí con sus dientes?

—Y son increíblemente fuertes —añadió Hermes—. En realidad, tanto como un dios.

—¿Así que hay que evitar no sólo los colmillos sino más bien a toda la criatura?

—Eso sería lo ideal.

—Pero tengo que decapitar a una. —Perseo se quedó pensativo—. ¿Quizá podría acercarme a ella por detrás, sin hacer ruido?

—Sí y no —respondió Hermes.

—¿Por qué no?

—Por las serpientes, claro —espetó Atenea.

—¿Viven en un lugar rodeado de serpientes? —preguntó Perseo, quien estaba tan concentrado en averiguar lo que eran las gorgonas que no se había parado a pensar en el entorno en el que podían vivir.

—No —contestó Hermes—. Las que están rodeadas de serpientes son ellas.

Perseo suspiró. No le daban miedo las serpientes, o eso creía. Pero probablemente dependía de cuántas fueran, y aquello no pintaba nada bien.

—¿Las gorgonas están rodeadas de serpientes? ¿Están sentadas entre ellas o...?

—Forman parte de ellas —explicó Atenea.

—Entiendo. Supongo que no están a ras de suelo. ¿Dónde se suelen ver?

—No es eso. Tienen serpientes en lugar de pelo.

—¿En serio? ¿En la misma cabeza?

—Sí —respondió Hermes—. No podrías acercarte a una de ellas por detrás porque las serpientes te verían.

Perseo se preguntó cuánto podía empeorar la situación.

—¿Y las serpientes pueden hablar?

Los dos dioses lo miraron como si fuera estúpido.

—Por supuesto que no —replicó Atenea—. Son serpientes.

—Entonces, ¿cómo se comunican con las gorgonas?

—Sisean —explicó Hermes—. Supongo que es como hablar con ellas.

Perseo se sintió tonto y vagamente ofendido.

—¿Me verían las serpientes en la oscuridad de la noche?

—Creo que sí —respondió Hermes—. Las serpientes pueden ver en la oscuridad, ¿verdad?

Atenea asintió.

—¡No sé cómo alguien podría decapitar a uno de esos monstruos inmortales! —gritó Perseo, y se dejó caer hacia delante.

—A veces me cuesta creer que seas hijo de Zeus —admitió Hermes—. Aunque él cree que lo eres, así que será cierto.

—¿Por qué? Todo lo que me habéis dicho me induce a pensar que es un cometido imposible. Pueden devorarme, vuelan, son más fuertes que yo y están cubiertas de serpientes.

—Tú tienes el gorro de Hades —le recordó Atenea.

—Tengo un gorro —repitió él.

—Es el gorro de Hades y hace invisible a quien lo lleva.

Se quedaron en silencio.

—Supongo que eso me ayudará con las serpientes —dedujo Perseo—. Podría acercarme a las gorgonas sin que ellas se dieran cuenta, después de todo.

—Tienen muy buen oído —señaló Atenea.

—Sí, pero podría hacerlo mientras duermen.

Los dioses volvieron a mirarse.

—Las gorgonas no duermen —le explicó Hermes—. Son gorgonas. Bueno, puede que una duerma, pero las otras dos no.

—Pensé que tal vez tenían que echarse de vez en cuando para dejar que descansen sus serpientes y demás.

—Pues no lo hacen —respondió Atenea.

—Entonces, ¿siempre están despiertas y en alerta? —A Perseo le tembló un poco la voz.

—Son criaturas racionales que no quieren morir —explicó Hermes—. Tienes la espada que te ha dejado tu padre. Y el gorro de la oscuridad que te ha prestado el mismísimo Hades. No puedes esperar que todo sea fácil o no estarías llevando a cabo una misión, ¿no? Podrías haberte quedado en Sérifos y uno de nosotros te habría llevado la cabeza de gorgona.

Perseo hacía rato que pensaba que ésa habría sido la solución ideal a sus problemas, pero algo en el tono de Hermes hizo que se abstuviera de pronunciarlo en alto.

—Creía que habíais dicho que eran inmortales. —Frunció el entrecejo. Cada logro, ya fuera de información o de un poco de ayuda divina, parecía ir acompañado de una pérdida.

—Dos de ellas lo son —le aclaró Atenea—. La tercera es mortal.

—Entonces, ¿tengo que decapitar a la mortal?

—Es evidente —contestó Hermes.

—Si pueden, la defenderán —se apresuró a decir Atenea—. La quieren mucho.

—¿Por qué iba alguien a querer a un monstruo?

—¿Quién eres tú para decidir quién es digno de amor? —le espetó el dios mensajero.

—Yo no...

—¿Y quién eres tú para decidir quién es un monstruo?

—Es ella la que las ha llamado monstruos —replicó Perseo señalando a Atenea.

—No es verdad. He dicho que eran unas criaturas peligrosas, y lo son. Tú eres el que piensa que todo lo que no se parece a ti es un monstruo.

—¡Pero tienen serpientes en lugar de pelo! —gritó Perseo.

—Las serpientes no son monstruos —sentenció Hermes.

—Y colmillos.

—Los jabalíes tampoco son monstruos.

—Y alas.

—Estoy seguro de que ni siquiera tú crees que los pájaros son monstruos.

—Tengo que luchar con una y cortarle la cabeza. A mí me parecen bastante monstruosas.

—No podrás luchar con ellas —lo corrigió Hermes—. Creía que eso había quedado claro. Tendrás que acercarte a la mortal mientras sus hermanas inmortales están en otra parte.

—¿Y cómo sabré cuál de ellas es la mortal?

—No tiene colmillos —respondió Atenea—. Y sus alas son más pequeñas y sus serpientes más jóvenes.

—Bueno, algo es algo. Al menos me propongo decapitar a la menos peligrosa.

Hermes asintió. Atenea dejó que su frente perfecta se frunciera por un momento.

—Hay algo más.

Andrómeda

Andrómeda no había gritado ni forcejeado cuando le dijeron que Poseidón había ordenado sacrificarla a ella. No quería que los odiosos sacerdotes la vieran asustada. Además, su madre no había dejado de llorar y suplicar desde que había roto su silencio. Estaba encarnando el papel que Andrómeda habría elegido para sí, y en los momentos en los que se quedaba sola se sentía molesta con ella. ¿Cómo se atrevía su madre a presentarse como víctima inocente de todo lo ocurrido cuando su estúpida jactancia irreflexiva había costado ya tantas vidas? ¿Y cuando la única vida que habían perdonado las ninfas del mar a las que había ofendido era la suya?

Aun así Andrómeda logró contener su resentimiento. Iba a perder a su madre de todos modos: ¿qué ganaría enfureciéndose con ella? Lloraba en silencio cuando estaba sola y, por lo demás, se comportaba como si hubiera sido el destino, y no el estúpido orgullo de su madre, el que había decretado aquel horrible final para su joven vida. Y en su fuero interno se alegraba de que su tío (y futuro marido indigno) hubiera desaparecido. Su padre había enviado mensajeros a todas partes, pero ninguno logró averiguar dónde estaba o qué le había sucedido.

No se había confirmado su muerte ni se había encontrado su cuerpo, y su casa se hallaba tierra adentro, lejos de las aguas. A Andrómeda le produjo una macabra satisfacción descubrir en los últimos días que le quedaban de vida que sus expectativas acerca de él se habían cumplido y superado. En realidad, a su tío sólo le había atraído la juventud de la novia y la mayor proximidad al poder como miembro de la familia real; no tenía ningún interés personal en Andrómeda. De entrada, a su padre le preocupó su desaparición. Pero a medida que pasaban las horas, hasta él se dio cuenta de que Fineo no pensaba apoyar a su familia. Tenía previsto quedarse donde estaba hasta que pasara la crisis.

Andrómeda no se regodeó con el hecho de que ella había tenido razón y sus padres se habían equivocado; no parecía tener sentido cuando disponía de tan poco tiempo. Pero se preguntó si, en el caso de que sobreviviera por alguna intervención divina a cualquiera que fuese el castigo que se consideraba necesario, sus padres le permitirían escoger a su propio marido. Habría sido una gran satisfacción. De haber tenido más tiempo.

La mañana del sacrificio se despertó temprano y despidió a las esclavas que acudieron para ayudarla a vestirse. Escogió un quitón que no le gustaba demasiado, pero que había sobrevivido intacto a la inundación. Era de un blanco crema con un par de líneas de puntos oscuros en la parte delantera. También tenía a ambos lados unas rayas verticales que iban de debajo del brazo al dobladillo. Añadió un collar de grandes cuentas de cornalina y unos pendientes de delicadas esferas de oro prensadas formando un círculo. De cada disco colgaban tres lágrimas de oro y cornalina. Deslizó los pies en las sandalias que llevaba puestas cuando llegó el agua, las únicas que no había perdido.

Las mujeres la ayudaron a ponerse el tocado, que era muy ornamentado y pesado, y había estado guardado hasta ese momento. Por fuera tenía un diseño ondulado de hojas de loto. Llevaba el pelo suelto, cubierto por un velo transparente adornado con pequeñas cuentas que lo sujetaban.

Sabía que estaba impresionante, y que iba a ser un sacrificio digno de las ninfas a las que su madre había enfurecido. Cuando sus padres la vieron se echaron a llorar. Habían esperado ver a su hija con tales galas en un día de celebración, tal vez en su propia boda. Hasta el sacerdote más joven pareció abatido cuando Andrómeda salió del palacio a la brillante luz de la mañana. El de más edad, en cambio, estaba disfrutando aún más si cabía que cuando dieron la noticia a su padre. Cuanto más lloraba su madre —sus ojos, antes hermosos, estaban cada vez más hinchados—, más complacido parecía. Andrómeda lo miró con fijeza a través del velo, y notó cómo su atrevimiento lo enfurecía.

Vio que había toda una procesión para acompañarla al lugar del sacrificio. Su padre siempre había sido un rey popular, pero su pueblo sabía que lo había castigado el mismísimo Poseidón. Andrómeda supuso que no perdonarían a la reina en mucho tiempo; los sacerdotes no habían ocultado la causa de la ruina de Etiopía. Por el momento los ciudadanos estaban demasiado despojados y agotados por sus propias penalidades para exigir venganza contra la reina. Pero hasta que quedara vivo uno solo de los que habían sido despojados aquel día, el nombre de su madre sería pronunciado con una maldición.

Andrómeda echó a andar muy despacio hacia la nueva orilla siguiendo a los dos sacerdotes. Estaba preparada para afrontar la ira y el escarnio, pero la muchedumbre guardó silencio. En lugar de burlarse de ella caminó a su lado. No sabía si era un gesto compasivo o el anhelo de ver a la princesa recibir su merecido. Pero agradeció no estar sola cuando el suelo desapareció ante ella y vio lo imposible: el desierto hecho mar.

¿Cómo habían decidido los sacerdotes el lugar donde la atarían y la abandonarían en las aguas del océano?, se preguntó. ¿Habían escogido un lugar donde estaban convencidos de que se ahogaría lo antes posible, o contaban con que sobreviviera el tiempo suficiente para ver cómo el agua se elevaba en otro maremoto y se la llevaba en el momento que se le antojara? Al acercarse comprendió el porqué de la elección: había un par de árboles muertos muy pegados junto a un peñasco. El sacerdote de más edad apenas pudo contener su satisfacción cuando ordenó a su colega más joven que atara a la princesa entre los dos troncos marchitos.

Andrómeda se quedó mirando fríamente al frente mientras él pasaba la cuerda alrededor de una rama muerta que sobresalía —una, dos, tres, cuatro veces— y la tensaba contra su muñeca derecha. Ella tenía el brazo un poco levantado y notaba la presión de la corteza delgada y astillada. Sentía los ojos de él fijos en ella, pero no quiso mirarlo. Él hizo el último nudo y ella movió los dedos para comprobar si todavía podía doblarlos. El sacerdote se colocó detrás de ella para atarle el otro brazo a una rama del segundo árbol.

Frente a ella estaba el altar improvisado: una caja de madera con zarcillos y círculos tallados. Encima había un *calathus* o cesto tejido con varillas de sauce para amontonar en él las ofrendas. Andrómeda se preguntó por qué habían hecho un altar con una caja y un cesto, pero ya sabía la respuesta. A aquellos hombres les traía sin cuidado Poseidón, por mucho que sirvieran en su templo y engordaran con sus ofrendas. No lo veneraban con celebraciones, sólo vivían para castigar a los que blasfemaban.

Y a la hija de los que blasfemaban. Sin dejar de oír el llanto compulsivo de su madre detrás de ella, Andrómeda miró hacia el mar que se disponía a tragarla. Casi deseó que el sacerdote le hubiera vendado los ojos para no ver llegar la muerte. A veces hacían eso con los animales, ella lo había visto. En lugar de exponerse a que una vaquilla saliera huyendo al ver la brillante hoja del cuchillo, le vendaban los ojos para que se enfrentara serenamente con su destino. ¿Levantaría Poseidón el mar para ahogarla? Intentó imaginar cómo se sentiría al ver cada vez más cerca el agua. Y luego se preguntó si sería peor oírla solamente, sin estar segura de dónde estaba hasta que la alcanzara. ¿O la dejarían allí hasta que muriera de sed o de hambre? ¿La rechazaría el mar en lugar de reclamarla? Aunque hacía mucho calor, Andrómeda temblaba de pies a cabeza.

Sus padres se acercaron; oía a su madre hablando atropelladamente mientras trataba de negociar con el sacerdote de más edad. Deja que te ofrezca esto, y esto, y esto. Siguió el tintineo de metal contra metal, y Andrómeda tardó un momento en darse cuenta de que su madre estaba arrancándose collares, pulseras, pendientes, todo el oro que podía llevar encima. Iba amontonándolo en sus manos y se lo ofrecía al sacerdote para intentar salvar la vida de su hija. Se le hizo un nudo en la garganta.

No quería que sus padres la vieran llorar, ni aumentar los remordimientos y la tristeza de su madre. Pero una vez que afloraron las lágrimas le cayeron por el rostro. Sin pensarlo, tiró de las cuerdas que le sujetaban las muñecas e intentó secarse los ojos con las manos. Las lágrimas le provocaron un cosquilleo en las mejillas y las cuerdas se le clavaron en las muñecas.

Y en aquel momento decidió que, después de todo, no tenía por qué morir en silencio.

Atenea

—Lo siento —le dijo Perseo—. Creo que lo he entendido mal.

—No estoy tan seguro —replicó Hermes.

Se había resistido a apostar con Dioniso sobre cuánto duraría ese hijo de Zeus, porque había temido que el rey de los dioses se lo tomara a mal. Pero en ese preciso instante lo invadió una emoción que tardó un momento en identificar como arrepentimiento. ¡Si lo hubiera sabido!

—Creo que sí —insistió Perseo—. Porque me ha parecido que decías que la gorgona mortal, o sea la que tengo que decapitar, porque a las otras no es posible hacerles daño porque son inmortales, y además podrían aplastarme como a un montón de ramas secas, esta gorgona ahora tiene el poder de convertirme en piedra con sólo mirarme. Y no puedo haberlo entendido bien, ¿no? Porque si eso es lo que querías decir...

Los dos dioses lo miraron fijamente.

—Los mortales suelen quedarse sin aliento antes de pronunciar tantas palabras —señaló Atenea.

—Me pregunto si acostumbran a enfrentarse a una muerte segura —indicó Perseo.

—Te has puesto rojo —comentó Atenea.

—¡Porque he fracasado! —gritó él—. ¿Cómo voy a cumplir ahora la promesa que le hice a mi madre? —Se tapó la cara con las manos y lloró.

—Yo ni siquiera tengo madre —replicó Atenea—. Seguro que a ella no le importará.

—Pero ella lo perderá todo si yo fracaso. O me voy a casa ahora mismo sin la cabeza de gorgona con la que comprar su libertad o muero en el intento.

—Creo que eso último no te conviene —apuntó Hermes—. En términos relativos, quiero decir.

—Lo sé —coincidió Perseo—. Y menos a mi madre.

—Para ella es lo mismo —respondió Atenea—. Se casará con el rey de todos modos, ¿no?

Perseo bajó las manos y miró a la diosa.

—No me gusta llevarte la contraria, pero no es lo mismo.

—¿Ah, no? —le preguntó Hermes.

—No. Porque de una manera perderá su libertad y su felicidad. Y de la otra, además de su libertad y su felicidad, perderá a su único hijo.

—Sí, claro —admitió Hermes—. ¿Y eso le importaría más?

—Sí. Le importaría más.

—Creo que estás poniéndote un poco melodramático —opinó Atenea—. Te comportas como si hubieras tenido más posibilidades de conseguirlo de haber ignorado el poder de la gorgona.

—No —replicó Perseo—. Me comporto como si llevara días trepando por una isla rocosa aterradora, tratando con viejas brujas horribles, suplicando a ninfas que se ríen de mí y pateándome una playa desolada, y todo para nada.

—Te estás poniendo rojo otra vez —señaló ella—. En realidad no has dejado de estar rojo desde la última vez que te has olvidado de respirar.

Perseo respiró hondo, pero la situación no mejoró en absoluto.

—¿Cómo voy a enfrentarme a ella? ¿Cómo voy a presentarme en la casa de Dictis y confesarle que he fracasado?

—Yo diría que te será mucho más fácil si no estás petrificado.

Hermes seguía disgustado por no haber aceptado la apuesta.

¿Por qué Atenea nunca avisaba cuando maldecía a alguien así? No era de extrañar que la mitad de los olímpicos prefirieran a Poseidón, a pesar de que sus continuas quejas resultaran tan tediosas.

—Sí, gracias —espetó Perseo—. Tu argumento es incontestable.

—Yo estaba a punto de darte el consejo que necesitas para culminar tu expedición —explicó Atenea—. Pero tal vez ya no hace falta.

—¿Qué consejo? —Perseo no quería volver a crearse expectativas sólo para que uno de aquellos fríos inmortales las defraudara.

—Ah. Ahora quieres saberlo.

—Claro que quiero.

—Porque hace un momento estabas gritando que te ibas a morir.

Hubo un silencio.

—Es cierto —admitió Perseo—. Ha sido una noticia difícil de encajar.

—Entonces, ¿has cambiado de opinión? ¿Vuelves a necesitar ayuda?

—Creo que siempre la he necesitado. Sólo me ha parecido que podrías haber mencionado que había una ayuda, en caso de que la haya, cuando has mencionado lo de la mirada mortal.

—Eres bastante irritante —replicó Atenea.

La mirada de Hermes iba de la dorada e impenetrable Atenea a un Perseo sonrojado y lleno de manchas, y negó con la cabeza.

—Nadie diría que sois parientes.

Atenea lo fulminó con la mirada.

—No tiene punto de comparación.

—No quisiera suponer... —empezó Perseo.

—Pues no lo hagas —lo interrumpió ella.

—Pero ¿podrías darme el consejo que has mencionado? —le preguntó.

Atenea suspiró.

—Todo lo que tiene que ver contigo hace que me arrepienta de estar ayudándote. Pero ya que se lo prometimos a Zeus, éste es el consejo. La gorgona sólo podrá matarte si te encuentras con su mirada. El reflejo no basta. ¿Comprendes?

—Entonces, ¿debo decapitarla desde detrás de un espejo?

—¿Tal vez de un escudo? —apuntó Hermes.

—De acuerdo —respondió Perseo.

—Además la gorgona mortal sí que duerme —añadió Atenea.

—¿A diferencia de las inmortales? ¿Las que también pueden matarme?

—Sí.

—No sé de qué me sirve saberlo.

—Cuando duerme cierra los ojos —aclaró entonces Atenea.

—Ya veo. —Perseo por fin parecía menos desdichado—. ¿Así que tengo que esperar a que se duerma y a que sus hermanas estén distraídas para decapitarla?

—Sólo necesitarás el gorro de invisibilidad de Hades y mis sandalias aladas —respondió Hermes—. Y la espada curva que tienes del mismo Zeus, y el consejo de la diosa de la sabiduría.

—Supongo que es un comienzo —dijo Perseo.

Medusa

Medusa veía la cueva como la había visto siempre. Podía palpar la roca lisa recorriendo con la punta de los dedos las paredes. Podía percibir todos los recovecos y las grietas mientras las criaturas que habitaban en la oscuridad se escabullían por el suelo cubierto de piedras y arena. El tacto y los ruidos creaban imágenes delante de sus ojos vendados, y en su afán por recuperarse de la maldición se desplazaba casi con la misma confianza que antes. Y aunque le habían cegado los dos ojos que tenía, después había adquirido muchos más.

Al principio las serpientes tuvieron paciencia, porque no conocían otra vida. Pero echaban de menos el calor y la luz. Se aburrían dentro de la cueva y no lo disimulaban. Formaban parte de Medusa y Medusa formaba parte de ellas, y suspiraron y gimieron hasta que ella comprendió que no podía seguir escondiéndose de la luz que sus compañeras anhelaban.

Luego las serpientes se relajaron al darse cuenta de que tenían la luz que ella necesitaba y que no estaba en la naturaleza de Medusa esconderse. Por muy protectoras que fueran las gorgonas, ella sola no habría podido mantenerse escondida en la cueva. Esteno quería que regresara al exterior cuanto antes, pero Euríale negó con la cabeza. Medusa necesitaba volver a la vida paso a paso. Había perdido tanto —el cuerpo, el pelo, la vista— y tan rápido que sólo podría recobrarse de forma paulatina.

Y lo hizo. Las serpientes se habían convertido en sus ojos y, aunque fuera de la cueva no se movía con tanta seguridad, ya no tenía miedo a caerse y a hacerse daño: al fin y al cabo, tenía alas. Y la maraña de serpientes podía mirar en todas direcciones a la vez. A Euríale le costó un poco dejar de seguir a su hermana cuando paseaba por la orilla, pero lo logró. Las ovejas se asustaron ante el cambio de aspecto de Medusa, pero acabaron acostumbrándose. Esa gorgona ahora se parecía más a las demás, y las ovejas sabían que no representaba una amenaza para ellas.

Las hermanas se adaptaron a una nueva vida que era más parecida a la anterior de lo que ninguna de ellas habría creído posible. Medusa veía todo lo que necesitaba ver y eso bastaba.

—Somos una y muchas —comentó Esteno, mientras retiraba el pan caliente y esponjoso de los leños carbonizados y se lo daba a su hermana.

Las serpientes de Medusa no se acercaban para nada al fuego y, de todos modos, la pasión de Esteno era cocinar para ella. Euríale asintió, y Medusa levantó la cabeza hacia la luz del sol vespertino.

—¿Seguimos siendo una? —les preguntó—. ¿Aun después de todo lo ocurrido?

—Siempre seremos una —afirmó Esteno—. Una familia de gorgonas.

—¿Aunque yo haya cambiado tanto? —insistió Medusa.

Esteno se fijó en que fruncía el entrecejo detrás de las vendas.

—Has cambiado todos los días desde que eras bebé —replicó Euríale con voz ronca.

Le gustaba el sabor del pan caliente aunque no necesitara comerlo.

—Supongo que sí —admitió Medusa.

—Es cierto —respondió Esteno—. Eras muy pequeña y casi no podías moverte. Y luego creciste, te pusiste de pie y te hiciste más alta.

—Y el ruido —añadió Euríale.

—Berreabas —señaló Esteno—. Y luego aprendiste a hablar.

—Pero yo siempre he sido yo —aseguró Medusa—. Nunca he cambiado.

—Has cambiado y no has cambiado —declaró Esteno.

—Entonces, ¿cómo sabíais que seguía siendo Medusa?

—Por los detalles en los que seguías igual —contestó Euríale—. Todo cambia excepto los dioses. Las ovejas no dejan de ser ovejas sólo porque las esquilemos.

Medusa comió en silencio durante un rato.

—Pero vosotras siempre os habéis tenido la una a la otra, y nunca cambiáis.

Esteno miró a Euríale y sonrió, con los colmillos apuntados hacia la nariz.

—Ya lo creo que cambiamos. Tú nos cambiaste cuando viniste aquí.

—¿Y no os importó?

—No —respondió Euríale—. Las gorgonas no tenemos que ser como los dioses. Nuestro lugar está aquí, entre la tierra y el mar, no en una montaña elevada.

Ponen nuestra imagen fuera de los templos, no dentro. Nosotras bajamos la vista para mirar a los mortales. Cuando Forcis te dejó en nuestra orilla, te llevó a donde tenías que estar.

—Para que no me muriera o para no avergonzarlo —replicó Medusa.

Las gorgonas habían hablado mucho de ello.

—Sí —respondió Esteno—. Y así llegamos a ser tres, como estábamos destinadas a ser.

—¿Cómo sabes que estábamos destinadas a ser tres?

—Porque ahora lo somos. Haces demasiadas preguntas.

—¿Estaba destinada a tener serpientes en lugar de pelo o a parecerme más a ti? —insistió Medusa.

Euríale se dio cuenta de que ésa era la pregunta que había estado carcomiéndola.

—No, eso fue cosa de Atenea, que encontró una manera inteligente de castigarte. Lo que ella entiende por inteligente, claro. Debió de sentirse muy satisfecha convirtiéndote en un monstruo como tus hermanas.

—Vosotras no sois monstruos.

—Y tú tampoco. ¿Quién decide qué es un monstruo?

—No lo sé —contestó Medusa—. Supongo que los hombres.

—Entonces para los mortales somos monstruos porque tenemos colmillos, alas y fuerza. Ellos nos temen, por eso nos llaman monstruos.

—Pero no saben quiénes sois. —Medusa dejó de comer y su mirada fue de una hermana a otra. Las serpientes no paraban de retorcerse alrededor de su cabeza—. Los hombres os llaman monstruos porque no os entienden.

—A mí no me importa ser un monstruo —respondió Euríale—. Prefiero tener poder a no tenerlo. Me gusta asustarlos. —Guardó silencio un momento—. Y me gusta que tengas serpientes. Al principio no, porque fue doloroso. Tampoco me gustó que perdieras el pelo. Pero no creo que este cambio sea distinto de los otros, excepto que sabemos quién lo causó.

—Ahora ya no me importan tanto las serpientes —admitió Medusa—. Pero echo de menos mi pelo.

Panopea

Él no lo sabe, pero está casi encima de ellas. Ha viajado a través del mar y a lo largo de la costa, y nunca ha dejado de pedir ayuda a su padre. Sabe que no podrá hacer lo que le han pedido sin la ayuda divina. Sé que la humildad es una cualidad entrañable para algunas personas. Otras se preguntarán por qué un hijo bastardo merece tanta atención.

Y ahora se está acercando a las gorgonas, dispuesto a matar a una criatura que no le ha hecho nada sólo por obtener un trofeo para un hombre al que desprecia. Supongo que los hombres matan a menudo por trofeos: animales, desde luego. Pero no los hijos de los dioses. Al menos no muy a menudo. Y no con la ayuda de otros dioses más poderosos.

Lo que me lleva a preguntarme (y nunca me pregunto nada porque lo veo todo): ¿nadie avisará a Forcis? ¿Nadie llamará a Ceto? ¿No saldrán esos inmortales de las profundidades para proteger a su hija? Perseo pretende salvar a su madre del matrimonio: ¿ninguno de esos dioses del mar piensa intervenir para salvar a su hija de la muerte? ¿De la mutilación? ¿Tienen miedo de Zeus o no se han enterado de que ella está en peligro?

Sus hermanas no saben lo que les espera, de eso estoy segura. No se lo pensarían dos veces antes de defender a Medusa de un hijo de Zeus, por mucho poder que éste tuviera. Euríale le arrancaría la cabeza de los hombros y afrontaría sin miedo las consecuencias.

Y tal vez lo haga. Porque hace muchos días que observo a Perseo y yo diría que hay tantas posibilidades de que fracase en su misión como de que tenga éxito.

Desde el agua lo único que podemos hacer es observar.

Atenea

—Pero si acabamos de volver. —La diosa arrastró el pie por el impecable suelo de mármol.

—Tienes suerte de poder estar en cualquier parte poco menos que en un abrir y cerrar de ojos —repuso Zeus.

—Lo sé, pero...

—Nada de peros. Es hijo mío y os estoy pidiendo que vayáis a ayudarlo.

—Ya lo hemos ayudado —espetó Atenea—. Si no hubiera sido por mí se habría ahogado dentro de un arcón hace años.

—Me reza a cada rato —insistió su padre.

—Porque no puede hacer nada por sí mismo. Porque no paramos de ayudarlo.

—Entonces una visita más no hará daño a nadie, ¿verdad?

—Si lo hacemos todo por él, nunca aprenderá.

Su padre se encogió de hombros.

—Es humano, no tiene tiempo para aprender nada importante.

—Entonces déjalo morir. Así no tendré que volver a aguantar a Hermes.

Zeus estaba sentado en su trono, con la mirada fija en un punto a media distancia como si meditara sobre su sugerencia. Pero ella sabía que era un ardid que solía practicar con Hera, quien tampoco se lo tragaba.

—Veo que no estás pensando en ello.

—Es tu medio hermano —señaló Zeus—. Podrías mostrar un poco de lealtad para con la familia.

—¿Cuándo me ha mostrado alguien lealtad familiar a mí? —le preguntó Atenea—. Ya he ayudado a Perseo tres veces. Quizá él podría hacer algo por mí, para variar.

—Cariño —le dijo su padre, que no podía estar cansado porque los inmortales no dormían—, él no puede ayudarte porque tú eres una diosa y él es un hombre. ¿Qué podría tener él que tú quisieras?

—Nada. Por eso mismo estoy harta de ayudarlo. No puede hacer nada por mí ni puede hacer nada por sí mismo, es un inútil. No es más que un saco de carne y huesos que deambula por ahí sacando de quicio a la gente.

—Creo que eso es un poco duro. Es un chico guapo, ¿no es cierto?

—Todos se creen guapos. Los he visto mejores, la verdad.

Zeus parecía bastante ofendido, pero intentó disimularlo.

—¿Qué harías si no tuvieras que ayudarlo?

—Me iría a Atenas. Quiero ver cómo está mi templo y asegurarme de que todos sus habitantes saben que son míos y yo de ellos.

—Eso es muy amable por tu parte —replicó su padre. Atenea frunció el ceño—. Podrás hacerlo en cuanto hayas ayudado a Peri... —Se interrumpió.

—Perseo —le interrumpió ella—. ¡Ya me imaginaba que no sabías ni su nombre!

—Por supuesto que lo sé. Sólo te estaba poniendo a prueba.

—¿Por qué? Últimamente he pasado más tiempo con él que su madre.

Zeus desplazó el peso de un pie al otro y ella se quedó mirándolo.

—Es por eso, ¿no? —preguntó Atenea.

—¿Qué?

—Porque todavía quieres a su madre.

—No seas ridícula, ella es demasiado mayor.

—Eso es lo que habría dicho yo. Pero es por eso.

—No.

—Bueno, tal vez ya no la quieres para ti, pero no permitirás que se case con ningún rey. —Atenea se negaba a dejarlo estar.

Zeus suspiró.

—Es cierto. No quiero que se case con ese rey.

—Ni con ningún otro. —Ahora que había desvelado el misterio, Atenea estaba pletórica—. Por eso dejaste que las olas la llevaran a Sérifos y a la casa de ese hombre que no desea a las mujeres.

—Una coincidencia —respondió el rey de los dioses.

—No te lo crees ni tú. Olvidaste que tenía un hermano, eso es todo.

—Soy omnisciente. No olvido nada.

—Hace un momento no te acordabas de cómo se llama tu propio hijo.

—¡¿Quieres hacer el favor de irte con él y ayudarlo a decapitar a una gorgona?! —bramó su padre—. No estoy pidiéndote nada del otro mundo, ¿verdad? ¿O sí? Sabía que Hermes haría sólo la mitad del trabajo, porque ése es su problema. Lleva el mensaje sin implicarse en la tarea que tiene entre manos. Pero pensé que tú me ayudarías, la verdad. Tú eres mi hija. Te apoyé en el asunto de Atenas. Y ahora tú sólo me pones trabas.

Atenea no podía creer lo que estaba oyendo.

—¡Ya le he ayudado tres veces! —chilló—. ¿Por qué no vas tú?

—¡Porque te lo estoy ordenando a ti! —gritó él.

—Bueno, entonces no me queda otra, ¿verdad?

—Sí.

—A cambio, quiero tener la oportunidad de ayudar a un hombre mortal que me guste.

—De acuerdo.

—A quien yo quiera.

—Puedes elegir a quien quieras —aceptó Zeus.

—¿Aunque los otros dioses estén en su contra?

—Sí.

—¿Y cuando yo lo decida?

—Sí.

Tras este acuerdo, la diosa abandonó el Olimpo y volvió a aparecer detrás de Perseo, sin que él la viera.

Herpeta

α: Sentíamos que se acercaba. Sentíamos sus pasos titubeantes sobre las rocas; los sentíamos en el estómago mientras nos acurrucábamos contra la arena.

β: Sentíamos que se acercaba. Ella dormía. Nosotras estábamos despiertas, pero ella no. Es importante que lo sepas, porque él luego afirmará que hubo un forcejeo. Pero no hay forcejeo que valga entre un hombre armado y una joven dormida. No lo olvides.

γ: Sentíamos que se acercaba, pero no sabíamos qué hacer. Las hermanas estaban en la entrada de la cueva, como siempre. Las oíamos hablar en susurros y nos llegaba el olor de la carne chamuscada que habían dejado en la fogata.

δ: Sentíamos que se acercaba. Deberíamos haberla despertado. Yo quise despertarla, pero las demás no me dejaron.

ε: ¿Acaso te lo impedimos? No recuerdo que dijeras nada.

ζ: Sentíamos que se acercaba. Cada vez estaba más cerca, y notamos que se movía de otra manera.

δ: Eso es lo que estoy diciendo. Noté algo diferente. Diferente y peligroso.

ε: Sentiste que un hombre trepaba por las rocas y caminaba de puntillas por la arena. Nunca habías oído a un hombre allí. Habías oído a gorgonas y a ovejas, y a pequeñas criaturas, pájaros y demás. Sólo sabías que eso era nuevo, que él era nuevo allí.

δ: Lo nuevo siempre es peligroso. Si me hubierais hecho caso ella podría haberse salvado.

ε: Eres una mentirosa.

η: Sentíamos que se acercaba. Y que había alguien más. Alguien detrás de él.

ε: A ella no la sentimos.

δ: Por supuesto que no, es una diosa. Y la diosa de la sabiduría es astuta y resuelta. ¿Cómo íbamos a notar su presencia si ella no quería?

θ: Sentíamos que se acercaba, pero nos pensábamos que sus hermanas gorgonas estaban junto a la entrada de la cueva.

ε: No nos dimos cuenta de que se habían ido.

δ: ¿Adónde fueron?

ε: Ah, creía que lo sabías todo sin que te lo dijeran. ¿No sentiste eso también?

δ: No tienes por qué ser cruel.

ι: Sentíamos que se acercaba. Y lo habríamos detenido antes de que llegara a la cueva si las hermanas hubieran estado cerca.

ε: Se dejaron engañar por una diosa. Atenea las alejó de la cueva.

δ: ¿Cómo lo logró?

ε: Les hizo creer que su rebaño estaba en peligro. Atrajo a Euríale hasta la playa. Aulló y se enfureció como un perro salvaje, y Euríale pensó que sus ovejas estarían perdidas si no acudía volando a rescatarlas.

δ: ¿Era eso el ruido que oímos?

ε: Por supuesto.

κ: Sentíamos que se acercaba. No sabíamos que ella estaba en peligro, pero intuimos que algo iba mal. No era normal lo que pesaba. Cargaba con cosas que un mortal no podría llevar.

δ: ¿Adónde fue la otra hermana, Esteno?

ε: A ella también la engañó Atenea.

δ: ¿Cómo pudo estar en dos lugares a la vez?

ε: Es una diosa. Puede hacer lo que quiera.

δ: ¿Así que nunca hubo ninguna posibilidad?

ε: No quiero hablar más de ello.

β: Sentíamos que se acercaba, pero ella dormía. Tienes que acordarte, tienes que dar tu palabra.

α: Sentíamos que se acercaba, y de pronto estaba allí.

ε: Porque llevaba el gorro de Hades. No podíamos verlo por el gorro y sólo era oscuridad dentro de la oscuridad.

γ: Sentíamos que se acercaba, pero nos pensábamos que las hermanas seguían allí, custodiándola como siempre.

δ: Deberíamos haber velado por ella.

ζ: Sentíamos que se acercaba, pero él blandía esa espada curva. ¿Cómo íbamos a protegernos de un arma de Zeus? ¿Cómo íbamos a salvarla?

θ: Yo ya no sé si lo sentimos o no. No nos dimos cuenta de que las hermanas se habían ido.

ε: Nos dejamos engañar por una diosa con fama de astuta. ¿Qué deberíamos haber hecho?

δ: Pensaba que no querías hablar de ello.

ι: Nos pensábamos que las hermanas estaban en la entrada. A ellas también las engañó.

α: Nosotras podemos ver en la oscuridad.

Todas: Podemos ver en la oscuridad.

θ: Pero a él no lo vimos.

ε: Porque llevaba el gorro de Hades.

θ: ¿Cómo es que no vimos sus huellas?

ε: Porque llevaba el gorro de Hades. No era un truco barato sino magia.

δ: ¿En serio?

ε: Sí.

β: Ella estaba dormida.

ε: Lo sabemos, cálmate.

β: Es importante que nadie lo olvide.

α: Todo el mundo lo olvidará.

β: No podemos permitirlo.

γ: Él estaba en la cueva y ella estaba durmiendo cerca de la entrada.

δ: ¿Fue culpa nuestra? ¿Porque nos gustaba estar cerca de las brasas?

ε: No, no fue culpa nuestra. Siento haberme enfadado contigo.

η: No podíamos luchar contra un hombre que tenía a una diosa de su lado.

ε: No.

κ: Él desenvainó la espada sin hacer ruido. No lo oímos.

β: Ya estaba desenvainada. No había nada que oír.

α: Aquella noche ella dormía de cara a la pared de la cueva, acurrucada y con los brazos cruzados delante.

δ: Como una niña.

ε: Sí.

η: Él suspiró aliviado cuando vio que ella estaba de espaldas.

ι: El muy cobarde.

γ: Qué más da. No le hacía falta ser valiente para matarla mientras dormía.

β: Gracias por recordárselo a todos.

α: Ella estuvo dormida hasta que él sostuvo la espada por encima del cuello.

β: Ella siguió durmiendo.

δ: Ya no dormía.

β: Te digo que dormía, y él se le acercó sin hacer ruido y dejó caer la hoja en su cuello.

α: Se despertó cuando él se detuvo junto a ella. Él le clavó dos piedras en la espalda con el pie y ella se despertó.

β: Sabes que no es verdad.

ε: Lo es.

β: No, estás mintiendo. Ella estaba dormida.

α: Lo estuvo hasta el último minuto.

β: Si lo que dices es cierto, ¿por qué no abrió los ojos?

ε: Ya sabes por qué.

δ: Ya sabes por qué.

β: No lo sé.

α: Para no matarlo.

Piedra

Aquí no hay ninguna estatua, sólo un pedestal. Pero si la estatua estuviera aquí, así es como sería.

Un joven de pie, con todo el peso del cuerpo apoyado sobre la pierna derecha y los dedos de los pies flexionados. Tiene el pie izquierdo un poco levantado, por lo que se ve que se dispone a avanzar. Si fuera de carne y hueso estaría a punto de chocar contigo. Tiene buena musculatura, los bíceps bien definidos y los hombros rectos. Va con una túnica hasta las rodillas, debajo de la cual se ven unas pantorrillas esbeltas. Es fuerte, pero aún no es un guerrero. No lleva escudo ni armadura.

La capa se cierra al cuello con un sencillo broche redondo. Tiene un fino ribete oscuro que forma una línea continua alrededor. Se trata de una sencilla capa de viaje que parece abrigada y práctica. En los pies lleva unas sandalias que deben de haber sido difíciles de tallar. Tienen tiras de cuero que le llegan hasta la mitad de la pantorrilla, y están adornadas con alas, una a cada lado a la altura de los tobillos. Cada pluma es distinta y uno querría alargar la mano para tocarlas porque parecen muy suaves. Pero, como el resto de la pieza, son de piedra dura. La destreza del escultor engaña la vista.

En el gorro, que es blando y con el ala doblada, hay más plumas, pues tiene también una pequeña ala de pájaro a cada lado. Éstas acaban en punta por encima de la nariz del joven, si se lo mira de perfil. La mandíbula le sobresale casi tanto como el ala levantada del gorro. Está resuelto a llevar a cabo la misión que se le ha encomendado. Los rizos le salen por debajo del gorro. Si se lo quitara, el pelo se le quedaría aplastado contra el cráneo.

Hay cientos de estatuas de hombres jóvenes, pero nunca verás otra con un gorro o unas sandalias como éstas. Es una simple gorra de viajero, pero las alas la vuelven única. Y las sandalias seguramente lucirían más en los pies de un dios.

En la mano derecha lleva una espada de hoja corta y curva. Parece una guadaña. Si no supiéramos nada, pensaríamos que está a punto de segar trigo. Pero aunque sólo se ve una pequeña parte de la hoja por debajo de la mano cerrada, no hay duda de que lo que sujeta por el mango es un arma y no una herramienta agrícola. La hoja se curva hacia fuera, como si no supiera por dónde va a venir el ataque.

Esta impresión se refuerza aún más cuando se observa que está mirando hacia atrás. Qué extraño. ¿Acaba de oír un ruido que le ha llamado la atención? Sostiene la espada en alto, pero mira en otra dirección, hacia donde atacaría si moviera el brazo. Parece una manera un tanto ilógica de hacer las cosas. Tal vez está hablando con otra figura situada detrás de él, a la que no vemos.

Y, como he dicho, a él tampoco lo vemos. Porque esta estatua nunca llegó a esculpirse, así que sólo existe como una idea.

QUINTA PARTE

Piedra

El gorgoneion

¿Cómo se enteraron tan rápido de su muerte? Debía de haber algo cierto en la creencia de Esteno de que las tres eran una, porque lo primero que recuerdo fue el batir de alas seguido de una ráfaga de aire cuando Euríale aterrizó en la entrada de la cueva, donde habían encendido la hoguera. La apagó de inmediato con los pies; no miraba por dónde iba y, de todos modos, el calor no la afectaba. Esteno apareció un momento después, otro par de pies sobre la arena.

¿Te preguntas por qué les miré los pies? Seguramente ya lo has deducido: yo soy la cabeza de la gorgona, la cabeza de Medusa, que nació (o quizá debería decir «se creó») en el momento en que ella murió. Y, por razones que supongo obvias, tengo una opinión mucho menos favorable de los hombres mortales que Medusa. Por si no queda claro, les miré los pies porque estaba resuelta a no mirarlas a los ojos. Pero tenía que estar atenta por si se me presentaba la oportunidad de convertir en piedra al de la espada. Aún no sabía que se llamaba Perseo. Sólo que se merecía morir.

Ellas no lo podían ver, por supuesto. Él llevaba el gorro de Hades y era invisible incluso para los hermosos ojos saltones de las gorgonas. Yo lo veía porque es lo que pasa con las cosas de Hades: no tienen secretos entre ellas. Y ahora que yo había muerto, también era sierva de Hades en cierto modo. No hasta el punto de verme a mí misma obedeciéndolo, ya me entiendes. Sólo en términos de categorías, para simplificar. Medusa está muerta, yo estoy muerta. Pero sigo siendo la que mejor narra esta parte de la historia, porque estuve allí en todo momento, y porque yo no soy una asesina depravada, odiosa ni embustera.

Es importante que todo esto quede claro. Si te preguntas cómo es que puedo ver y oír, y contarte lo que ocurrió tras la muerte de Medusa, la respuesta es sencilla. Yo era una gorgona, la hija de Forcis y Ceto. Aún no podemos hablar de Ceto, así que de momento centrémonos en mi padre. Era, perdón, soy la hija de un dios del mar, y aunque estaba destinada a morir, yo no era una mortal corriente, ¿comprendes? Tenía alas, para empezar. ¿Tú tienes alas? No lo creo. Y tengo algo más: la capacidad de retener los recuerdos y las facultades aun después de la muerte. Realmente no era como las otras jóvenes.

Todo este rollo es para decirte que yo veía a Perseo, por mucho que él creyera que Hades lo hacía invisible. Y quería mirarlo fijamente y sin pestañear a sus ojos vacíos y transformarlo en piedra fría y pálida. ¿Empieza a darte miedo esta cabeza monstruosa y despiadada? Tal vez debería dártelo. Porque ¿qué tengo que perder, a estas alturas?

A mis hermanas.

¿Siguen siendo mis hermanas, ahora que sólo soy una cabeza?

Euríale ha encontrado mi cuerpo decapitado y tiene la boca abierta en un grito silencioso. El cuerpo ya no es mío sino de ella. Ese cuerpo que está sobre la arena, apoyado en sus manos, con las piernas dobladas por debajo. Yo podría seguir dormida si no fuera por la espesa sangre negra que brota de ese cuello.

Perseo se queda espantado cuando las ve a las dos. No sé qué dioses lo han preparado para semejante violación, pero no lo han advertido del tamaño de las gorgonas, ni de su fuerza, ni de su velocidad. Tiembla mientras se queda ahí de pie, aterrorizado de moverse por si lo oyen. Quiere echar a correr, pero no se atreve.

Y de pronto Euríale recupera la voz. Nunca volverá a perderla. Abre su boca maravillosa y aúlla. Perseo casi me deja caer allí mismo. No ha pensado que correría peligro después de matarme, simplemente ha concentrado toda su energía en llegar a la cueva de la gorgona y matar a un monstruo con pelo de serpiente y mirada mortífera. No se le ocurrió que podía ser más difícil escapar que llegar.

Una gruesa gota de sangre me rueda por el cuello —del mío, no del de Medusa— y aterriza en la arena que tengo debajo. Los agudos ojos de Esteno ven caer algo, pero una serpiente se retuerce por la arena y ella cree que el movimiento viene de ella. La siguiente gota cae en el pie de Perseo y oigo sus arcadas. Es penoso. De repente parece recordar que alguien lo ha preparado para este momento, así que alarga la mano y abre el morral dorado que lleva a los hombros. Me mete en él y todo se vuelve oscuro.

Pero yo sigo oyéndolo todo, de modo que no creáis que se ha acabado mi parte de la historia porque no es así. Y he estado esperando mucho tiempo para dar mi versión, por tanto no pienso renunciar a ello ahora. El morral es grueso, y cuando abro bien los ojos para ver en la negrura, el tejido tupido sigue moviéndose a mi alrededor. Así que no lo he convertido en piedra. Ésta es otra de las cosas que he averiguado: mi mirada no les hace nada a los objetos inanimados. Sólo los seres vivos tienen motivos para temerme. Tal vez pienses que ya debería saberlo a esas alturas, pero recuerda que Medusa ha pasado la mayor parte del tiempo con los ojos tapados o dentro de una cueva. La cueva ya era de piedra. Así que hasta ahora no lo he sabido.

Perseo está paralizado por el miedo, aunque sigue siendo invisible para Euríale. Puedo oír las poderosas mandíbulas de ésta mientras brama de rabia y dolor. Medusa la habría consolado, pero ya no puede y yo tampoco. Me pregunto si él siente algún remordimiento al oír a mi hermana gritar ¡no, no, no, no, no!

Por supuesto que no. Ha visto a Medusa como un monstruo y así es como ve a Esteno y a Euríale. Si tuviera el poder de matarlas a ellas también, lo haría. Todo lo que percibe es el peligro que entraña esta criatura que quiere hacerle daño. No oye aflicción ni pérdida. Dice preocuparse por la familia (algo que averiguaré más tarde) y me pregunto cómo se sentiría su madre si viera su cuerpo decapitado tendido en la arena, donde momentos antes lo había dejado durmiendo.

Para que quede claro, incluso ese ejercicio de imaginación me hace más humana que él.

Siento su presencia, aunque no pueda verla ni oírla. Me refiero a Atenea. Sé que está cerca, en alguna parte. No me preguntes cómo lo sé: ¿cómo crees que lo sé? Si alguien te arrancara todos los pelos de la cabeza y pusiera serpientes vivas en su lugar, ¿no crees que serías sensible a su presencia en el futuro? ¿Sólo tal vez? Porque yo la siento, y lo más extraño es que no me choca ni me enfurece especialmente. Esta diosa —a la que no le he hecho nada y que ha hecho todo lo posible por torturarme y conspirar contra mí— está aquí mismo, y lo único que puedo pensar es: claro que está. ¿Por qué iba a detenerse ahora?

Y la siguiente pregunta que me hago es: ¿quién más está ayudándote a destruirme? Porque la gorra pertenece a Hades, eso lo he sabido enseguida. La muerte reconoce a la muerte cuando la ve. Y Atenea está a su lado, alentándolo. El morral en el que estoy tiene que ser un objeto divino, pero no se lo ha prestado ella a Perseo, a menos que todos nos imaginemos a la diosa con un morral además del casco, la lanza, el escudo y la coraza. Y no lo hacemos, o al menos yo no. Así que se lo ha dado otro dios. ¿Qué más lleva consigo? La espada, por supuesto. Bueno, acabo de enumerar la colección de armas que lleva Atenea y no he mencionado ninguna espada. Y una espada tan desagradable, además, con esa hoja curvada, diseñada para rodear el cuello de la mujer dormida a la que ha decidido matar. No sé de quién es y no estoy segura de querer saberlo. Pero me gustaría saber por qué me querían muerta, eso sí.

Puedo sentir cómo él tiembla de pies a cabeza mientras se echa el morral a la espalda. Euríale sigue berreando a pleno pulmón; no me extraña que él tenga miedo. Se queda estupefacto ante el sonido y se nota que no tiene ningún plan. Y entonces la oigo, oigo la voz de la diosa que lo ayuda y que le dice que corra. Qué interesante, pienso. Ella debe de querer verlo muerto, porque no hay ninguna posibilidad de que deje atrás a una de las hermanas de Medusa, y menos a las dos.

Pero no he visto las sandalias que él lleva, por supuesto, y no las veré hasta más tarde, así que no sé si cuenta con la ayuda de otro dios en su afán por asesinarme y escapar impune. Las sandalias pertenecen a Hermes, las reconoceré cuando las vea. De cuero retorcido y adornadas con un elegante par de alas a cada lado. De modo que cuando Atenea le dice que corra y la orden lo saca de su trance horrorizado, cuenta con otra ventaja. Tensa los hombros y empieza a correr hacia el lugar por donde saldrá el sol. Lo deduzco por la forma en que mi cabeza choca contra sus costillas con el movimiento. Las serpientes amortiguan el golpe, por supuesto, para que no duela. Y, de todos modos, no me dolería porque ya me han separado de mi cuerpo; ¿qué más dan los moretones ahora? Dioses, cuánto lo desprecio.

Euríale no ve al hombre, no ve a Perseo. Pero ve las huellas que deja en la arena al correr. Y aunque no tiene ni idea de cómo lo hace para estar y no estar ahí, sabe que el hombre que ha matado a su hermana está corriendo por la orilla justo delante de ella; suelta un alarido espeluznante y, de repente, oigo el batir de alas y siento que la noche se desplaza. Es Euríale, que se eleva en el aire y vuela directamente hacia Perseo. Incluso a través de esta prisión dorada noto el movimiento y oigo el grito ahogado que brota de la boca del asesino al mover las piernas, intentando acelerar. Tuerce la espalda y me pregunto si está a punto de deshacerse de mí, pero sólo está mirando atrás para ver lo cerca que está Euríale, y más le habría valido no saberlo, porque ella va ganando terreno tan rápido o más que un rayo. Y sé que Euríale no dejará escapar a su presa, ni ahora ni nunca. Es capaz de atrapar un pájaro en pleno vuelo, Medusa fue testigo de ello más de una vez.

Y siento una oleada de algo —no es alegría, porque este sentimiento me está vetado, ni venganza, porque aún no he llegado a ese punto—, pero quiero que ella cierre las mandíbulas alrededor de su ridículo torso y parta su cuerpo en dos. Quiero que agarre el morral cuando las manos insensibles de él lo suelten y lo sostenga, que me sostenga mientras él expira ante ella, y que luego le clave las garras en el cuerpo retorcido. Quiero que me lleve junto a Medusa y Esteno, que me lleve de vuelta a la cueva. Quiero que me entierren donde caí. Mejor dicho, donde me cortaron. Quiero quedarme con ella, no quiero que mi asesino se me lleve en la oscuridad. Quiero que todo esto se acabe de una vez.

Pero lo que yo quiero no influye en absoluto en los acontecimientos que siguen. Atenea interviene, por supuesto. Perseo se ve de pronto empujado a un lado; ha escalado las rocas por nuestro lado de costa. Mejor dicho, las han escalado las sandalias. Jadea por el esfuerzo o, más probablemente, por el miedo. Nada de lo que he observado más tarde ha cambiado mi primera impresión de él: es un pusilánime. Euríale ha dejado de ver sus pisadas en la arena, simplemente ha seguido la única ruta que él podría haber tomado para ascender. Y Atenea, que debe de haber estado observando desde el principio, lo empuja con fuerza, y él tropieza, pierde pie y cae de rodillas. Me complace oír un grito ahogado de dolor y espero que le duela. Aunque, siendo realistas, es poco probable que sea tan doloroso como que te corten el cuello.

Euríale vuela sobre nosotros, siento el batir de sus alas; está tan cerca que creo que podría alargar una mano y tocarla, pero no puedo, por supuesto. Luego desaparece. Nunca volveré a verla, ni a oírla, ni a dejarme abrazar por ella. Creo que Esteno continúa en la arena, porque oigo su llanto agudo y sé que sostiene mi cuerpo destrozado, lo acuna en sus brazos. Ojalá pudiera consolarla.

Atenea indica a Perseo por señas que la siga y él vuelve a levantarse, quejándose de sus heridas y de la brusquedad con que ella lo ha empujado. Noto la indignación en la voz de la diosa cuando le responde, pero él parece no darse cuenta mientras se alejan a toda velocidad del hogar de las gorgonas. Oigo el mar, pero está muy por debajo de mí. Él pasa el otro brazo por las correas del morral y me sujeta fuerte, como si fuera un objeto precioso.

Y, como pronto se verá, lo soy.

Bambú

Algo que no suele saberse es que Atenea inventó la flauta. Para la mayoría de los mortales eso no es lo más destacable acerca de ella. Le piden sabiduría, consejo y ayuda en sus batallas. Cuando quieren música acuden a las musas, a Apolo. Los intereses de Atenea están bien documentados y ella casi nunca ha mostrado pasión por el canto. Pero en una ocasión oyó un ruido tan extraordinario que anheló reproducirlo para volver a escucharlo.

La flauta se inspiró, por lo tanto, en las gorgonas. En concreto, se inspiró en el sonido que emitió Euríale cuando encontraron el cuerpo de Medusa. Penetrante, atonal, combativo. Atenea nunca había oído nada igual. ¿Cómo podía producir semejante sonido en un campo de batalla? Estuvo días probando, pero ni con todo su poder divino y toda su inteligencia consiguió acercarse remotamente.

Se sentó desconsolada junto al cauce de un río tranquilo, no muy lejos de su querida Atenas. Se planteó volver a la playa de las gorgonas para pedirles que le enseñaran a bramar de ese modo. Se daba cuenta de que en ese plan fallaba algo, aunque no lograba identificar qué era.

Su frustración iba en aumento; si no hubiera ayudado a Perseo a matar a la gorgona, nunca habría sabido lo que estaba perdiéndose, y si hubiera dejado que lo matara la gorgona, tal vez habría tenido más tiempo para estudiar su grito de guerra. Tal como estaban las cosas, no sabía qué más podía hacer. Y de pronto sintió cómo la suave brisa del Céfiro cobraba fuerza. El viento sacudió las cañas de bambú cercanas y el cauce tranquilo se transformó en una cacofonía salvaje.

Atenea miró en derredor con asombro. Allí había algo que podía ayudarla a alcanzar su deseo. Cogió un pequeño cuchillo afilado y cortó una gran caña hueca con la esperanza de producir así el sonido deseado. A continuación hizo unos orificios pequeños en el tallo para graduar las notas con los dedos. (Más tarde adornarían las flautas con cuerdas quemadas, pero ésa era la primera y era bastante sencilla.)

Cuando sopló por la parte superior, la caña emitió exactamente el grito penetrante que buscaba. Los músicos —los sátiros, en primer lugar— llegarían después y adaptarían el instrumento a su talento, creando el sonido mucho más dulce que hoy día asociamos con la flauta. Pero Atenea no entendía de música ni pretendía tocar una melodía. Por eso la primera flauta sonó exactamente como lo que era.

El grito desesperado de una caña de bambú cortada de raíz.

El gorgoneion

Perseo escapó, por supuesto. Con la ayuda de todos los dioses, logró escapar. Y yo con él, aunque nadie lo vea de este modo. Yo dejé atrás el cuerpo mortal que me había hecho débil y vulnerable, y escapé ¿hacia qué, exactamente? ¿Una nueva vida? Por Dios, esto no es vida. Es muerte. No podéis haber olvidado que a esta joven, a esta heroína, la partió ese joven en dos. Ahora está muerta, y es llorada y venerada por sus hermanas, y yo soy, bueno, soy la cabeza robada. El trofeo escondido.

Las serpientes me envuelven con fuerza: siguen protegiéndome. Pero todas estamos escondidas en esta *kibisis* dorada que lleva Perseo para ahuyentar el peligro. Él se lamenta todo el rato de lo que pesa el morral. Pero como está solo, no lo escucha nadie. Simplemente se queja a la brisa de lo pesada e incómoda que es su carga. Me entran ganas de decirle que si tan incómodo es llevar la cabeza de alguien en un morral, debería habérselo pensado antes de cortarla. De modo que se lo digo. Él no responde y supongo que no me ha oído. Quizá la tela dorada amortigua el sonido o quizá se ha quedado sordo después de que Euríale le gritara al oído. Pero ha dejado de quejarse, así que igual me ha oído, después de todo.

No ha dejado de andar desde que Atenea lo abandonó, y probablemente también le gustaría quejarse de la marcha, pero con las sandalias de Hermes que todavía lleva puestas, caminar no debe de suponerle ningún esfuerzo. Quiere ir lo más rápido posible, pues no para de murmurar que debe volver a Sérifos antes de que sea demasiado tarde. No sé dónde está ese lugar, y cuando se lo pregunto él tampoco me responde. Pero ahora está preocupado por encontrar un barco, así que debe de estar al otro lado del mar. ¿Una isla? ¿Un puerto? Ojalá lo supiera.

No, eso no es cierto. Ése es un último vestigio de Medusa, a quien realmente le importaba lo que querían los mortales y adónde deseaban ir. Pero ¿a mí? A mí me trae sin cuidado si Perseo vive o muere, y aún me importa menos adónde intenta llegar. ¿Qué cambiaría? Si él abriera el morral ahora mismo y yo lo convirtiera en piedra, ¿qué sería de mí? Me quedaría exactamente igual. Si no lo convierto en piedra y él llega a su destino, tampoco cambiará nada, ¿no? Yo continuaré siendo el gorgoneion y Medusa seguirá muerta.

Por eso casi no presto atención cuando él ve a un pastor y le pregunta a gritos dónde se encuentra. El pastor le explica que ha llegado al reino de Atlas, donde la tierra se une al cielo. Perseo le pide cobijo, pero el hombre se lo niega. Hay nerviosismo en su voz y creo que se debe a mí. No me ha visto, por supuesto, pero se da cuenta de que tiene delante algo peligroso. Tal vez ha entrenado sus instintos para proteger a sus ovejas de depredadores invisibles.

Oigo a las ovejas balar cuando Perseo camina entre ellas. Me recuerdan al rebaño de Euríale. Él vuelve a pedirle al hombre cobijo y comida, y el pastor le responde que está al servicio del rey y que es a él a quien debe dirigirse. Perseo le pregunta adónde tiene que ir para hablar con el rey y el pastor le indica el camino. Las explicaciones son enrevesadas, con muchos puntos de referencia. Noto que a Perseo lo irrita la cantidad de detalles que le da el hombre, y me estoy preguntando por qué pide ayuda si es tan desagradecido a la hora de recibirla cuando encoge un hombro y mete la mano en morral. Veo cómo sus dedos agarran las serpientes y sé lo que va a hacer, y me horrorizo ante su absoluta mezquindad.

Me saca al aire libre y yo parpadeo una, dos veces ante el repentino brillo del sol, que he echado de menos más de lo que puedo describir. ¿Cuándo fue la última vez que mis ojos miraron la luz? Ya no tengo forma de medir el tiempo, como tampoco la tenía Medusa desde la maldición. Me noto caliente y viva, aunque sé que no lo estoy. Lo veo todo a la vez: el cielo enorme, el suelo pedregoso, los árboles que se agitan. Siento el calor del sol, la brisa refrescante y los dedos de Perseo al agarrar las serpientes para blandirme como una antorcha.

Veo al pastor.

Él también me ve. Por un instante nuestras miradas se encuentran y su rostro se transforma en una silenciosa máscara de miedo antes de quedarse petrificado en el punto en el que se ha encontrado con Perseo. Oigo jadear a Perseo, ahora doblemente asesino, al comprobar lo rápida y letal que soy. Me vuelve a meter en su *kibisis* y siento una gigantesca oleada de energía. El pastor está muerto, y todo gracias a mi poder. ¿Cómo no voy a deleitarme con este poder ahora que lo tengo?

Quizá estés preguntándote qué hizo el pastor para merecer un final tan brusco. ¿Qué hacemos cualquiera de nosotros? ¿Qué hice yo? El pastor estuvo en el lugar equivocado y se encontró con el hombre equivocado. ¿Podría yo haber desviado la mirada?, estarás pensando. ¿Podría? Sí, probablemente podría haberlo hecho. Es evidente que no lo hice. Pero ¿no podría haberlo salvado de Perseo y de su mal genio?

Ya no tengo ganas de salvar mortales. De hecho, ya no tengo ganas de salvar a nadie. Lo que me sale es abrir los ojos y abarcar con la mirada todo lo que hay delante de mí cada vez que se me presente una oportunidad. Tengo ganas de usar el poder que me dio la diosa. Tengo ganas de sembrar el miedo allá adonde voy, allá adonde va Perseo. Tengo ganas de convertirme en el monstruo que él ha creado. Así es como me siento.

Perseo me tiene pavor. Me doy cuenta por el cuidado con que agarra ahora el morral. Estoy segura de que no dudó de lo que Atenea le contó sobre mi poder, pero ¿quién cree lo que no ha visto? Ni siquiera yo sabía lo rápido y perfecto que sería. Hasta ahora había mirado a un pájaro y a un escorpión, y los había convertido en piedra. Pero no pensaba que fuera igual con un hombre. Lo petrifiqué con una rapidez impresionante. Y entre el momento de su muerte y mi regreso a la oscuridad, volví a ver la expresión que él puso al intercambiar la mirada conmigo. Ahora me emociono al pensar en la energía que chisporroteó entre nosotros, partículas diminutas que viajaron de algún modo por el aire de mis ojos a los suyos y acabaron con su vida.

Si esperas que me sienta culpable, lo llevas claro.

Y esta vez Perseo ha seguido las indicaciones del pastor, aunque continuamente se pierde y tiene que volver sobre sus pasos. Me pregunto si aprenderá a ser más prudente a la hora de matar a alguien, por si necesita su ayuda más adelante. Aunque no parece el tipo de joven que aprende de la experiencia. E incluso dentro del morral siento cómo se enfría el aire al ponerse el sol. Perseo al final se resigna a pasar otra noche a cielo raso. Deja la *kibisis* en el suelo con tanto cuidado que casi me río. Tal vez hasta me río de verdad. Aún no está claro si Perseo no hace caso de los ruidos que yo hago o no los oye cuando el morral está cerrado. Como sea, ha decidido no hacerme enfadar. O tal vez ha decidido que valgo tanto que no tiene otra que tratarme con delicadeza. Me pregunto si entiende la ironía. Imagino que no.

A la mañana siguiente Perseo espera que el rey reciba al héroe errante con todo tipo de celebraciones. Y tal vez es lo que habría ocurrido si Atlas no hubiera sido un monarca temeroso y desconfiado. Pero lo es, siempre lo ha sido.

Atlas posee cosas hermosas en su extenso reino, y aprecia cada una de ellas, desde sus hermosos rebaños hasta sus maravillosos huertos. Probablemente incluso apreciaba al pastor, pero aún no se ha enterado de que ha muerto. Le gusta especialmente un bosquecillo cuyos árboles producen la fruta más extraordinaria, unas manzanas doradas.

Atlas considera que estas manzanas son el alimento más perfecto que pueda imaginarse. Puede comer cualquier alimento que quiera y cuando quiera —al fin y al cabo, es el rey—, pero todos los veranos espera las manzanas con la ilusión de un niño. Contrata a hombres para que vigilen los árboles y los cuiden durante todo el año. Si las condiciones meteorológicas amenazan con perjudicarlos, hace ofrendas a Eolo, el señor de los vientos, para que se lleve la ola de frío a otra parte. Cuando los días de verano se alargan, visita sus árboles a primera hora de la mañana para examinar sus pujantes frutos. Atlas nunca ha temido que unos invasores le roben sus cosechas o le estropeen sus árboles. Vive sin que las tribus vecinas lo agredan, por una razón: es un titán, uno de los dioses antiguos que precedieron a los olímpicos, a Zeus. ¿Qué mortal sería tan tonto para buscar pelea con un dios? Seguro que ya has adivinado la respuesta.

Cuando Perseo llega a la enorme vivienda, está malhumorado por la noche de perros que ha pasado debajo de un árbol. Aún no se culpa de haber matado al hombre que podría haberlo guiado más rápidamente hasta allí. Se ve por un momento intimidado —noto cierto titubeo en sus pasos— por el tamaño y la grandeza del palacio que tiene ante él. Pero alza la barbilla e intenta transmitir así su estatura heroica. Me burlo de él desde el interior de la *kibisis*, por supuesto. Él sigue sin enterarse. Hay un mayordomo junto a las puertas y Perseo le pregunta si puede reunirse con el rey para tratar de asuntos ventajosos para ambos. Hasta un crío podría darse cuenta de esa treta, y el mayordomo no es ningún niño. Le explica que el rey tiene ocupaciones que lo retienen en otro lugar y que no se sabe cuándo volverá. Perseo, consciente de que lo están despidiendo, cambia de táctica. Dile que es el hijo de Zeus quien pregunta por él, le dice. Al oír estas palabras el mayordomo desaparece. Lo oigo correr como una flecha por un largo pasillo que resuena con sus pasos.

Mientras el hombre se retira a los rincones más recónditos del palacio, Perseo se felicita de su actuación. Ha impresionado a un desconocido con su parentesco heroico y ha solicitado cobijo ofreciendo algo a cambio, como haría un héroe. Aún no tiene claro qué podría ofrecer que pueda interesar a Atlas, pero no le preocupa, porque hay una cosa más —una entre muchas, como seguramente te habrás dado cuenta— que no sabe.

Atlas no ha vivido siempre en ese extenso reino. Una vez viajó por Grecia con sus hermanos titanes. Se retiró aquí tras la llegada de los olímpicos, cuando Zeus combatió con ellos y se hizo con el poder.

Atlas no era un dios ambicioso, por lo que estuvo más que encantado de retirarse a su palacio con sus rebaños y, sobre todo, con su huerto. Pero conservaba un vínculo con su antigua vida: su afecto por la diosa Temis, muy dotada para las artes de la profecía. Y ella le había dicho en una ocasión que el hijo de Zeus algún día le arrebataría el reluciente fruto de su árbol. Nunca lo había olvidado. Al principio supuso que el significado era metafórico y tendría un hijo que moriría a manos de un semidiós. Luego comprendió que la profecía era literal y que sus queridos árboles corrían peligro.

Así que la única instrucción que dejó a todos sus siervos, a todos sus súbditos, es la de tener cuidado con el hijo de Zeus y llevarle cualquier noticia que les llegara de semejante criatura. El pastor, si hubiera vivido lo suficiente para descubrir la identidad de su asesino, habría acudido corriendo en lo más profundo de la noche para avisar a Atlas de que por fin había aparecido el hombre que todos temían. Y ahora el mayordomo hace lo mismo: más vale tarde que nunca, piensa, mientras aprieta el paso al cruzar la columnata.

Y cuando Atlas se entera de que el hijo de Zeus está delante de sus puertas, exigiendo una audiencia y fingiendo que tiene algo que ofrecer a cambio, se queda horrorizado. ¿Se atreverá a matar al hijo de su antiguo enemigo, que tiene más poder que él en todos los sentidos? Y si no lo hace, ¿le robará el hombre las manzanas, las manzanas de oro que tanto valora y aprecia? Camina de un lado para otro mientras el mayordomo lo observa ansioso. ¿Qué debe hacer? ¿Cómo proteger sus queridos árboles?

Pasa el tiempo y Atlas sigue pensando; Perseo casi ha renunciado a cualquier esperanza de obtener comida o cobijo. Ha llenado tres veces su odre y ahora está sentado a la sombra, apoyado contra uno de los muros del palacio, conmigo a su lado. Al final Atlas envía a sus hombres a vigilar el huerto, pues supone que es allí donde el hijo de Zeus decidirá atacar. Perseo, por supuesto, no sabe que hay un huerto, y si lo supiera es poco probable que fuera a verlo. No le atrae nada la naturaleza: no lo conmueve el trino de los pájaros ni se detiene ante unas vistas bonitas. A él le gusta quejarse de que le duelen los pies y los hombros, y de que tiene hambre y sed. Pero, una vez cubiertas todas esas necesidades, no muestra un entusiasmo similar por ninguna de las escenas y sonidos que ha presenciado desde que me creó.

Quizá estés preguntándote si Temis se equivocó al transmitirle a Atlas la profecía. ¿O quiso hacer daño, como a veces les gusta a los dioses? La respuesta es no; Temis nunca se equivoca y es menos proclive a causar problemas que la mayoría. Dijo la verdad, pero Atlas se adelantó demasiado en sus previsiones: sería otro hijo de Zeus quien le robaría las manzanas de su huerto, aunque ese día todavía estaba muy lejos.

Al final, Atlas se levanta de su trono y se pasea a lo largo de la columnata de su palacio. Tiene el entrecejo fruncido y se detiene un instante. ¿Debería ir al huerto y asegurarse una vez más de que sus queridos árboles están protegidos? Se encoge de hombros, avergonzado de haber pensado que si se enfrentaba a ese semidiós insignificante perdería. Lo oigo acercarse mucho antes de que Perseo se dé cuenta. No nota como tiembla la tierra cuando el titán avanza hacia él, ese chico no se entera de nada. Pero cuando el mayordomo cruza la verja precediendo a su rey, hasta Perseo se percata de que algo está pasando.

—¿A qué se debe todo este alboroto? —le pregunta—. Tu rey no es muy amable con los forasteros, que digamos.

El mayordomo jadea demasiado para responder, pero no importa porque Atlas ya ha aparecido detrás de él.

Perseo retrocede un paso sin darse cuenta. El rey titán se eleva sobre su inoportuno visitante.

—¿Qué se te ofrece? —quiere saber.

—Cobijo, comida. —Son peticiones razonables y humildes, pero Perseo las formula de tal forma que a cualquiera le entrarían ganas de tirarlo a un río.

Al parecer Atlas piensa como yo, porque suspira sonoramente y no contesta. Perseo está tan impaciente después de la larga espera que se muestra más quejumbroso que de costumbre.

—Soy hijo de Zeus.

—¿Y qué te hace pensar que le debo algo a un hijo de Zeus? Por mucho que seas quien dices ser.

—¿No respetas al rey de los dioses? —le pregunta Perseo, y su voz suena aguda y llorona.

—Le debo respeto al rey de los dioses, pero no tengo por qué respetar a un hombre que afirma ser su hijo bastardo.

—He matado a una gorgona poderosa —replica Perseo—. Además, ¿qué hay de tus obligaciones? Debes ofrecer a todo viajero comida y un lugar donde descansar, lo respetes o no.

Atlas resopla con desdén.

—¿Qué obligaciones? No te debo nada. Te presentas en mi puerta sin avisar. ¿Por qué debería ofrecerte hospitalidad si sé lo que te ha traído aquí? Sé lo que estás planeando y no lo permitiré.

—¡No estoy planeando nada! —Perseo es incapaz de planear nada, por lo que no es de extrañar que suene tan ofendido—. Vengo de atacar a las gorgonas en su guarida y volveré a Sérifos en cuanto pueda. Necesito que me ofrezcas cobijo antes de continuar mi camino. ¿Quién eres tú para rechazarme?

—¡Soy el rey de todo lo que ves y de mil cosas más que no puedes ver! —brama Atlas—. No respondo ante ti ni ante nadie. Eres un ladrón y no eres bienvenido en mi palacio. Ahora lárgate antes de que te mate.

Perseo ya está metiendo la mano en la *kibisis*. Me agarra la cabeza y noto cómo me busca a tientas la nariz o la boca para no taparme los ojos sin querer.

—Podríamos haber sido tus afables huéspedes —señala—. Pero te has negado a acogernos. Deja que te dé el regalo que te mereces.

Perseo me saca del morral y me pone frente al titán, al tiempo que cierra los ojos aterrorizado.

Hasta yo me sorprendo de lo que pasa a continuación. Como los titanes no son criaturas mortales, no se convierte en piedra en el acto como ocurrió con los pájaros y el escorpión, o con el pastor. Mientras lo miro fijamente, no sé qué esperar. Temía por la vida de mis hermanas cuando tenía hermanas, aunque eran inmorta-

318

les. Pero no temo por Atlas. ¿Por qué debería seguir con vida un reyezuelo como él y yo no? Así que abro los ojos como platos y me encuentro con su mirada.

Su expresión es muy diferente a la del pastor: supongo que en su larga vida ha visto cosas peores que una cabeza de gorgona. El primero en cambiar es su mayordomo, que se vuelve de piedra aun antes de que me haya fijado en él. Pero Atlas hace algo más. Se produce un estrépito ensordecedor, como el de un gran desprendimiento de rocas. Levanta el brazo para derribar a Perseo o tal vez con la intención de arrancarme de su mano extendida. Pero no puede mover los pies, está clavado al suelo. Y entonces se oye otro estruendo de roca contra roca y todo él se petrifica, empezando por los pies. Y a medida que se transforma, aumenta de tamaño. El rey titán es ahora una montaña gigantesca: sus miembros son plataformas de roca, el pelo le brota en forma de enormes pinos. Alcanza tales dimensiones que su cabeza se pierde entre las nubes que envuelven el pico recién formado. Estamos en medio de la ladera de una montaña que los dioses deben de haber decidido crear. Porque yo sola no puedo tener tanto poder, ¿verdad?

Perseo contempla atónito en qué se ha convertido Atlas. No tiene remordimientos, que yo vea: me mete de nuevo en la *kibisis* y se felicita por la eficacia con que ha vencido a otro enemigo. Estoy casi aturdida por la enormidad de lo que acabo de crear. El mismísimo cielo descansa ahora sobre los hombros de Atlas: el mundo ha cambiado y todo por mí. Me pregunto si Perseo siente algo de compasión por todos los hombres y mujeres que vivían y trabajaban en el palacio de Atlas, y que ahora seguramente están muertos. Pero no durante mucho tiempo, porque sé que a Perseo no le importa nadie más que él mismo y su querida madre.

· · ·

Por cierto, el huerto de manzanos sobrevivió. Continuó creciendo en las estribaciones inferiores de las montañas del Atlas, y eso le daba al titán una alegría todos los días. Crió un dragón para que protegiera a los árboles ahora que habían muerto todos sus hombres. Luego llegó otro hijo de Zeus y robó las queridas manzanas, tal como había anunciado Temis, y Atlas perdió el último placer que le quedaba. Su única responsabilidad desde entonces era sostener el peso del cielo.

Andrómeda

La princesa de Etiopía empezaba a creer que su madre había ofendido a Helios, y no a Poseidón. Flaqueó mientras permanecía de pie con los brazos abiertos, entrecerrando los ojos ante su resplandor. Intentó enderezar la espalda, ya que la cuerda que le sujetaba las muñecas le tiraba, clavándosele en la carne. Pero el calor que desprendía la roca roja que tenía detrás era casi tan intenso como los rayos deslumbrantes que caían sobre ella. Se le cuartearon los labios y era como si cada parte de su piel expuesta estuviera en llamas. Miró de izquierda a derecha, esperando que alguien le ofreciera agua, le proporcionara algo de sombra o aliviara su malestar. Pero los sacerdotes habían dado órdenes de que no se le acercara nadie.

Andrómeda sabía que lo más elegante era guardar silencio. Sabía que resultaría menos doloroso para sus padres enterarse de que su hija había perdido el conocimiento poco antes de morir. O tal vez estaban todavía allí, a la distancia estipulada por los sacerdotes. Ella podría permanecer muda hasta que se le hinchara la garganta y perdiera la voz para siempre. ¿Sería eso lo más digno? Le pareció que sí, pero eso fue antes de ver la forma oscura que se ondulaba en el agua bajo sus pies.

Al principio pensó que los ojos la engañaban, porque nada de esas dimensiones podía estar tan cerca de la tierra. Aquello no podía haberse alejado tanto de la antigua costa en tan poco tiempo. Le cayeron gotas de sudor en los ojos y el escozor la dejó por un momento ciega. Esperó a recuperar la vista y volvió a mirar el agua. ¿Qué profundidad tenía? ¿Había sido un valle hasta que la codicia de Poseidón se lo llevó? Debía de haber perdido el sentido de la orientación porque nada le resultaba familiar. Privada de los puntos de referencia que conocía, no identificó nada. Así que tal vez estaba imaginando cosas. Pero de nuevo le pareció ver una enorme masa parpadeante y ahogó un grito.

Empezó a rezar a un dios que odiaba.

El gorgoneion

Perseo ha descubierto que las sandalias le dan el poder de viajar tanto por mar como por tierra, así que está volando —en la medida en que puede hacerlo un humano con un calzado con alas— de vuelta a Sérifos. Un pastor muerto, un titán muerto: ha llegado la hora de volver a casa. No conoce el camino, por supuesto. No está seguro de dónde está Sérifos porque llegó allí siendo un bebé y salió con la ayuda de los dioses. Le pregunto desde el interior de la *kibisis* si sabe siquiera dónde está en ese momento. No me contesta, así que llego a la conclusión de que no lo sabe.

Se eleva por encima del agua y ahora se queja de que los zapatos le ayudan a volar pero no toman ninguna dirección que le sirva. Yo ya lo menospreciaba, así que no cambia nada. Surca los cielos y los mares en un sentido y luego en otro. Además, me doy cuenta de que no sabe lo que busca porque nunca ha visto Sérifos desde lo alto. Dice tener mucha prisa por volver a su tierra y rescatar a su madre de un desagradable enredo matrimonial. Pero ella podría haberse casado y tenido tres hijos en el tiempo en que él ha estado vagando infructuosamente.

Está recorriendo una zona que estoy convencida de que ya ha recorrido antes cuando oigo un ruido. Creo que es la voz de una mujer, pero al principio no puedo estar segura porque sólo oigo unas palabras y luego calla. Incluso Perseo parece oír algo. Se detiene y se vuelve poco a poco en el aire. Oigo de nuevo el ruido y esta vez es más fuerte. Esta vez es un grito.

Andrómeda

Andrómeda no estaba segura de si lo que oía era su voz o la de su madre. Y de pronto todas las voces, masculinas y femeninas, se alzaron al unísono. El monstruo surgió de las profundidades. Era oscuro y brillaba bajo la luz abrumadora, y todos se quedaron aterrados. Esta bestia seguramente no se conformaría con una única ofrenda sino que los engulliría a todos. Cundió el pánico, y Andrómeda oyó cómo los sacerdotes intentaban convencer a sus reacios fieles de que el monstruo, que había sido enviado por Poseidón, exigía una sola vida. Pero oyó cómo, detrás de ella, los incrédulos salían en desbandada. ¿Estaban sus padres todavía allí?, se preguntó. ¿Se quedarían hasta ver cómo se la llevaba la bestia?

Inseguro en su nuevo entorno, el monstruo nadó de un lado a otro intentando identificar dónde se encontraba. Levantó brevemente su enorme cabeza y se sorprendió de lo que vio. Nunca había llegado hasta esa parte del mar, pero Poseidón le había ordenado que fuera y había obedecido.

El dios le había dado más instrucciones, pero la criatura estaba distraída y desorientada, y no recordaba exactamente lo que le había dicho. Si giraba a la derecha, podría nadar de vuelta a las profundidades del océano que conocía. Pero entonces ¿estaría desobedeciendo al rey de todos los mares?

Volvió a levantar la cabeza y vio un espectáculo inesperado. Una mujer mortal, atada entre un par de tocones frente a una gran roca. El monstruo volvió a hundirse bajo las olas. ¿Era a eso a lo que Poseidón se había referido cuando describió una ofrenda? ¿Era la mujer mortal el premio tras el largo viaje que había realizado? Como premio era insignificante. ¿Debía tomárselo como una ofensa premeditada? ¿O los mortales le habían prometido a Poseidón una ofrenda mejor y luego se habían retractado? Dio unas vueltas por las aguas más profundas, pensativo.

No todos los etíopes huyeron al ver a la poderosa bestia. Muchos estaban decididos a apaciguar a los dioses tras la devastadora inundación, pero algunos no sintieron más que rebeldía. ¿Por qué presenciar cómo devoraban a su princesa cuando ya habían perdido tanto? Era humillante. Así que cuando vieron la luz del sol reflejada en aquel cuerpo musculoso, fueron a buscar sus lanzas y se apresuraron a defender a Andrómeda.

El gorgoneion

Asimilo toda la escena a tal velocidad que es como si viera todas las secuencias a la vez. Pero el tiempo no corre igual para mí que para ti, así que voy a intentar describirlo para que lo entiendas. Perseo se ha acercado a otra costa, lo sé porque oigo el agua lamiendo las rocas y el movimiento de las olas. Aquí hay paz, como suele haber junto al mar. Incluso para los que han llegado a odiarla, como la odiaba Medusa.

Pero percibo algo más: miedo y presteza. La primera voz que oigo es la de una mujer, pero ahora son muchas las voces. Algunas suenan asustadas, otras vociferan amenazantes. Otras rezan. Otras no dicen nada, pero las oigo igual, preparándose para actuar: cuero sobre piel, madera sobre piedra, metal sobre metal.

Se oye otro sonido, que reconozco sin conocerlo. Es imposible explicar esta contradicción, hasta el punto de que sólo puedo retenerlo un instante y luego se esfuma. Siento que algo me agarra y tampoco puedo identificarlo. ¿Es un recuerdo o un pensamiento, una conexión o un estallido de dolor? ¿Está caliente o frío? No sabría decirlo. Ni siquiera estoy segura de si ha estado allí, porque desaparece por completo.

Entonces llega la sensación familiar de Perseo abriendo la *kibisis* e intentando agarrar mis serpientes. Una de ellas lo muerde, pero eso no impide que cierre el puño alrededor de tres de ellas y me saque del morral. El resplandor es tan intenso tras la oscuridad que parpadeo dos veces. Me encuentro frente a una multitud de mortales, pero no nos miran ni a Perseo ni a mí. Por esa razón muchos de ellos continúan vivos. Están mirando el agua que tengo debajo. Es una gran muchedumbre que ocupa una zona amplia: hombres armados con lanzas, mujeres con piedras en las manos, todos listos para arrojarlas. Dos de los mortales van con grandes galas. Al principio los confundo con los mandamases de este pueblo, pero luego me fijo en sus tocados y me doy cuenta de que son sacerdotes. No puedo identificar a ningún rey o reina; quizá no hayan venido.

Perseo está de pie junto a la orilla. Debajo de él, frente al resto de la multitud, veo ¿qué? ¿Una reina? ¿Un sacrificio? Lleva una diadema y un brazalete, ambos de oro. Pero está atada delante de una gran roca y grita. Por suerte no está mirando hacia su derecha y no me ve. Entonces Perseo da media vuelta en el aire y vemos lo que hay frente a la ofrenda de sacrificio: un mar en calma, agitado sólo por unas pocas olas.

Pero ella debe de haber gritado por alguna razón, porque los mortales que hay detrás de ella ahora avanzan hacia el agua. Se oye a hombres discutir y suplicar. Creo que son los sacerdotes, que intentan disuadir a su pueblo de que ataque. El agua se agita y sale algo a la superficie. Si fuera mucho más pequeño podría ser un delfín. Es un cuerpo oscuro y veloz que brilla a la luz. ¿Una anguila? Sea lo que sea, es una mole. Una segunda criatura aparece al otro lado de la bahía; no tiene aletas ni branquias, sólo un tentáculo oscuro que se despliega. Luego una tercera, una cuarta, una quinta: un enorme banco de peces o delfines. De pronto se oye una zambullida: todos esos peces gigantes descienden a la vez mientras otro se eleva en medio de ellos.

Por fin entiendo por qué grita la joven. Porque no es un banco de criaturas sino una sola criatura gigantesca. Nunca he visto nada igual e imagino que Perseo tampoco, porque jadea. Es evidente que este chico se asusta de todo, así que ello no es un indicador fiable. Pero si yo pudiera respirar, también jadearía.

Los hombres te dirán que las gorgonas somos monstruos, pero los hombres son tontos. No ven belleza más allá de lo que tienen delante. Y lo que ven es una ínfima parte de lo que existe. Así que, para Perseo, entre esta gran criatura y Medusa y sus hermanas hay una diferencia de escala. Ellas lo aterrorizaban por sus garras, dientes y alas, y yo lo asusto con mi mirada. La bestia del agua lo aterroriza por su tamaño y sus mandíbulas poderosas. Pero me tiene a mí para combatir contra ella, así que ¿por qué sigue teniendo miedo? Porque es un cobarde, y aunque lucha con la ayuda de los dioses, nunca deja de temer por su vida.

Entonces, ¿por qué ha decidido venir aquí para defender a la mujer que está atada entre esos tocones? Podría daros varias razones y en cada una habría parte de verdad.

No sabía en qué se estaba metiendo cuando voló hasta aquí. Oyó los gritos de una mujer y se vio a sí mismo como un héroe; y cuando llegó y se encontró con una criatura que aterrorizaba a todos los que la veían (a todos menos a uno), ya era demasiado tarde para agitar las sandalias y largarse de allí volando. Así que ahora no puede sino tratar de realizar un rescate audaz.

Se siente frustrado por los fracasos que ha cosechado hasta el momento y por su ineptitud para culminar su misión.

Está poniendo a prueba el amor de su padre al luchar contra una criatura capaz de aniquilarlo de un solo mordisco.

Está cogiéndole el gusto a la aventura, aunque sea tarde. Sabe que va bien armado y que goza del favor de los dioses, y quiere aprovecharse de ello.

Ya ha destruido a un titán y ha dejado un gran monumento de piedra en recuerdo de su demolición. ¿Qué más podría conseguir?

Ve a una mujer en peligro e intenta salvarla.

Perseo es malévolo y quiere matar.

Los mortales armados con lanzas y flechas están arrojándolas contra el monstruo al que temen y que se eleva por encima de su ofrenda sacrificial. Los mortales son desconcertantes: ¿por qué la han atado si no querían que el monstruo la engullera? La criatura no da muestras de notar las pocas flechas que la han alcanzado. No les da importancia. Las lanzas alcanzan el costado de un enorme tentáculo, pero también rebotan infructuosamente y caen al agua. La bestia vuelve a sumergirse y los hombres apuntan sus segundas lanzas y disparan más flechas. La abuchean, pensando que la han espantado. Tal vez la estupidez de Perseo no sea tan inusual para un mortal después de todo.

El agua se agita y la criatura se eleva y vuelve a caer inmediatamente. La ola que se forma se precipita hacia la orilla y derriba a sus agresores. Cuando el agua se retira, arrastra consigo sus armas, que se hunden en el mar. Los hombres se quedan tumbados sobre la arena mojada, ignorando que la bestia podría haber creado una ola mayor para llevárselos a ellos también, pero no lo ha hecho. La muchacha atada frente a la roca está empapada, con la túnica hecha jirones y la diadema torcida. Vuelve a gritar cuando el agua empieza a elevarse.

Perseo no tiene lanza ni arco, y su espada curva no le sirve en esta situación a menos que se acerque al monstruo volando, cosa que no piensa hacer. Se detiene al lado de la roca, unos pasos atrás. Se deja caer justo por encima del agua y levanta una mano. La mano que me sostiene.

Miro el océano, la extensión de agua que centellea ante mí, y no siento miedo ni de Poseidón, ni de Atenea, ni del monstruo. Y de pronto éste se eleva de nuevo, con sus miembros oscuros. Miro hacia el centro, porque allí debe de estar la cabeza. Es difícil saberlo porque todas las partes se parecen; es una masa ondulante de músculos. La luz que cae sobre ella es tan brillante que deslumbra y no puedo saber si estoy mirándola a los ojos o no.

Pero la estoy mirando a los ojos. Su mirada se ha encontrado con la mía y se ha quedado paralizada. Me pregunto cómo morirá. ¿Se convertirá en una estatua, como los pájaros y el pastor, o en una montaña como el titán? ¿Se quedará aquí para siempre, como tributo a mi gran poder, o se la recordará como un indicador del poder de Perseo? ¿Se hundirá bajo las olas? Yo no quiero que se recuerde a Perseo, pero ya es demasiado tarde porque la criatura se está petrificando miembro a miembro, desde la punta de cada tentáculo hasta el núcleo. Su brillante carne negra se convierte en piedra gris opaca y sé que he sido yo quien ha salvado la vida que iban a sacrificar, por mucho que Perseo se ponga la medalla. La criatura se retuerce mientras se le entumecen las extremidades y veo que el peso de cada miembro la arrastra bajo las olas. En unos instantes será roca sólida.

Y de repente le veo los ojos. Y los reconozco.

Andrómeda

La princesa se quedó con la boca abierta. Ya no pensaba en las cuerdas que le apretaban las muñecas. Tenía los ojos escocidos debido al agua salada que le había caído encima momentos antes, pero tampoco pensaba en eso. Debido a la inminencia de la muerte había apartado de la mente todo lo demás, y en el momento más inesperado la había salvado un desconocido. O lo que fuera que éste tenía en la mano. Miró atrás y parpadeó para quitarse el agua que le enturbiaba la visión, pero siguió viendo lo mismo: un hombre que volaba blandiendo un puñado de serpientes que, por lo que parecía, habían convertido al monstruo en piedra.

Cuando fijó la mirada siguió viendo a un hombre que parecía flotar sobre el mar mientras metía de nuevo sus serpientes en una bolsa dorada que llevaba al hombro. El monstruo se estaba hundiendo en el agua y, una vez pasado el peligro, el hombre se volvió hacia la muchacha. Ésta vio que era muy joven, tanto como ella. Tendría la mitad de años que Fineo. Su pelo era una maraña húmeda, y la túnica corta que llevaba dejaba ver unos brazos y unas piernas musculosos, muy distintos de los de su tío. Y acababa de rescatarla de una muerte segura.

Voló hasta ella y le desató las manos. Aunque hubiera tenido fuerzas para mantenerse en pie, ella habría caído en sus brazos. El agotamiento, la gratitud y la apremiante necesidad de transmitirle que ya no estaba prometida a un hombre mucho mayor que ella, todo eso contribuyó a ello.

—Gracias —dijo, y él sonrió.

—¿Cómo has acabado así? —le preguntó.

A ella le gustaron los ojos oscuros y brillantes de ese joven que no parecía tener interés más que en ella. Ni siquiera sabía que era una princesa. Y él nunca había visto a su madre.

—Los sacerdotes iban a hacer un sacrificio conmigo. —Él frunció el entrecejo—. Quiero decir, que yo era la víctima que iban a sacrificar. No es que me pidieran que hiciera un sacrificio y todo se torciera.

Él asintió. Debía de estar deslumbrado ante su belleza, pero ella no estuvo segura hasta que lo vio levantar la mano para colocarle bien la diadema.

—Me llamo Andrómeda.

—Y yo Perseo. ¿Quién es tu padre?

—Cefeo, el rey de los etíopes.

A él se le iluminó la cara.

—Ya veo. Mataré a esos sacerdotes para vengarte y luego tal vez quieras presentarme a tus padres.

Andrómeda pensó que no era necesario que los matara, que prefería que conociera a sus padres de inmediato. Pero, tras unos instantes de reflexión, se dio cuenta de que quería que los dos sacerdotes murieran, de modo que asintió encantada. Perseo la llevó hasta una roca más pequeña para que pudiera sentarse y recobrarse. Le gustaba que aceptara todo lo que él le pedía. Por fin alguien lo tomaba en serio. Por primera vez desde que había dejado a su madre. Y lo único que había tenido que hacer era salvarla de una muerte segura. Matar a dos hombres más no sería difícil, pensó. Tal vez había demasiadas personas allí para sacar la cabeza, pero tenía el *harpē*; con eso sería suficiente. Con las sandalias aladas puestas dudaba mucho que pudieran alcanzarlo.

—Espera aquí. Ahora vuelvo.

Andrómeda vio ondear su túnica mientras se alejaba. Una parte de ella quería seguirlo para ver cómo los sacerdotes afrontaban su fin prematuro. Pero entonces la tomaría como la típica esposa que no hace caso a su marido. ¿No era mejor que se pensara que era de esas mujeres que necesitan que las rescaten y las mantengan alejadas de las matanzas? Y serlo era aún mejor que parecerlo. Su madre había tenido un papel influyente al lado de Cefeo, y no había más que ver adónde los había llevado a todos: la mitad del reino perdido y Andrómeda casi muerta. Ella tendría que ser más cuidadosa. Además, no quería asustar al joven.

Panopea

El lugar donde Etiopía se encuentra con Océanos ha cambiado. El mar más lejano llega más lejos que antes. Aun así, Perseo ha logrado llegar a él. Andrómeda se ha salvado, lo que no gustará nada a las furiosas Nereidas. Éstas al final lograron convencer a Poseidón para que actuara, pero en el último momento les han robado la víctima del sacrificio. ¿Y ahora qué?

Las Nereidas podrían pedir otra, pero Poseidón no les hará caso dos veces. Ahora su mar es más grande, y eso es lo único que quería. Incluso las Nereidas más airadas tendrán que aceptar —aunque no les guste— que han perdido su oportunidad para vengarse, porque es el propio hijo de Zeus quien les ha arrebatado su ofrenda. No se enfrentarán al rey de los dioses, y tampoco lo hará Poseidón en su nombre. Puede que no hayan satisfecho su rencor, pero se acabó.

¿Y qué hay del propio mar, que ha perdido a una de sus poderosas guardianas? Un monstruo a los ojos de Perseo, pero una diosa para nosotros. ¿Cómo la lloraremos ahora que es piedra bajo las olas? ¿Nadie hará justicia? ¿Es posible que Forcis haya dejado morir a su esposa sin que nadie pague por ello?

Pero ¿a quién podría hacérselo pagar? No puede esperar burlar a Zeus, que seguramente protegerá a su hijo, pase lo que pase.

Forcis podría ir con sus quejas a Poseidón, por supuesto. Pero fue Poseidón quien envió a Ceto allí. Si no le hubiera ordenado ir a los bajíos para darse un festín con la princesa etíope, Ceto se habría quedado como siempre en las profundidades del mar. Puede que Forcis ni siquiera sepa por qué el señor del mar eligió a Ceto, por encima de todas las demás criaturas, para esa misión.

Yo lo sé, por supuesto. Y quizá tú también. Poseidón lastimó a las gorgonas cuando decidió violar a Medusa. Y si ellas hubieran aceptado el agravio y le hubieran restado importancia, el asunto tal vez habría acabado ahí (o tal vez no, pues Atenea ya estaba enfurecida). Pero se defendieron. Euríale obligó al mar a alejarse de su orilla. Y, por supuesto, Poseidón lo vio como una ofensa inmerecida en lugar de como un castigo justo por lo que le había hecho a Medusa.

Por eso quería vengarse de las gorgonas, porque se habían negado a respetarlo y a vivir atemorizadas. Pero difícilmente iba a violar a Medusa de nuevo, ¿verdad? Ella estaba ahora escondida en una cueva y él en las profundidades de sus olas menguadas, enfurruñado. De modo que concibió ese plan, que era tan inteligente que dudo que se le ocurriera a él solo.

Envió a Ceto precisamente porque sabía que el hijo de Zeus merodeaba cerca en su tortuoso viaje de vuelta a casa.

Sabía que Perseo tenía consigo la cabeza de Medusa, que es lo único que queda de ella. Vimos a sus hermanas amortajar su cuerpo y llorarla. Las vimos doblar las alas alrededor de ella y construir una pira. Las acompañamos en su dolor cuando la incineraron en lugar de devolverla al océano, jurando que no volvería a estar en contacto con el agua. Y cumplieron su palabra. Euríale voló durante días tierra adentro para enterrar sus cenizas lo más lejos posible del reino de Poseidón. Escuchamos cómo le describió a Esteno los árboles que crecían en el oasis que había elegido.

Poseidón lo vio como una ofensa más, naturalmente. Y de pronto se le presentó la solución perfecta. Castigaría a las gorgonas que quedaban dando a la madre de éstas, Ceto, la orden de destruir la costa etíope y engullir a su desventurada princesa. ¿Adivinó que Perseo sería incapaz de resistirse a una mujer en apuros? Después de todo, es hijo de su padre.

Fuera cual fuese el desenlace sería conveniente para Poseidón. Ceto podría matar a Perseo, destruir la cabeza de Medusa, y devolverla al mar después de todo. Zeus perdería a su hijo, una lástima. Poseidón ya lo había dejado vivir cuando era un bebé y lo metieron con su madre en aquel arcón que echaron al agua. Si moría intentando rescatar a Andrómeda, sólo estaría saldando una vieja deuda. Zeus no se lo agradecería, pero Hades sí, y todos son hermanos por igual.

La segunda posibilidad era que Perseo matara a Ceto utilizando la cabeza de Medusa. ¿Acaso un dios malévolo como él encontraría una mejor manera de vengarse de las dos gorgonas supervivientes? Su madre está muerta; él tiene las manos limpias. No fue él sino Zeus, o su hijo, en todo caso. Poseidón ha perdido a una de las diosas más antiguas del océano, es cierto. Pero tiene demasiadas diosas y Nereidas para sentirse cómodo, así que puede permitirse perder a una perfectamente.

Lo veo todo, pero no lo sé todo.

No sé si Ceto se enteró de que Perseo la estaba matando con la cabeza de su propia hija maldita, irreconocible para la mayoría, pero seguramente no para ella.

¿La miró a los ojos deliberadamente porque no podía dañar el último fragmento que quedaba del cuerpo de su hija?

Los dioses del mar guardan sus secretos en lo más profundo; siempre lo han hecho.

El gorgoneion

No.

No puede ser cierto.

Pero lo es. La perdí en el mismo instante en que la encontré. No, no la perdí. «Perder» sería el verbo adecuado si la hubiera matado otro. Las gorgonas perdieron a Medusa, perdieron a un ser querido, cuando Perseo le quitó la vida cortándole la cabeza.

Pero yo no perdí a mi madre. La maté.

La mató Perseo, eso es lo que dirá la gente, ¿no? Eso es lo que dirá ese pequeño matón asesino, desesperado por impresionar a todos con su coraje y su fuerza. Un hombre solo contra un gigantesco monstruo marino. Habría muerto en cuanto ella lo vio de no haber estado yo allí.

Se cree que todo el que no se parece a él es un monstruo, ¿te has dado cuenta? Y hay que acabar con cualquier monstruo. Me pregunto si se dijo a sí mismo que los sacerdotes también lo eran. A mi modo de ver eran mucho más monstruosos que Ceto. De todos modos están todos muertos.

¿Cuánto tiempo la miré antes de darme cuenta de que era mi madre?

¿Cuánto tiempo me miró ella? Nada, lo que tarda en latir un corazón, si a una de las dos le hubiera quedado un corazón que latiera.

Hay una pregunta que todavía me martiriza.

¿Por qué no cerré los ojos?

Andrómeda

La princesa recorrió el pasillo hacia el gran salón del palacio de su padre. Habían lavado las marcas de sal de las paredes y sacado los tapices y los sofás para que se secaran. Tal vez flotaba aún un ligero olor a humedad, pero eso era todo. Fue rápidamente a ver a sus padres, confiando en que Perseo estuviera bien atendido en sus aposentos. ¿Estaría impresionado por su familia y su hogar? Seguro que sí.

Encontró a sus padres sentados a la mesa, esperándola. Su padre parecía casi tan relajado como siempre. Su madre estaba demacrada.

Entre ellos había un silencio que Andrómeda se propuso romper.

—¿Sabéis que me casaré con él? —Le brillaban los ojos con el desafío.

Seguían sin tener noticias de Fineo, incluso ahora que su sobrina había sido liberada.

—Sí, cariño —respondió su padre—. Ésa es la impresión que diste cuando permitiste que te agarrara delante de todos nuestros súbditos.

—Acababa de salvarme la vida. Así que pensé que debía dejar claro ante todos que él es el tipo de hombre que querría por marido, y no un cobarde ausente. —Guardó silencio un momento—. Un viejo cobarde ausente.

Su madre se estremeció, pero guardó silencio.

—Es hijo de Zeus —continuó Andrómeda—. Los dos deberíais aprobar una unión así.

Su padre asintió.

—Difícilmente puedo rechazarlo después de la forma tan impresionante en que irrumpió y te salvó cuando yo no podía.

Le tembló la voz y Andrómeda se preguntó por qué. Era un poco tarde para lamentar no haber hecho más para salvarla. Él no había hecho nada cuando importaba mientras que Perseo lo había hecho todo.

—Te pedirá mi mano esta noche. Estoy segura.

—Yo no estoy tan seguro de que la pida —replicó su padre—. Aunque tal vez lo haga, ya que es huésped en mi casa.

—No sé por qué no te gusta. Me salvó la vida cuando nadie más podía hacerlo. No se dejó intimidar por un monstruo ni por Poseidón, y no le importó lo que dijeran esos viles sacerdotes. Pensaba que te alegrarías de que me casara con un hombre así.

—Y me alegro.

Andrómeda esperó, por si su padre añadía algo. Pero se limitó a servir más vino.

—Pues no pareces muy contento. —Ella se sentó en el sofá contiguo, dejando espacio suficiente por si Perseo no sabía dónde sentarse cuando llegara.

—Si tú eres feliz, nosotros también lo somos —afirmó Cefeo—. No puedo ocultar lo avergonzado que estoy por la continuada ausencia y la cobardía de mi hermano. Aunque su edad me parezca más fácil de perdonar que a ti.

—Ya.

—Tu madre y yo te buscamos un marido porque creíamos que sería bueno para ti. Tu tío ha dejado claro con su comportamiento que nos equivocamos. Preferiría buscarte otro yo mismo en lugar de aceptar uno caído del cielo a quien no conocemos y a quien tú tampoco conoces. Pero tu madre y yo hemos hablado y creemos que no podemos interponernos en su camino si él desea casarse contigo. A duras penas hemos sobrevivido a la ira de Poseidón. No podemos provocar la del todopoderoso Zeus.

Andrómeda miró a su madre, que tenía los ojos clavados en su copa y la inclinó con delicadeza para que el vino se desplazara hacia el otro lado.

—Y lo que yo quiero, ¿qué? Os comportáis como si yo no tuviera nada que decir al respecto.

Su padre sonrió.

—No. Pero creo que lo has decidido en cuanto ha aparecido, así que eso no nos ha preocupado.

—Digas lo que digas, no os veo contentos con este matrimonio —replicó ella—. Os habéis quedado aquí sentados callados como si estuviéramos preparándonos para ir a un funeral. Un funeral que ha estado a punto de celebrarse, aunque yo me lo habría perdido.

—Le estamos agradecidos por haberte salvado de la muerte que ibas a tener por culpa de mi idiotez —dijo la madre con la voz ronca después del largo silencio—. Es un hijo de los dioses y goza de su favor. Sólo tengo un motivo para estar triste hoy y espero que se disipe con el tiempo.

—¿Cuál es?

—Lo mucho que ha disfrutado matando a los sacerdotes.

—¿Por qué no debería haberlos matado? —replicó Andrómeda—. Ellos deseaban mi muerte. Los reemplazaréis enseguida.

—No discrepo, cariño —aseguró Cefeo. Era lo que decía siempre que no estaba de acuerdo con alguien—. En nuestro afán por aplacar a los dioses pensamos que debíamos hacer lo que ellos nos pedían. Pero tu joven viene, si hemos de creerle, con una autoridad superior, del mismísimo Zeus.

—¿Por qué no habríamos de creerle? —Andrómeda empezaba a preguntarse si sus padres habrían preferido que la devoraran viva—. ¿Por qué cuestionas su origen de ese modo?

—Yo no cuestiono nada —se apresuró a responder Cefeo—. No era mi intención blasfemar contra otro dios. Supongo que no estoy acostumbrado a encontrarme con hijos de Zeus.

—Han sido unos momentos un tanto agitados para todos —indicó Andrómeda—. No entiendo que el padre de mi futuro marido te cause más estupor que un mar que se desborda o un monstruo marino. ¿Y qué has querido decir con que ha disfrutado matándolos? Me estaba salvando la vida. No veo dónde está el disfrute. ¿Qué sentido tenía que matara a la criatura que habían enviado para devorarme si iba a quedarse de brazos cruzados viendo cómo los sacerdotes daban órdenes para consumar otra muerte ordenada por un dios? Al menos él me ha defendido.

Hubo un largo silencio.

—Él no es el rey de todos los etíopes, cariño. Lo era yo antes de ser tu padre.

—Bueno, ahora tengo la oportunidad de casarme con un hombre que piensa en mis necesidades antes que en las de su pueblo, lo cual es más de lo que podría decirse del hombre con el que pretendíais casarme.

—Ha disfrutado matando —insistió su madre—. Tú no lo has visto, pero nosotros sí. Había emoción en sus ojos cuando ha hundido la espada en la garganta del viejo sacerdote. Estaba encantado. Seguro que tienes razón al decir que nunca antepondría las necesidades de los demás a las tuyas. Pero nunca antepondrá las de nadie a las suyas.

—No es cierto —replicó Andrómeda—. ¿Cómo puedes decirlo si casi no lo conoces?

—Tú has aceptado casarte con él y apenas lo conoces.

—Se ha comprometido a salvar a su madre de casarse con un hombre que no le gusta.

Perseo y ella habían hablado de todo lo importante mientras volvían al palacio, y estaba convencida de que lo que aún no sabía de él le gustaría tanto como todo lo que ya sabía. ¿Cómo iba a resistirse a alguien que se proponía salvar a su madre del mismo destino al que ella se había enfrentado?

—Así me lo ha explicado él mismo —asintió Cefeo—. Ha dicho que es muy urgente. Una misión muy peligrosa.

—Y que los dioses lo han ayudado porque es hijo de Zeus y goza de su favor —añadió Andrómeda—. Será un cambio agradable para mí, disfrutar del favor divino.

—Pero ha retrasado su viaje para rescatarte —señaló su madre.

—¡Sí! Y no entiendo cómo eso puede hablar mal de él. Sólo puedo suponer que es porque habla fatal de vosotros dos.

—Has dicho que él nunca antepondría las necesidades de nadie a las tuyas —declaró su madre—. Y, sin embargo, ha preferido anteponer las necesidades de una desconocida como tú a los intereses de su madre, a la que tan unido está. ¿Por qué no está dándose más prisa en salvarla? ¿Por qué se ha desviado en su vuelta a casa?

—Porque me ha amado desde el momento en que me vio.

—Ya había abandonado a su madre antes de verte a ti —insistió Casiopea.

Andrómeda le lanzó una mirada de ira. Su padre miró al suelo.

—Espero no llegar tarde —dijo Perseo al entrar en el comedor.

El gorgoneion

No sé dónde se detiene después de salir de Etiopía. Es una costa que no se parece a ninguna que yo conozca. ¿Una isla, entonces? ¿O el otro lado del mar que bañaba la playa de las gorgonas? No lo sé. No veo la tierra, porque cuando me saca de la *kibisis* me deja en el suelo, mirando el mar. Todavía me tiene miedo, lo que supongo que es algo.

No me maneja con suficiente delicadeza: es capaz de agarrar mis serpientes pero sólo un momento, le repugna la sensación de los cuerpos calientes retorciéndose en sus manos. La arena es tan dura como las rocas de la cueva de Medusa. El dolor me sube por el cuello y aprieto los dientes. Y el hombre, que no ha respondido a nada de lo que he dicho, se da cuenta de mi malestar. Se aleja.

Me pregunto si me dejará aquí. Hay lugares peores, sin contar la dureza del suelo, a la que podría acostumbrarme. Al fin y al cabo ya me he hecho con todo lo demás. Me quedaría aquí para siempre, mirando las olas y pensando en todo lo que he perdido: mis hermanas, mi madre, lo que una vez fui.

Pero oigo de nuevo sus pasos. Me recoge de la arena y hay movimiento debajo de mí. Cuando vuelve a dejarme en el suelo éste es más blando. Ha amontonado hojas o frondas de algas para que apoye en él mi cuello en carne viva.

No.

No puedes sentir afecto por él a estas alturas. Sencillamente, no puedes. ¿Acaso no recuerdas que no tendrías el cuello en carne viva si no fuera por él? No puedo ni podré nunca sentir gratitud hacia Perseo. Aun así descanso en el cojín de algas y miro el agua, y él también descansa, porque por lo visto es agotador viajar con ayuda divina. Y cuando decide que por fin ha llegado el momento de encaminarse a Sérifos, abre el morral y me mete en él. El cojín de algas se ha endurecido hasta convertirse en una delicada escultura de roca; la entreveo antes de volver a sumergirme en la oscuridad.

Dánae

Dánae contaba los días que su hijo llevaba fuera. Intentaba no angustiarse porque hasta entonces Zeus siempre había cuidado de ella. Pero ya no era tan joven como la primera vez que él se fijó en ella y (de un modo indigno, se dijo, tratando de no ofenderlo ni siquiera de pensamiento) le preocupaba ser demasiado mayor para recibir su atención y, por lo tanto, su ayuda. Estaría echando el ojo a nuevas jóvenes; ¿cómo iba a acordarse de la madre de Perseo, a quien había salvado de una mazmorra, de un arcón y del mar? Pero si se había olvidado de ella, confiaba en que recordara a Perseo. En general, Zeus se sentía orgulloso de sus hijos y los defendía incondicionalmente. ¿Y por qué siempre necesitaban que saliera en su defensa? Porque Hera estaba en contra de ellos y su cólera era tan incontrolable como un océano embravecido.

Pero Dánae reafirmó el lado optimista de su naturaleza: Hera no la había castigado nunca. Había sido su propio padre, Acrisio, quien la había encerrado y luego había dejado que se ahogara. De modo que si la diosa no estaba enfadada con ella, tal vez estaban salvados. Y Perseo volvería a casa y ella no tendría que casarse con un rey viejo y engreído que apestaba a vino rancio.

Pero pasó otro día y ella buscó en el horizonte las barcas que volvían. Siempre esperaba que Dictis se hubiera encontrado a Perseo navegando de vuelta a casa. Pero todos los días veía la barca de Dictis volver sola a la orilla y sabía que, dondequiera que estuviese Perseo, no subiría corriendo la colina hasta su casa, impaciente por describirle a su madre las enormes criaturas que habían visto en el mar (Dictis siempre miraba hacia el otro lado en el momento crucial, por lo que se perdía los grandes monstruos de las profundidades). Y ella sonreía y negaba con la cabeza, porque el Perseo de sus recuerdos era mucho más joven que el que se había embarcado en una misión hacía casi dos meses.

La boda planeada ya era inminente, y el odiado rey enviaba todos los días mensajeros con algún que otro paquete: el traje de novia, una pulsera que a ella le gustaría. Dictis se estremecía con cada nuevo regalo. Dánae los amontonaba en un rincón y los cubría con una vieja red de pescar para que la amenaza del hermano no les afectara el día a día. El vestido de novia debía de oler a pescado a esas alturas, pero ella ya estaba acostumbrada, viviendo en la casa de un pescador. Y seguía confiando en no tener que ponérselo, aunque su esperanza se debilitaba con cada hora que pasaba.

Y ahora habían pasado tantas horas que la boda iba a celebrarse al día siguiente. Polidectes se presentaría él mismo ante la novia, le dijo el pomposo mensajero en su último día de libertad. Ella debía asegurarse de tener listo todo lo que quisiera llevarse (en este punto, el mensajero no pudo evitar mirar la humilde casa de campo haciendo una mueca de desprecio), porque no volvería allí y Dictis no sería bienvenido en el palacio. Así que todo lo que dejara atrás lo perdería para siempre, añadió muy despacio, como si a Dánae le costara asimilar las palabras.

Ella asintió cansinamente y se volvió para mirar de nuevo el mar lejano. Pero cuando el mensajero se marchó, se dio cuenta de que no iba a soportar quedarse allí mirando el horizonte y viendo cómo un hombre solo subía la colina hasta su casa. De modo que esperó a Dictis dentro, para recibirlo como antaño, y se obligó a ocultar su tristeza cuando viera aparecer una sonrisa cansada en su rostro moreno y arrugado.

Pensó que los botes regresaban más tarde aquel día, viendo las sombras desplazarse en el suelo. Nunca volvería a ver esas sombras ni esa luz. Cogió una escoba, malhumorada. No iba a llorar. Zeus la salvaría o no, y no había nada que ella pudiera hacer.

Al final oyó sus pasos lentos al acercarse a la casa. Ese día iba muy cargado, pensó, o habría caminado más rápido y ligero. Se volvió hacia la puerta y contempló el rostro de un joven que le pareció tan familiar como su reflejo y tan desconocido como un extraño. Pero no tuvo tiempo de pensar en esa paradoja porque él ya estaba en sus brazos, llorando de alivio.

El gorgoneion

El día de la boda ha llegado, pero Dánae no tendrá que casarse con el rey. La luz es cruda y despiadada. El rey... ¿Hace falta que te lo cuente? Ya sabes lo que pasa. Cuando el rey llega para reclamar a la novia reticente, su grueso rostro se muestra tan atónito como decepcionado al ver que Perseo ha vuelto para defenderla. Hace comentarios sarcásticos, pero su voz deja traslucir cierta inquietud. Envió a un muchacho a una misión heroica y el muy tonto afirma que ha vuelto con la presa.

La presa soy yo, por si lo has olvidado.

El rey se comporta con fanfarronería y falsa incredulidad. Perseo está lleno de ira. Su madre guarda silencio; Dictis le pone una mano en el brazo en un gesto protector.

El rey —que es todavía más necio que Perseo, o al menos igual de ignorante— pide ver la presa. El chico aprovecha ese momento para aumentar la tensión y se toma su tiempo para buscar la *kibisis*, aflojar los cordeles con borlas que la cierran e introducir la mano en ella. Les pide a su madre y a Dictis que se vuelvan. Ellos no preguntan, se limitan a hacer lo que él les ordena. Desde que ha regresado a casa se muestra visiblemente aliviado y triunfal. Eso es lo que le faltaba, que lo escuchen y le hagan caso. Me pregunto si Andrómeda será la esposa sumisa que espera.

El rey se burla de las precauciones que toman su hermano y su prometida. ¿De qué tienen miedo? Perseo debe de haber cumplido realmente su promesa, y demás.

Y entonces, como seguramente habrás adivinado, me ve y enmudece para siempre. Tres de sus guardaespaldas miran en la misma dirección y se convierten al instante en piedra. Los demás, al ver que sus compañeros son ahora estatuas y que su rey ha muerto, huyen para ponerse a salvo.

Mientras Perseo me mete de nuevo en la bolsa, comenta que dejará a los hombres donde están para que sirva de advertencia a los demás.

Lo último que oigo es la voz de Dictis, quien reacciona con calma ante la muerte de su hermano pero dice que preferiría trasladar las estatuas y enterrarlas en la arena. Perseo accede a regañadientes y las entierran todas.

Hera

—Me pregunto si será un buen precedente, cariño.

Hera se había colocado detrás de Zeus mientras le masajeaba los hombros para que él no viera su expresión de desdén.

—Seguro que sí —respondió él. Ella esperó—. ¿De qué hablas?

—Tu hijo bastardo. —Aunque no podía verle el rostro, sabía que sus ojos iban de un lado a otro, tratando de averiguar a cuál de ellos se refería y si ella acababa de descubrirlo—. Perseo acaba de matar al rey de Sérifos.

—Bien hecho.

Su mujer aumentó brevemente la presión de los dedos, pero no habló. Zeus reflexionó un momento.

—Era un rey muy injusto. Los isleños llevaban tiempo rezando por su liberación.

—Ya. Bueno, entonces estoy segura de que no he de preocuparme.

—No. ¿Qué te preocupaba?

—Nada realmente. Sólo me preguntaba si es buena idea dejar que unos jóvenes advenedizos vayan por ahí matando a reyes, sin afrontar ningún castigo.

—Es mi hijo —replicó Zeus—. Puede hacer lo que quiera, dentro de lo razonable.

—Pensé que esto quedaba fuera. Por lo visto el rey no había hecho nada más que decidir casarse con una mujer. Cuesta imaginar que eso haya molestado a alguien.

—Son cosas que pasan —la tranquilizó su marido.

—Me preocupa que la gente se crea que puede derrocar a cualquier gobernante que no le guste, si ese comportamiento queda impune.

—Viene de familia —repuso Zeus—. Yo mismo...

—Tú ya no eres el advenedizo —lo interrumpió su mujer—. Eres el viejo rey.

—Los mortales no van a derrocar al rey de los dioses. No se atreverían. ¿Quién intentaría tal cosa?

—Los mortales no —murmuró Hera acercándose.

—Entonces, ¿quién? Ya he reprimido las rebeliones de los titanes y los gigantes. ¿Quién queda para levantarse contra los olímpicos o contra mí?

—Bueno, los olímpicos y tú no sois exactamente lo mismo, ¿no? ¿Y si uno de los olímpicos decidiera probar suerte?

—¿Quién? Ninguno lo conseguiría.

—No lo sé. Sólo me preocupa que cunda el mal ejemplo.

—Bueno, pues no cundirá.

—Eso es estupendo. —Y Hera se alejó canturreando.

El gorgoneion

Los cuerpos chorrean sangre y se convierten en estatuas. La magnitud de la masacre de la boda me sorprende incluso a mí. No estoy segura de por qué, ya que él no ha mostrado remordimientos en ninguna de las ocasiones anteriores. Pero las cifras son espeluznantes. No sé si lo que me asombra es mi capacidad para matar a tantos a la vez —decenas, cientos— o el hecho de que Perseo no pueda participar siquiera en lo que tradicionalmente es un acontecimiento dichoso sin cometer un asesinato en masa.

Los padres de Andrómeda no tienen la culpa, por supuesto. Destrozados por la cantidad de desastres que los han sacudido últimamente, callan cuando Perseo se va y callan cuando vuelve (aunque por el bien de su hija deseaban que no lo hiciera). Acuerdan con la pareja feliz que esta boda es una oportunidad para unir a los habitantes de su atribulado país tras las luchas recientes. Andrómeda elige con su madre el traje de novia, Perseo confecciona con el padre de ella la lista de invitados. Su madre no asistirá, dice Perseo, a causa de la distancia. Pero él y su nueva esposa volverán a la Grecia continental pasando por Sérifos. Cefeo y Casiopea acceden a todo, y el día de la boda transcurre sin sobresaltos hasta que llegan los invitados. Por una vez no es Perseo quien inicia la pelea.

Andrómeda estaba prometida a su tío Fineo. Pero él desapareció al inundarse el país y no dio señales de vida cuando los sacerdotes raptaron a Andrómeda. La casa real, por tanto, lo dio por muerto. Pero Fineo estaba muy vivo, al menos hasta el día de la boda. Se refugió en las montañas, y cuando llegó el agua allí se retiró a tierras más altas. Luego corrió la voz acerca de la blasfemia, del castigo divino y de un monstruo marino, y no encontró motivos para volver. Enterarse de que su prometida al final no había sido devorada por el monstruo probablemente había sido una grata sorpresa. No le resultarían tan grato el rumor que la acompañaba: que ahora planeaba casarse con su salvador. Pero antes de reaparecer y hacer valer sus derechos Fineo quiso asegurarse de que no habría más monstruos.

En el momento en que Fineo cree que el peligro ha remitido y puede regresar, Perseo y Andrómeda están a punto de casarse. Indignado por la rapidez con que lo han olvidado, Fineo reúne a un grupo variopinto de seguidores y marcha hacia el lugar donde se celebra la boda como si se tratara de un campo de batalla. Cuando se aproximan al palacio, nadie está seguro de si son asistentes a la boda que no han sido invitados o un ejército de hombres descontentos.

En el interior de los salones, las antorchas brillan con intensidad. Se entonan cantos nupciales y el vino corre en abundancia. Al otro lado de sus puertas se respira una ira enconada. Fineo y sus hombres alzan las antorchas y exigen que les entreguen a Andrómeda, tal como se les prometió en su día. Los mayordomos intentan detenerlos, pero los hombres los superan en número y se abalanzan en el interior del palacio gritando sus exigencias a pleno pulmón.

Cefeo y Casiopea se levantan de sus sillones y le dicen a Andrómeda que ellos se harán cargo. Corren por los pasillos y se encuentran cara a cara con Fineo. Éste no tiene ningún control sobre los hombres que ha llevado hasta allí, lo que no sorprende a nadie. Al fin y al cabo, todos saben que es un cobarde. Mientras Cefeo intenta razonar con él, los hombres se desperdigan, decididos a irrumpir en el banquete de bodas y beber vino.

Cefeo habla en voz baja, excusándose, y Casiopea guarda silencio. En el último mes la reina ha perdido la energía para luchar. Cefeo dice a Fineo que se equivoca al enfadarse con ellos. Que son los dioses, y no ellos, los que han elegido a Perseo como su yerno, y no pueden llevarles la contraria. Han aprendido lo caro que sale ofender a los dioses.

Pero a Fineo le traen sin cuidado sus excusas. Lo han engañado arrebatándole a su novia y su lugar en la línea de sucesión, y está decidido a hacer justicia. Cefeo intenta sobornarlo con oro y ganado, pero Fineo está borracho y en ese momento oye cómo estalla la pelea. Es demasiado tarde para los sobornos, dice. Quiere a su mujer. Cefeo —que ya no sabe cómo afrontar una catástrofe más— le pide que hable con las Nereidas, con Poseidón, con el monstruo marino. Y que tenga en cuenta que la contienda que espera ganar es contra el mismísimo hijo de Zeus.

Fineo se dirige a grandes zancadas a la gran sala donde se está librando la batalla. Perseo se ha levantado de un salto y apunta con un gran cuchillo a todo el que se le acerque demasiado. Andrómeda grita, porque ya está harta de que las cosas se tuerzan; además, alguien ha derramado vino sobre su vestido color azafrán. Y entonces ve a su odiado tío entrar por la puerta, y agarra a Perseo y se lo señala, gritándole al oído que ése es el hombre del que la ha salvado. Perseo mira las mesas y los sofás volcados, y a los hombres que se pelean entre sí. Se da cuenta de que no tiene ni idea de quién está luchando a favor de Fineo y quién contra él. No conoce a nadie excepto a uno. Pone a Andrómeda a su lado y reza para que los padres de ésta se hayan retirado de la refriega. A continuación se inclina y coge la *kibisis*, que siempre tiene cerca, y le pide a su novia que cierre los ojos. Ella frunce el ceño y hunde la cabeza en su hombro mientras él me saca del morral y me alza para que todos puedan verme.

Grita y los hombres se vuelven para mirarlo, y para mirarme a mí. Y eso les cuesta caro. Un hombre se convierte en piedra mientras clava una espada corta a su compatriota. Hay que apartar al muerto —cuyos ojos ya estaban vidriosos antes de que pudiera volver la cabeza— de la estatua que lo ha matado. Corre la sangre, pero entre los montones de cadáveres hay cientos de estatuas.

Cuando Andrómeda vuelve a abrir los ojos, no grita. Mira a su alrededor e intenta comprender lo que ha sucedido: la pérdida de casi todas las personas que conoce. Todas las chicas con las que había hecho planes de boda están muertas, como lo están los hermanos y los padres de éstas. Su tío y todos sus hombres también lo están, pero ella no se fija en ellos porque está buscando desesperadamente a sus padres por todo el palacio. Perseo me ha metido en el morral, que se cuelga al hombro, maravillado ante la limpia solución que ha encontrado para todos sus problemas. Ya no habrá más hombres que reclamen a su novia. Ya no habrá más peleas. Se pregunta por qué Andrómeda no se muestra tan agradecida como cuando mató al monstruo marino.

Piensa en Dictis y en cómo se preocupó por enterrar las estatuas en la arena de Sérifos, en lugar de dejarlas expuestas para que todos vieran lo que pasaba cuando te cruzabas con el hijo de Zeus. Tal vez sea eso lo que le preocupa a Andrómeda, que acaba de aparecer de nuevo en el vestíbulo con sus padres y se aferra a ellos como si fueran a salir huyendo. Perseo supone que han perdido a muchos esclavos con las inundaciones y ahora en el combate, por lo que tal vez se están preguntando cómo van a vaciar sus salas de estatuas. Él los ayudará, por supuesto; no tienen por qué poner esas caras. No le gustan los padres de Andrómeda. Quizá se la lleve a ella sola y los deje allí recogiendo los desperfectos.

Atenea

—No sé por qué quieres que pare —replicó Atenea—. Es lo primero interesante que ha hecho en su vida y va y no te gusta.

—Hera cree que el chico debería renunciar a la cabeza de gorgona. —Zeus se acarició la barba para dar a entender a su hija que él mismo lo había pensado mucho y había decidido seguir el consejo de su esposa.

—¿Sólo porque mató a un puñado de griegos? A Hera no le gustan las peleas, eso es todo.

—No creo que fueran sólo los griegos lo que le preocupaba —explicó Zeus—. Fue el sacrificio de tantos etíopes. La cabeza de gorgona aniquiló a más que el maremoto de Poseidón y que su monstruo marino juntos.

—Ha asegurado una línea de sucesión para las generaciones venideras —afirmó su hija—. Por una vez me ha recordado a ti.

Zeus asintió muy despacio. Estaba dividido acerca de ese asunto; siempre era más fácil complacer a Hera, y seguramente podría hacerlo sin que Poseidón se quejara de verse eclipsado por un simple mortal, que era lo que pasaría si no actuaba. Pero era al mismo tiempo un momento de cierto orgullo paternal. Que su hijo —un mortal que había necesitado ayuda divina sólo para salir de su propia isla— hubiera conseguido masacrar a cientos de personas. ¡Y en medio de una boda! Cuando menos se lo esperaban. Siempre había buenas razones para reducir el número de mortales. A saber cuántos rayos le había ahorrado Perseo mostrando fugazmente la cabeza de gorgona.

—¿Crees que él seguiría recordándote a mí si renunciara al gorgoneion? —le preguntó Zeus a Atenea.

Ella ladeó un poco la cabeza mientras pensaba en ello. Cada vez se parecía más a su querida lechuza.

—Sin ella estaría muerto en un mes —respondió Atenea—. Si continúa buscando pelea como hasta ahora. Nadie puede permitirse ser irascible y enfadarse todo el tiempo si no tiene un arma mucho más poderosa que las de todos los que lo rodean.

Zeus arrugó la frente.

—Eso no responde a mi pregunta.

—¿Ah, no? Bueno, pues sí, en cierto modo seguiría recordándome a ti. A su madre desde luego no ha salido. A ella no le interesa matar a nadie, que yo sepa. Ni siquiera intentó matar al rey de Sérifos. Se sentó a esperar que Perseo llegara y lo hiciera por ella.

—Entiendo —dijo Zeus—. Supongo que no podrías ir a pedirle que no utilice la cabeza a menos que sea imprescindible.

—Ya lo hace.

—¿De verdad?

—Sí, es bastante cobarde y estúpido, por lo que casi nunca tiene la opción de hacer algo difícil o valiente —explicó Atenea—. La cabeza lo ha cambiado todo.

—Podría aprender a ser valiente.

—Imposible. Es más bien de esas personas que no aprenden nada. Toma atajos cuando se le presentan y se rinde cuando no.

—Quítasela —le ordenó Zeus..

Atenea asintió.

—¿Y qué hago con ella?

Zeus ya había perdido el interés.

—Lo que quieras.

Iodama

Su padre había mandado construir el santuario de Atenea antes de que ella naciera, así que fue sacerdotisa desde el principio. Creció siguiendo los pasos de las mujeres que servían a la diosa, escondiéndose en los rincones para observarlas en los rituales. Deseaba tanto servir junto a ellas que cada vez que pasaba la alta sacerdotisa por su lado se ponía de puntillas, decidida a parecer mayor. Iodama amaba a su diosa y amaba su templo.

Como sacerdotisa menor, trabajaba con más ahínco que ninguna. Las mayores la querían mucho, aunque las acribillara a preguntas sobre una u otra parte de su práctica religiosa. Nadie podía reprocharle a la joven su entusiasmo, decían. Y ella disfrutaba hasta las tareas más laboriosas y pesadas. La tuvieron cardando lana durante meses para tejerle a la diosa la túnica más elegante y hermosa. Pero ella nunca se quejó de lo ásperas que le quedaban las manos ni de que la grasa de la lana le manchaba la ropa. Y cuando acabó de cardar quiso aprender a hilar, para estar aún más cerca de la diosa.

A veces acudían chicos de los alrededores y observaban a las jóvenes sacerdotisas procurando no hacer ruido, pues sabían que en cuanto los descubrieran, una de las ancianas que todos los días barrían los escalones del santuario saldría tras ellos con la escoba. Pero la atracción que les suscitaban esas jóvenes que habían dado la espalda a un futuro matrimonio era demasiado grande, y los chicos volvían incluso antes de que hubieran desaparecido los moratones de la última vez. Algunas de ellas los animaban, pero Iodama tenía hermanos y para ella los chicos no tenían ningún misterio.

Además, amaba a Atenea. Todo lo demás le despertaba poco interés. Sentía una gran ternura por sus padres por haberle dado esa vida, aunque sus hermanos la rechazaran. Que vivan como quieran, pensaba. Ella estaba hecha para la vida del templo. A las sacerdotisas de más edad las impresionó tanto su entrega que le enseñaron a tejer: nunca las había ayudado alguien tan joven a confeccionar la túnica de Atenea.

Todos los años tejían un nuevo peplo para la diosa a la que servían. Sacaban la estatua —de tamaño mayor que el natural, si es que Iodama podía pensar en su diosa en tales términos— del templo y la paseaban por las calles para que todos vieran sus ojos de lapislázuli y su piel dorada. Todos los años, ese día, le ponían un vestido nuevo, por lo que la estatua siempre se veía lo más perfecta posible, haciendo honor a su siempre perfecta diosa. Y sus devotos seguidores tocaban música. Iodama aún no había aprendido a tocar la flauta, pero al menos sabía cantar. Y el año siguiente sería flautista. Se lo había prometido el profesor de música.

Iodama tejió la hermosa tela lo más pulcramente que pudo. Trabajó hasta que oscureció y continuó a la luz de las antorchas. Sabía que si la hacía perfecta —o lo más parecido a la perfección que podía alcanzar alguien que no fuera Atenea— vería durante todo un año a la estatua con una vestimenta que ella habría ayudado a confeccionar. Hasta tocar la flauta podía esperar. Cuando por fin acabó, vio que era un buen trabajo.

La mañana de la celebración vio a las sacerdotisas sacar el viejo vestido por la cabeza de la estatua, con cuidado de que no se le enganchara en el casco. Tuvieron que quitarle la lanza y devolvérsela una vez puesto el nuevo peplo. Iodama se sintió incómoda al ver la estatua desnuda. Pero la luz se reflejó en la piel dorada de la diosa e Iodama brilló al mismo tiempo que el objeto de su adoración. Le había dicho a su familia que había tejido la tela que adornaría a la diosa ese año. Su padre, mudo de orgullo, le apretó los hombros.

Fue una ceremonia formal pero alegre. Las sacerdotisas nunca se acercaban tanto a la gente que vivía en los alrededores, y ésta nunca se acercaba tanto a su diosa. Cuando llevaron a la estatua de vuelta al recinto, las sombras era más alargadas y las cigarras estaban entonando su propio himno de alabanza. Al rato Atenea volvía a estar en su nicho, lanza en mano y con el casco echado hacia atrás en el ángulo característico.

Las sacerdotisas tenían a continuación sus propias celebraciones, más privadas. Sirvieron vino e hicieron ofrendas a su diosa, y comieron y bebieron juntas en su honor. Iodama estaba cansada y eufórica a la vez. No quería que se acabara el día y, al mismo tiempo, no podía mantener los ojos abiertos. Se apartó de las demás mujeres y se escondió detrás de una columna. Se apoyó en ella, y la parte inferior de su columna vertebral encajó perfectamente en la curva de piedra cálida. Dejó caer la cabeza hasta descansar la barbilla en las rodillas y cerró un momento los ojos.

Cuando se despertó, el recinto estaba a oscuras. Ya no se oía música y se habían apagado las antorchas. Se preguntó si estaba en un aprieto. Pero ¿por qué iba a estarlo? Rebosaba amor hacia su diosa y le costaba creer que hubieran prohibido quedarse allí. Rodeó sin hacer ruido la columna y parpadeó. Miró al cielo; estaba despejado, pero apenas había luna. Una lechuza voló por encima de ella, pálida en la penumbra. Sonrió; le gustaba ver el pájaro favorito de Atenea.

Volvió a mirar hacia el recinto. Debía de seguir soñando, porque vio con bastante claridad a su diosa de espaldas en medio del santuario, admirando el nuevo vestido de su estatua. Ésta era exactamente igual que ella. Pensando que era un efecto óptico, Iodama se acercó sin hacer ruido por el pórtico para ver mejor. Pero la diosa no desapareció ni se fundió en una amalgama de sombras. Iodama, que ya estaba casi a su altura, la vio de perfil.

Las otras sacerdotisas le habían comentado que Atenea iba de vez en cuando a su santuario, pero ella había imaginado que se hacían ilusiones. Se quedó mirando a la diosa en silencio. Tenía la mandíbula y la nariz exactamente iguales que las de la estatua. La devoción de Iodama era más profunda que nunca, pero había algo más. Experimentaba una sensación de familiaridad que la desconcertó. Tenía a la diosa delante y la conocía íntimamente. Y al mismo tiempo era una desconocida, inmensa e imponente. No sabía si ocultarse o dejarse ver, adorarla o retirarse. Cuando la diosa volvió la cabeza, Iodama se quedó clavada en el suelo. No corrió ni se arrodilló. Inclinó la cabeza y luego le sostuvo su brillante mirada azul grisácea. Atenea sonrió.

—Tú eres mi sacerdotisa. A la que todos quieren.

Iodama se sonrojó en la oscuridad.

—Creo que sí.

—Lo eres —afirmó Atenea—. Quería verte con mis propios ojos. Ven aquí.

Iodama salió de las sombras del pórtico. Su diosa emanaba un resplandor dorado que la estatua con incrustaciones de oro jamás podría igualar. La muchacha miró el casco brillante, la reluciente punta de lanza y el pelo trenzado, y se sintió orgullosa de que la pálida copia sin vida que tenían de la diosa fuera lo más fiel posible, dada la imposibilidad de reproducir la perfección. Pero se alegró especialmente de que Atenea hubiera elegido visitar su estatua un día en que lucía un vestido casi tan nuevo como el suyo. Cuánto había trabajado ella para contribuir a esas ofrendas.

Sólo había algo que la diosa de verdad llevaba sobre el vestido y la estatua no. Iodama lamentó descubrir que a las sacerdotisas se les había pasado por alto. Una égida, ¿era así como se llamaba? Su hermano lo sabría. Era, en cualquier caso, una pieza de armadura que le cubría el esternón, lo que le daba un aspecto más guerrero si cabía. Iodama se propuso hacerle una para el próximo año, aunque tuviera que aprender a trabajar el cuero. Pero ¿qué tenía en el centro? ¿Una gran maraña de serpientes? ¿O había algo más?

Pero, claro, antes de que pudiera averiguarlo se había convertido en piedra.

Atenea y el gorgoneion

—Devuélvele su estado original —ordenó Atenea—. No quería que pasara esto.

— Yo tampoco —replicó la cabeza de Medusa.

—Entonces devuélvele su estado.

—No puedo.

—¿Qué quieres decir con que no puedes? Tú la has convertido en piedra, hazla otra vez de carne y hueso.

—No tengo ese poder.

—Bueno, pues deberías haberlo pensado antes de mirarla.

—Tal vez deberías haberlo pensado tú antes de fijar en tu coraza la cabeza de gorgona.

—Ya es demasiado tarde para pensar en eso.

—Ni que lo digas.

—¿No vas a devolverle su estado original?

—Lo haría si pudiera.

—Esto es un verdadero inconveniente. Esa joven sólo te ha mirado un momento.

—Con eso basta.

Atenea se quitó el casco y se frotó la frente.

—Entonces, ¿no puedes mirar a nadie sin que se convierta en piedra?

—Ya lo sabes.

—¿Cómo iba a saberlo?

—Fuiste tú la que me maldijo.

Hubo un silencio.

—No sabía que sería tan rápido —respondió Atenea—. Creía que tendrías que fijar la mirada mucho rato en algo.

—Ahora ya lo sabes —declaró el gorgoneion—. ¿Por qué la mencionas ahora?

—¿A quién?

—A la sacerdotisa. Te referías a ella, ¿no?

—Sí, claro. ¿Qué quieres decir? ¿Quién la ha mencionado?

La cabeza de Medusa miraba al mar. La coraza de Atenea estaba apoyada en el tronco de un viejo olivo.

—Me has pedido que le devolviera su estado original como si eso acabara de pasar.

—Y acaba de pasar.

—No —contestó el gorgoneion—. Pasó hace siglos.

—No sé qué es eso.

—Un siglo son cien años.

—¿Eso es más de una hora?

—Sí.

—Oh. —Atenea se quedó pensativa—. ¿Y podrías haberlo hecho si te lo hubiera pedido antes?

—No.

—Entonces, ¿no importa cuánto tiempo ha transcurrido?

—En realidad no.

—Ojalá no me hubiera dado la vuelta —respondió la diosa, y esta vez pronunció todas las palabras a la vez—. Aunque si han pasado cientos de años, en cualquier caso ahora ella ya estaría muerta. Todos se mueren, ¿verdad?

—Así es. Y las sacerdotisas de tu templo han mantenido una llama encendida en su honor desde que encontraron su estatua.

—¿En honor a la sacerdotisa?

—Sí, dejaron la estatua en el lugar donde pasó.

—¿En mi santuario?

—Sí.

Atenea frunció el ceño.

—Creía que el fuego era para mí.

—Es para la joven.

—Supongo que eso no es blasfemia.

—Su estatua sirve a la tuya —le aclaró el gorgoneion—. No hay blasfemia en ello.

—Me he aburrido. Ya no me importan las estatuas.

—¿Te has aburrido de la joven a la que matamos?

—Sí. Y de todo lo demás.

—Ya veo.

—No me acuerdo de cuando no me aburría.

—Eso debe de ser doloroso para ti.

—Lo es. ¿Te estás burlando de mí?

—No. La inmortalidad debe de pesarte.

—No tengo a nadie con quien hablar.

—¿Porque se mueren?

—Sí.

—Hay otros dioses.

—No les caigo bien. Aunque ellos tampoco me caen bien a mí.

—Te sientes sola.

—No.

—Sí. Por eso estás hablando conmigo.

—No sé con quién más hablar.

—Si no te sientes sola, ¿cómo dirías que te sientes?

La diosa parpadeó un par de veces mientras buscaba la respuesta.

—He ayudado a muchos hombres a encontrar el camino de vuelta a casa. Se habían perdido en una misión o en una guerra y lo único que querían era volver. No importaban las aventuras que habían vivido, ni las riquezas que habían acumulado, ni las maravillas que habían visto. Lo que realmente querían era recordarlo todo desde la seguridad de su hogar. ¿Comprendes?

—Sí.

—Pues así es como yo me siento.

—¿Quieres irte a casa?

—Sí.

—¿Al Olimpo?

—No, a... —Atenea miraba las olas que rompían suavemente en la arena—. No sé dónde está mi hogar. En realidad no tengo.

—Tienes muchos: el Olimpo, Atenas, el santuario donde murió esa joven.

—Son lugares que otras personas identifican como mi hogar, yo no. Quiero irme de aquí, pero no sé adónde. Y cuando llegue, quiero sentir que he vuelto a casa.

—Entonces, ¿echas de menos un lugar en el que nunca has estado?

—Sí. ¿Dónde crees que estará?

—No lo sé.

—Podrías ayudarme a encontrarlo.

—Quizá.

—¿Ahora?

—Si eso es lo que quieres.

—Lo es.

—Yo sólo puedo llevarte a un lugar —contestó la cabeza de Medusa—. Y si resulta que no es tu casa, no podré traerte de vuelta. ¿Lo entiendes?

—Sí.

—Entonces mírame.

El gorgoneion

Has visto esta estatua antes. Hay muchas copias. Atenea posa en actitud relajada: apoya el peso del cuerpo en el pie derecho, con el talón del izquierdo ligeramente levantado, la rodilla izquierda doblada. El vestido le marca el contorno de ésta. Si se mira de reojo, podría pensarse que la han capturado caminando. Pero le caen los brazos a los lados y tiene la cabeza medio vuelta. No está yendo a ninguna parte. Está parada, como si hubiera decidido que ésa es la pose que más la favorece. Y contemplándola —joven, despreocupada, hermosa—, podríamos darle la razón.

Lleva el casco echado hacia atrás, como siempre le ha gustado llevarlo. Le asoma el pelo por debajo del borde, enroscándose sobre las orejas. Los ojos ciegos miran al vacío, y la boca forma un arco perfecto. La piel parece tan suave que entran ganas de acariciar el mármol con la mano para comprobar si está caliente. Aunque ella nunca ha sido cálida al tacto, ni siquiera cuando no era de piedra.

Tiene la cabeza vuelta hacia abajo, mirando algo a su izquierda, no muy lejos. La gente se pasará la vida discutiendo sobre lo que quiso transmitir el escultor al elegir ese ángulo. Pero tú sabes la verdad. Está mirando hacia el suelo a su izquierda porque ahí era donde había dejado su égida. La que tenía la cabeza de gorgona en el centro.

¿Y qué ha sido de la cabeza de gorgona? Llega el final de la historia. La llevaron al mar. Está envuelta en algas y corales que se han endurecido a su alrededor, como piedra. El gorgoneion se ha perdido bajo las olas y nadie puede llegar a él, ni siquiera las criaturas marinas. Ha cerrado los ojos por última vez.

Agradecimientos

Tengo la increíble suerte de enviar mis libros a Peter Straus, que es el hombre más inteligente y amable que conozco, el mejor agente y el lector más incisivo. Gracias también a Lena Mistry, que nos mantiene a los dos en el buen camino. Por otra parte, soy muy afortunada de contar con Maria Rejt, mi maravillosa editora en Pan Macmillan; mi eterno agradecimiento a ella y a Alice Gray, Samantha Fletcher, Hannah Corbett, Emma Finnigan (¿no aprendiste la última vez, Emma? Estuviste tan cerca de librarte...). Una mención especial a Ami Smithson por sus bonitos diseños para la cubierta original: logra que todo tenga estilo. Nunca imaginé que debería pasarme el peine antes de tener en las manos uno de mis libros. Elena Richards se dedicó a comprobar los mitos del manuscrito mientras yo lo revisaba; un día comprenderá cuánto vale para los que la rodeamos (spoiler: no tiene precio).

Gracias a las personas que mantienen el resto de la función en marcha mientras yo escribo: a Pauline Lord, que dirige mis actuaciones en directo a través de zonas horarias diferentes sin que la hagan sudar; a Mary Ward-Lowery, que produce *Natalie Haynes Stands Up for the Classics* sin esfuerzo, incluso cuando estamos encerradas cada una en una punta del país; a Christian Hill, por el sitio web (tiene muchas cosas mejores que hacer; de acuerdo, mejores no, otras); a Matilda McMorrow por llevarme las redes sociales y mandarme fotos de animales todos los días cuando acabo de trabajar (¿queréis dejar de posponer deliberadamente las tareas importantes? Escribe como si alguien fuera a enviarte la foto de una garceta al final de la jornada). A Dan Mersh, por supuesto, el primero de mis lectores y mucho más para ponerlo aquí en palabras.

Gracias a todos los amigos y otros genios que han contribuido con su saber: a Helen Czerski por explicarme cómo mover un mar; a Tim Whitmarsh por iniciarme en *Halieutica* (un libro entero sobre monstruos marinos; no es la primera vez que Tim abre un filón con un comentario despreocupado); a Roslynne Bell por sus inagotables conocimientos sobre el arte y la escultura antiguos; a Adam Rutherford por sus serpientes; a Edith Hall por su continuo asesoramiento en todos los asuntos antiguos y modernos. Un día del año pasado le pregunté a Robert Douglas-Fairhurst en un mensaje de texto si le parecía una locura escribir un capítulo desde la perspectiva de unas serpientes; me llamó inmediatamente para decirme que no y esa misma tarde lo escribí. Pensemos en la clase de persona que llena a sus amigos de energía y entusiasmo, y moldea sus ideas hasta darles la mejor forma. Ése es él.

Quisiera dar las gracias también a James Runcie por haberme ahorrado todo el jaleo de casarme y divorciarme, y haber sido aun así el ex marido de mis sueños. Andrew Copson es a la vez amigo y conciencia, y me alegro mucho de conocerlo. Rachel McCormack hacía —no las compraba, las hacía— galletas y me las enviaba cuando me notaba triste: un bonito gesto de una amistad a distancia. Rob Deering y Howard Read nunca dejan pasar mucho tiempo para quedar. Mis amigos del *dojo* me sostuvieron cuando perdí pie y se negaron a soltarme hasta que lo recuperé. Un agradecimiento especial a los impresionantes Sam Thorp, Adam Field y Jo Walters, quien podría matarme con las manos, pero ha decidido no hacerlo, al menos de momento.

Este libro está lleno de tríos de mujeres (la mitología griega está plagada). Mientras lo escribía caí en la cuenta de que yo misma pertenezco a varios. Así que todo el afecto y agradecimiento a Helen Bagnall y Philippa Perry, que me quieren incluso cuando estoy depresiva; a Catherine Nixey y Francesca Stavrakopoulou por su labor incomparable como trinidad impía; a Helen Artlett-Coe y Lottie Westoby, que han acudido en mi auxilio en más de una ocasión, y a las mujeres de Sezon Gunaikes, que son muchas más que tres. Pero, sobre todo, a Magdalena Zira, Nedie Antoniades y Athina Kasiou; aunque siguen mostrándose reacias, espero de todo corazón que se animen a representar también este libro.

Mucho amor y muchas gracias a mi familia, como siempre: mi madre, Sandra; mi padre, Andre, y a Chris, Gem y Kez.